青春阅读　幸得相见

有爱的青春陪伴者

我的姑娘，

除了你，我谁都不要。

I like you

禁忌爽辣
炽热如火
超甜爱恋

# 风吻过他的侧颜

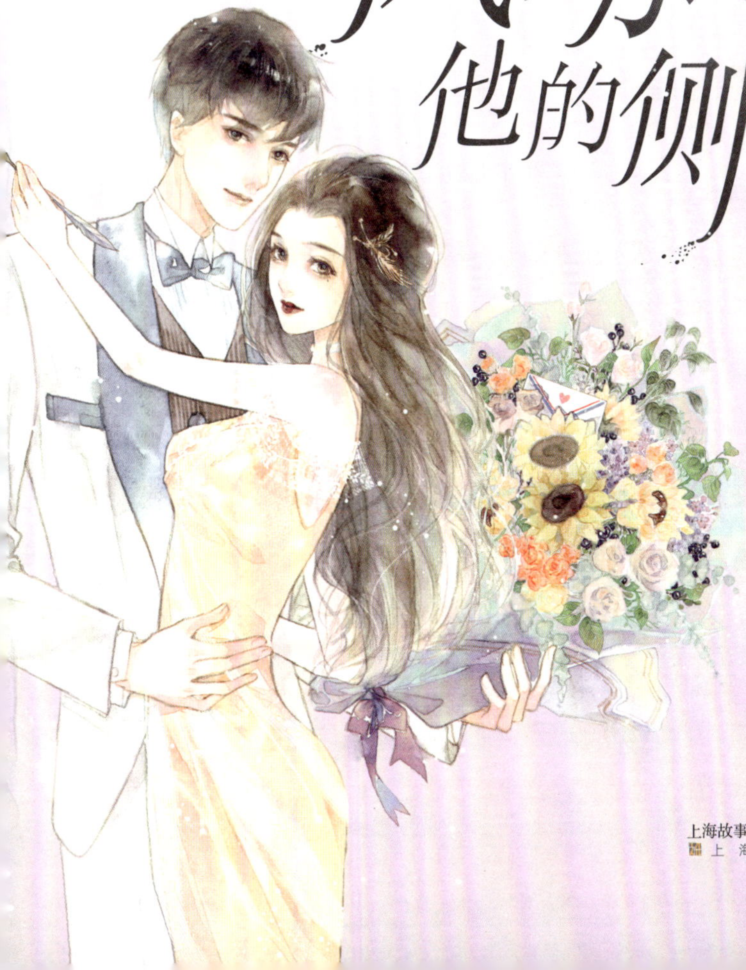

三川 / 著

上海故事会文化传媒有限公司
上海文化出版社

# 三川

S A N C H U A N

女，生于九五年冬；

喜欢呼啸的风；喜欢滂沱的雨；

喜欢将现实的事故变成笔下的故事。

Z U O Z H E J I A N J I E

# 目录

/contents

目录

/contents

# 「楔　子」Prologue

既然躲不过，那就一起下地狱吧

一仰头，唇线、鼻梁、眉眼，莫不喜欢。

林玉笑了笑，借着三分醉意踮脚吻了上去。高陌往后退一步，双唇的舒适告诉他，这个吻，蓄谋已久。

“别……”他从急促的气息间挤出一个单字。

林玉两颊通红，张着一双迷离的眼：“别动？还是……别停？”

壁橱狭窄，她问询的气息全数扑在他脖颈上，像鹅毛，越搔越痒。

“林玉，你喝醉了。”

他开了柜门往外走。

林玉去拦，手一伸，食指钩在了他腰间的皮带扣上。

他低沉着声音：“撒手。”

“我不。”

像握着糖果的孩子，她噙着泪跟他做最后的抗争。

高陌愣了愣，她一脸绯红。

突然，他一手扼住她的脖颈将她推回了壁橱。后脑勺撞向壁柜，却稳妥地落在他手背上，林玉来不及惊叫，声音便被他攻击式的吻硬堵了回去。

羞涩、满足、欢愉、迷茫……

“既然躲不过，那就一起下地狱吧。”

房门被人开启的前一秒，他这样在她耳边说。

# 「第一章」

Chapter 01

别以为你漂亮我就喜欢你

（一）

“Hell？”

丽江古镇阴雨连绵，林玉用脖子夹着伞把哆哆嗦嗦地掏出便笺本比对了一下客栈门前立着的牌匾。

年轻的女店员粉发扎成哪吒头从门里探出脑袋：“喝酒还是住店？”

林玉进门抖去外套上的冷雨，合上伞没有回应。

“找人？不许上楼，其他请自便。”女店员摊了摊手，丝毫不掩饰热情的消减。

林玉在店里晃荡了一圈，壁炉沙发藏式毯，有人醉酒有人正准备酒醉。

“我找老板。”她重新回到柜台，将背包放下。

女店员看了林玉一眼，露出一种意味深长的笑容：“我就是。”

“你不是。”

女店员惊讶地看着林玉。

林玉扫了一下旁边的营业执照向她示意，上面法定代表人一栏写着两个字——高陌。

“不好意思，老板不在店里。不过，你可以留个口信。”店员熟练地从柜台后摸出一个速写本，将她当作找艳遇的游客。

“不用了，我住店。”

“哦，房型和价目表都在那边挂牌上，随便选。”

林玉侧过身，随手从墙壁上取了一个单人间的木牌下来。

再回头，女店员已经套上了一件特大号的江湖乐队纪念 T，林玉瞥了一眼，衣服左肩上有个 TO 签，写的是陈沈丁艺。

“刚失恋？”陈沈丁艺一边问一边登记。

林玉点头，随即又摇头。

前一天与肖安分手的事，不需要向一个陌生人启齿。

陈沈丁艺将登记好的木牌放在抽屉里冲她耸了耸肩：“真可惜，刚失恋的话住店五折还送一碗鸡蛋面。”

“哦。”

“一晚两百七，押金三百，常住不打折。现金、刷卡还是扫码？”

“刷卡。”

林玉弯腰拉开背包拉链朝里伸了伸，手竟从包底的皮革缝隙中捅了出来，有点儿冷。

手机、钱包、身份证，一个没剩。

“嗨！”一名男子碰了碰林玉的胳膊，端着一只酒杯，却一身肥皂味。

林玉瞪了对方一眼。

男子将披散的长发扎起， 脸浪子笑：“你看起来需要帮助。”

“不用。”

她语速太快，没有任何思虑。

男人瞥了一眼柜台上的镜子，陈沈丁艺给了他一个直截了当的嘲笑：“南淮，不是所有女人都吃这套的。”

他摊摊手，返身从客栈里背了把吉他出来，走过林玉身边时依旧一脸浪子笑：“我在四方街唱歌，你差钱我缺助手，你差事我缺女朋友。”

林玉扬起手准备抽他，沙发上几个微醺的看客莫名其妙。

是啊，都在丽江了，当真什么。

林玉拎着包往外走，一双皮靴将古城的青石板路踏得噔噔作响。

南淮说：“丁宝，有人要倒霉了。”

陈沈丁艺俯在柜台上，给老板高陌打了个电话。

入夜时分，小客栈里添了炉火，屋外雨势越来越大，空中浮起一层沾衣的水幕。

寒津津的，陈沈丁艺结了最后一笔酒账准备关门。

这个季度不算旺季，来往的都是老丽江漂子，醉生梦死，凌晨五一街有许多乐队表演，客栈反而清静。

陈沈丁艺刚要插上木门，“噗”一声从门外蹿进来一个大高个儿，黑衣黑裤黑口罩，睫毛上沾着水汽。

“你这个……”

她脏话没出口，来者将一个黑色塑料袋甩在柜台上。

“再回来你把这些给她，再替她烧锅热水下个面，明天一早，赶她走。”摘了口罩，是高陌。

陈沈丁艺将袋子打开——手机、钱包、身份证，一个没落。

“林玉？”她捏起那张证件瞧了瞧，“这都能找到。我前两天丢的那条手链您给想想办法呗。”

高陌冷着一张脸抽烟，这不是开玩笑的好时候。

“咣当”一声。

虚掩的门被刮开，风雨混沌中又蹿进来一个人。

湿哒哒的头发，咯吱咯吱作响的皮靴，衣服已经看不出颜色，只觉得哪里都是湿漉漉的。

要不是半分钟前才在证件上见过那张脸，陈沈丁艺怎么也不会相信这个女人是林玉。

“兰州？”林玉嗅了嗅，“能给我一根吗？”

陈沈丁艺回头，灯光下还氤氲着烟雾，高陌已经不见了踪影。她点头："嗯，你等着。"

林玉站在门口，接过香烟打哆嗦。

火机打了两三下。

她骂："我去，真冷！"

陈沈丁艺笑了笑："那不如先泡个澡吃点东西吧。"

林玉没动，将身子往门边靠了靠，为了站得更稳。

没找回钱包，她不愿意占人便宜。

"对了，你走了之后有人往店里送了这个。"陈沈丁艺将塑料袋递给她。

林玉瞅了一眼，陈沈丁艺连忙说："女的，看起来四十岁上下。"

林玉没接话，将塑料袋往肩上一搭上了楼。

墙角陶托上点了一线惠安水沉，屋子木澡盆里冒着腾腾热气，林玉将自己完全浸入水里，一点一点排解身上的寒意。

昨晚这个时候她也在泡澡，在肖安的家里。

他站在门口给她递浴巾，然后拦腰将她往自己床上抱。

"肖安，你答应过我的。"

"我记得，不过我这个做男朋友的总该让你清楚你正在浪费什么。"

他解下自己的浴袍，只留了一条平角裤。

线条流畅，腹肌贲张。

林玉伸手摸了摸："馋坏了不少小姑娘吧。"

肖安笑着扶了一下眼镜："喜欢吗？今晚让我留下吧。"

林玉说喜欢，却从衣帽架上取了自己的外套下来。

"要出门？"肖安问她。

“嗯，去趟丽江。”

肖安从身后抱住她：“我还是去偏厅睡，你别走好不好？”

林玉转身替他把浴袍穿上：“那个人我放不下，我们分手吧。”

……

“嗡……”

手机响，她从木澡盆里起身，一头黑发绯缎般地贴覆在肩与背脊上。

她开了扬声，一次便点燃了那根微湿的香烟。

烟幕缭绕，味道却远不如楼下闻到的浓烈，她看了看烟嘴的标志，不是兰州，是一种没见过的女士香烟。

她想着那个黑色的塑料袋，在澡盆里仰着头笑。

“肖安啊，别喜欢我了，我就是这样的。”

（二）

这一夜林玉睡得并不好，她又做那个梦了。

昏暗而死寂的房间，一双粗糙的大手向她伸过来，她挣扎着、号叫着，指甲抠在地板上滋滋刺耳。而后白光一亮，她眼里红彤彤的一片，只闻到了浓腻的血腥味。

父亲用袖子给她擦了把脸，说：“林玉，没事，没事了。”

“血！”她叫了一声。

……

睁眼后，她心里平静得诡异。

早上十点了，屋外的光线把木窗格切割成了四四方方的光影，门外有穿皮靴的住客走动。

洗漱、穿上长裙，又描了两条细长精致的眉毛，坐在镜子前时，林玉从包里掏出了一支酒红色的口红。

她的心理医生告诉她，打扮光鲜有利于走出一些不好的事。

肖安失忆般地给她发消息说：“早，今天有什么打算吗？”

“吃饭，四处看看。”

回完消息，她走下了楼去。

陈沈丁艺没赶她走，还给她安排了早饭——小米炖百合。

她端着坐在院子里的一棵树下，昨天来得晚，没空细看。

客栈是典型的仿古建筑，木顶飞檐，灰白色的泥砖。像南方的院落，大门朝街开，左右各摆一盆叫不上名字的草木；两层客房，左边是厨房、杂物间，右边一道石子路点缀一个小花园。

园子里停了一辆摩托车，没上锁，没落灰。

她端起粥碗吸一口，看了一会儿摩托，听到门口卖丽江粑粑的商贩吆喝。

天气好，她还愿意吃一点。

买了粑粑回来，她准备把小碗放回柜台。

“坏女人，狐狸精。”

她攥着粑粑走过时，有人在柜台嘟哝。

她往那边瞧了一眼，陈沈丁艺连忙摆手，表示不是自己说的。

“是我说的！”一个黑影突然从柜台下闪了出来。

林玉吓了一大跳，定睛一看，顶多算个大男孩。

寸头、圆脸、皮肤黝黑，细看还带点高原红的意味。

“为什么骂我？”林玉问。

“你不正经，馋男人。”他说话的语气极认真，叫人忍不住跟他较劲。

“怎么，你吃醋？”

“呸呸呸！别以为你漂亮我就喜欢你！”

林玉点头：“眼光还行。”

一个住客来退房，陈沈丁艺揪了揪男孩的耳朵，没舍得使劲："小玩意儿，上楼打扫客房去。"

时江，十七岁，放学以后是店里的伙计。

客栈小院里一阵喧闹，林玉探头出去瞧，时江拉住她的衣角："你没希望的，我知道。"

林玉因这幼稚的预测发笑，差点被嘴里的粑粑噎得命丧丽江。

"你说高陌？"

时江不说话，睁着一双圆眼瞪她。

那就是了。林玉调笑似的脱口而出："你跟他什么关系？"

"他是我老板。"

"哦。"

"也是我姐夫。"

林玉满不在乎，将目光转向陈沈丁艺："你是他姐？"

"别误会，我可不是。"

这时，南淮从院子里进来，背着吉他提了半瓶风花雪月，稳稳地停在柜台前："丁宝，弄点吃的。"

时江转移目标恶狠狠地瞪了他一眼。

南淮撇嘴笑，打开琴盒倒出了许多零钱。

"得，小掌柜，这次我可不占你老板便宜。"

"嘚瑟劲，还不是花女人的钱。"陈沈丁艺熟络地与他笑骂，却扭脸叮嘱时江给他下碗肉丝面。

"我要打扫客房。"时江嘴一噘，上楼了。

又有几个游客走了进来，陈沈丁艺招呼客人。时江走了，南淮走了，林玉要了瓶啤酒也迈着步子上楼。

吃饱睡足，该干点正事了。

"你住这儿，多久了？"林玉突然问。

南淮停下，返身指了一下自己。

林玉点头。

“七八个月吧。怎么，找伴游？”

“高老板住哪个房间？”

南淮勾嘴一笑，她给他抛了一瓶酒。

“眼神不错，我就好这口。”

林玉点头：“谢谢了。”

极礼貌的词，极淡漠的脸。

南淮笑了一下将酒回抛给她：“我凭唱歌让女人掏钱，也偶尔占知己好友的便宜，这酒，算哪一种？”

林玉从他身边走过：“打扰了。”

“你知道吗？这条街上最不缺的，就是想给高陌做老板娘的女人。”他在身后说。

林玉看了看那瓶酒：“七八个月，你白来了。”

他摊摊手，耸耸肩。

劝诫也好，嘲讽也罢，林玉没放在心上。

走进房间，她听到不知道隔了多远的某处响起了吉他声。

孤寂的、深情的、安抚或蛊惑人心的。

五六杯风花雪月下肚，她想起了许多。

“林玉，我的陌是那个陌生的陌，你用得着，别写错。”

“林玉，你可以搬过来跟我住，我不差你那一口。”

“林玉，你得空来找我。”

……

琴声勾起的回忆越来越多，她端起酒杯，缓过神来。

真是可笑，懦弱地逃离原本的生活，以某种文艺的说辞来此抱团取暖，麻木地快活着。

她觉得屋里热，蹬着一双高跟鞋又准备出门了。

“回去，醉酒出门不安全！”

刚走到楼道口，一个男人闻到酒味，用低沉的嗓音跟她说。

工装裤，皮夹克，刀劈似的一张脸上添了几点胡楂。林玉莞尔，他比自己记忆中西装革履的样子，要男人许多。

她说：“屋里热。丽江我不熟，带我逛逛吗？”

他默了一阵，点了一下头。

林玉不紧不慢地跟在他身后，听着他的皮靴踏在地上，很耳熟。

高陌嘱咐了陈沈丁艺两句，从柜台前取了钥匙。

南淮端着空面碗下楼，撞上了，偏头一笑：“什么情况？”

高陌没说话，将头盔递给林玉，载上她斜斜地从院门口滑了出去。

路过五一街时有女人叫着高陌的名字献上飞吻，高陌不回头，但会挨个扬手示意回应。

“你带我去哪儿？”

他假装没听到，一路狂飙。

天色还早，东方来的晨光将影子与公路重合。

她问：“像不像私奔？”

他答：“抬头。”

林玉照做，看到公路尽头莹白的雪顶。

“那是玉龙雪山。”他解释说。

除去寻欢作乐，许多人来这儿，就为了这一幕。

车子停在一处草甸里，两人却没下车，回望丽江古城，连夜未熄的灯火混在晨雾里大小只有一个拳头。

“喜欢这儿？”林玉开口问。

“谈不上，做买卖罢了。”

“生意好吗？”

“还行，有吃有喝睡得香。”

林玉深吸了一口气，伏在他肩头：“有吃有喝睡得香，听上去不错，我能留下吗？”

“写作？”

“或者试着干点别的。”

“比如？”

“给你当老板娘，包吃住就够。”

“你写的书很热销，挺好的，别改行了。”他叼了一根烟回头冲她笑，那些真的拒绝与假的诱惑，全搅在里头。

林玉“扑哧”一声笑了，意料之中。

他看着远处的雪山，静静地陪着。

许久，高陌问：“你肚子饿不饿，我请你吃个饭吧。”

“纳西菜？”

“嗯，当地特色嘛。”

“好。”

“嗯。”

再没有多的话了，曾刮过雪山的风在耳边呼呼过。

“那走吗？”

“听你的。”

高陌说“好”，往后踢起了摩托车的左侧单撑。

林玉问：“明天你在店里吗？”

他点头：“有事？”

“也许有。就你一个熟人，别躲着我。”

高陌随性地笑了笑：“不会。”

重回客栈时，南淮在壁炉边唱歌，男男女女，有陌生人敲小鼓弹冬不拉伴奏。

林玉觉得吵，高陌让在院子里摆放了露天桌。

阳光絮絮，晒着人浑身暖暖和和。

高陌将店里有的纳西菜都点了一遍，又补了一道大闸蟹。

林玉拦着："别点多了，我吃不完的。"

高陌笑："你难得来一趟。"

"我暂时没打算走，机会多着。"

两人对视了一眼，空气安静了几秒。

她特意来找他的，他知道，躲着不是办法，索性当作普通朋友客套招待一番，感觉不对头了，她也就走了。

"噢，多玩两天，我给你打折。"

很快厨娘端来了菜，肥大的闸蟹在这儿很少见。

林玉戴上手套："现在膏还没肥吧。"

高陌微微一笑："肉甜，住拐角的两个小姑娘不会吃还老是点，牙都嗑断了。"

"你该教教她们的，你最擅长品蟹。"

"日子过野了，没那份闲心，你吃。"

高陌端起饭碗扒拉了一口，咽喉处鼓了一下。

林玉没表现出任何意外，伸手拿了一只螃蟹。

品蟹的功夫是高陌从前手把手教她的，断腿揭脐，取肉品膏都有讲究。

她记得他们第一次一起吃饭吃的就是这个。

那时林玉补办身份证需要户口簿，母亲没空，找了继兄高陌送来。她不想欠人情，客套地请他吃饭，他毫不客气地提出了想吃大闸蟹。

她钱包一痛，心里骂了声有钱人都鸡贼。

菜上齐了，她肚子空空吃了起来。高陌坐在她对面，看了一会儿突然拿手轻戳了她的额头。

“这样牙齿要不要了？真是。”

“要你管？”她翻了个白眼，不肯搭理他，继续吃自己的。

高陌什么也不说，卷起雪白的袖口开始拆蟹，肉剔得一干二净，空壳仍能还原摆在一边。蟹钳搭在林玉盘子边，活灵活现。

她觉得有趣，停下动作用拇指碰一碰，他便板着脸，“啊”了一声，示意她张嘴，取出整条整条的蟹肉蘸醋喂给她，她撇嘴，刚想说“臭显摆什么谁稀罕”，却不争气地流出了口水。

“你不会，我慢慢教你。”

“不用，我不想学。”

“学是不学？以后牙口坏了只能喝粥我天天来笑你。”

他当时的样子很认真，二十七八岁，一脸禁欲，高定西装，人长得又帅。

就冲这点，林玉卖他面子：“你是不是有病啊？学，行了吧。”

他还是板着脸，搬着凳子坐到了她身边。

她觉得莫名其妙，瞥了他一眼。他给她拿蟹，扭过头，耳朵红了：“最近……是有点感冒。”

那年她二十岁，哭笑不得地坐在餐馆里，孙子似的被一个拘着自己学吃蟹的男人戳中了萌点。

“嘶——”

林玉想得入神，掰下蟹脚的时候用力过猛，蟹身残留的水渍一下喷到她眼睛里，加了姜汁，辣得她睁不开眼。

高陌吃着饭给她递了一张纸，不为所动。

林玉擦了擦，眼睛还是眯着，直接叫了高陌的名字。

没办法，高陌跑到洗手间拿了湿毛巾过来，正要弯腰给她擦，脑袋里“嗡”的一声。

三年过去，他原以为自己什么都忘了，但看到这双眼睛，他知道自己什么都记得。

“林玉，别闹了。”他放下手，将湿毛巾扔到了一边，坐回了原位。

林玉睁开眼，熟练地用三级腿抵出二级腿里的肉说：“高陌，我想你了。”

他擦了擦手：“你应该管我叫哥。”

林玉还要说些什么，大厅里一个女人往这边一瞟，直接往高陌怀里坐。

“高老板，刚才我找了你好久哦。”

“这样啊，那我请你喝酒好不好？”高陌熟练地勾起一丝笑，领着女人去柜台，招呼陈沈丁艺给她倒了一杯樱桃酒。

林玉看着高陌，高陌笑了笑：“你要吗？味道很好的。”

“高老板你偏心。”

“就是。”

几个相熟的女客过来搭腔。

高陌举着酒杯说：“全场酒水免单，我请客。”

近旁身材火辣的女人不依，黑丝的大腿在裙摆下若隐若现。

“高老板你也真是的，请我跟请别人用一样的酒，太坏了。”

距离不远，她娇嗔的语气全落入林玉耳里。

高陌又仰脸挑起一丝笑：“你不喜欢？那我房里还有更好的。”

女人笑着，蛇一般挽上高陌的左臂。

一群人欢呼，高陌领着女人，撇下林玉上了楼。

过了台阶拐一个弯，高陌推开房门，女人解下披肩。

高陌闻到了臂上刺鼻的香水味，径直往浴室走去：“我去洗澡，你自便。”

离开上海几年，高原的风土将他的肌肤养成了健硕的小麦色，他扎进冷水里，记忆中林玉的笑影与数分钟前那双直视自己的眼睛重叠。

水渍滑过嘴唇，他一拳打在墙上，冰冷的瓷片将寒意送进他骨子里。他抿紧嘴唇，鼻翼间重重地呼出一口气。

粉饰太平的想法，总在实践时欲盖弥彰。

“一个人洗，多没意思。”

那女人没走，扭动着身体进了浴室，高陌随手抓起身边的浴巾围住下身。

他走出水幕，胸膛湿漉、头发滴水，靠近她时浑身散发着荷尔蒙。

女人不由得娇羞，表演式地往后撤了两步。

“咣当”一声，他将她关在了门外。

“高老板。”

门又开启了一条缝，他笑着指了指房间桌面上的半瓶梅子酒：“喏，就是那瓶，归你了。”

“我……”

“不谢，走的时候带上大门。”

（三）

陈沈丁艺将账本往柜台下一扔，骂了句色迷心窍。

将近半个小时，林玉坐在院子里独自用完了这丰盛的一餐。

进门时，她看到有人瞥着她喃喃，她不介意，在柜台边找了个位置坐下：“一杯樱桃酒。”

“不喝点贵的？反正有人请客。”不知何时，火炉边唱歌的人换了一个，南淮端着酒杯过来，一只手搭在林玉肩头，看戏的意味居多。

陈沈丁艺白了他一眼，给林玉递了一杯酒。

林玉问南淮："你挺喜欢弹吉他吧？"

"喜欢，但主要是别人伴奏配不上我的歌。有兴趣吗？我不介意今晚给你单独演奏。"

他笑，手臂往她腰上挪了两寸。

林玉别过头，将酒泼在了他脸上。

"你干什么？"他撤了手，见她一脸平静只能压着怒火。

"怕你喝得太多，给你醒醒酒。下次手再不规矩，可要记得提前找好人给你伴奏。"说完，林玉笑了笑，"可惜了，怕是配不上你的歌。"

南淮自讨没趣，撇了一下嘴，转脸又扎到人群里与小姑娘调笑。

陈沈丁艺看着她，她将空酒杯推过去。

林玉问："你们店里最贵的酒是什么？"

陈沈丁艺竖了个大拇指，从柜台下的抽屉里摸出一只小坛子轻声说："老板私藏的葡萄酒，我偷偷倒点给你喝。"

她点头，等着醒酒。

"南淮就是这样，口嗨罢了。"陈沈丁艺说。

沉默了一阵，林玉端起酒杯抿了一口。

"好喝吗？老板自己酿的。"陈沈丁艺问。

她点头，这个味道，真熟悉。

有次在高陌的事务所里，秘书说他不在，叫她在外面等着。

她冷，溜进他办公室吹空调，坐在他的大皮椅上转圈圈，被发现了。

秘书说："快起来，高律师最讨厌别人坐他的椅子了。"

话音刚落，高陌走进来。

他看了她一眼，气得将手上的卷宗资料都甩在了桌上："裙子穿这么短，冻感冒了谁管你？"

秘书咽了咽口水退出房间。

高陌给她倒了一杯酒，度数不高，醇香暖身。

“还不错，谢了。”林玉向陈沈丁艺点头。

“不谢，我看你挺顺眼的。”

林玉笑了笑，端起酒杯，偶尔瞥见手机上的一个未接来电蹙了一下眉头。

她上了楼，照着未接电话回拨，接通后，传来一声意料之内的咆哮。

“你明天就给我去向肖安道歉！”

“这就知道了，您可真体贴。”

“听到没有，少胡闹，我还能给你操心多少年。”

“没人叫你做。”

“我是你妈！”

“您还记得？”

“林玉，你找不到比肖安更好的。”

“哦？”她轻笑了一声。

另一端的女人察觉了什么：“你在哪儿？”

“你觉得呢？”

“你在哪儿？林玉，你在哪儿？”

电话那端的声音逐渐变得刺耳尖锐。

她挂断电话，淡淡地说：“这不是知道了吗？”

手机又响了起来，振颤的铃声像一阵呜咽。

林玉将它扔到一边，饮尽杯中的残酒，架起手一个人跳起伦巴来。

没什么可听的，不要脸？害人精？死了算了？

三年前母亲意外撞见她和那个人接吻时这些词她就已经听过，不新鲜了。

也是，一个杀人犯的骨血，身在襁褓中便能作为道德包袱将其绑在一个不爱的男人身边，长大后，理所当然也干得出勾引继兄让其蒙羞的脏事来。

林玉的舞步从容优雅，像一只振翅的蝶。

有人敲门。

“谁？”

“我！”

林玉听出来了，还要问：“‘我’是谁？”

“时……江。”

“找我？”

“丁艺姐叫我给你送东西的。”

“什么？”

“你看了就知道。”

“哦，你拿进来吧。”

时江推门，将兜里的东西掏出来摊开在桌子上，是一张号码牌。

他说：“周日晚上客栈有活动，凭号码牌，可以抽奖。”

“什么活动？”

“就……活动。”

林玉瞧了时江一眼，时江从脸颊一直红到了脖颈上。

“你看见了？”她问。

“你自己没锁门，别赖我偷看！”

“我跳得好吗？”

他气呼呼的，却点了一下头。

“跟你姐姐比呢？谁跳得好？”

“我姐姐不会跳舞。”

“那——我们谁漂亮？”

时江将一只手攥成拳头，另一只手恶狠狠地指了林玉一下。

“可我姐姐……好！”

“高陌说的？”

“嗯。他说我姐姐是最好的姑娘。”他想了想，补充说，“所以他不会跟你好的。”

林玉悠闲地拿起号码牌看了看。

时江愣在一边，不愿走。

“怎么，还有话说？”

他噘着嘴走到门口又回头：“那你来吗？”

“你希望我去？”

时江脸皮薄，吸了好大一口气才说：“白天店里亏本，客人晚上玩开心还能花钱。”

“……”

倒实诚。

她想了想，说：“那好。”

林玉换了一条银白色的短裙，颈后喷一点香水，随意拨散了长发。

补完妆后，她听到楼下逐渐有了成型的音浪，一阵一阵，关着的窗了都有了微微的震动。

林玉下楼，没见着高陌。

大厅和院子里挤满了人，南淮和一些不认识的歌手在壁炉边卖力表演。柜台摆满了酒，陈沈丁艺穿了紫红色亮片站在一个音响柜上跳得正 high。

上海这种类似的场子多了去了，晚上七八点 Livehouse 开场，而后跳水、蹦迪，十一点左右带着对第二天工作的焦躁散去。

可这儿不同，时间廉价到可以支撑贪玩的人放肆到跨越第二个清晨。

“林玉！”陈沈丁艺一边舞动一边朝她打招呼，倒像是历经了生死阔别的老友。

台上不知名的歌手随手拨了一阵音乐，一群人跟着歇斯底里地喊唱着。

林玉穿过人群，蹬着高跟鞋走路的样子配合了音乐的节拍。

“会跳舞吗？一起来！”陈沈丁艺对她说。

林玉无聊，也不推辞，两三个动作便进入了状态。

旋转、摇摆、随意的动作更让人愉快，配着那一袭银色的裙子，性感、灵动，偏偏脸上又是一副冰山一般的生人勿近。

不轻佻的魅惑，往往是最致命的吸引。

从外涌进来的人越来越多，四处有荷尔蒙发酵，音响声将整座客栈都掀动了，几个男人朝林玉靠过来。

“一起跳舞吗？我也住这儿。”一个男人上前。

林玉不理会，将脸偏向一边不紧不慢地舞动着。

高陌从楼下走下来，手机一振，有条短信。

他看到发件人的名字后有些意外，除了年节，继母并不跟他联系。

高陌抬头，好巧不巧撞上了林玉的目光，她闪过，他没躲，走到高台边不动声色地将她上下打量了一遍。

“不然我请你喝一杯？”男人不死心，继续向林玉发出邀约。

林玉点头，时江点单，男人眼里的笑容又肆意了一点点。

数曲奏完，陈沈丁艺抱出抽奖箱奔着高陌去，而男人正继续着跟林玉搭讪，说说笑笑，举着酒杯往楼梯走。

奖品往往莫名其妙，× 瓶酒、× 天免费住宿都寻常，偶尔抽出 ×× 坐在店门口男扮女装完成三个小时弹唱。

全场兴奋，还有人发出艳羡的声响。

高陌一个一个往外抓条儿，激烈的打击乐声伴着荒诞而纯粹的欢笑。

“45，66，03，24，07！”最后一个抽完，高陌发现楼梯前的林玉不见了。

他走到一边打了个电话给她，很快被人挂掉了。

请陌生女人喝酒的男人是什么货色，谁还不清楚。

他拨开人群，连忙往楼上跑。

刚到转角，林玉晃了晃手机拦住他：“你找我？”

高陌瞪着她，眉毛一皱：“你故意的？”

“我听不懂。”

“你故意穿成这样让人搭讪的。”

他分明有责怪的意思，语气里偏还是嘲笑。

“是啊，来玩嘛。”她认了。

又想起那个女人坐到他腿上，以及时江的姐姐是最好的姑娘来……她翻了个白眼，要走。

高陌一拉，攥住了她：“再有下次，滚回上海去。”

林玉带着一点酒意，轻笑了一声。

高陌急了，扼住她的脖颈沉着眼看她。

她偏不怕，瞪着他：“什么女人都能往你怀里坐，我只是跟人喝个酒，你生气什么？我又不是最好的姑娘。”

高陌冷冷笑了一声：“我生气？你少自作多情，要不是榕姨托我找你，鬼才懒得管！明天你就给我回去，听到没有？”

他没使劲，林玉反而伸手去钩他的脖颈：“你不是第一天认识我了，我就是为你来的，不会放你走了。”

“哦？”他手上的力气加重了两分，林玉觉得呼吸吃紧，咽了咽喉咙。

拐角处有两个人醉汹汹地上楼了。这样子别人看到不好，高陌抓住她的手用力一带，猛地就近将她拉往自己的房里。

他拽着她腾不开手推门，便用脚踹了一下。力气有些重，木门撞在墙上发出沉闷的一声，她听着喜欢，笑得灿烂。

“还敢笑？”

她点头：“我以前不敢吗？”

高陌将她一拉，而后撤开了手。

“咣”一声，任凭她摔在了地毯上，算是醒酒。

林玉不觉得痛，抬腿在他脚边蹭了一下。

他抓住她的脚，厉声说道：“明天一早，你坐最早的航班回去，明白了没有？”

林玉轻咬嘴唇：“就不，你能怎么样？”

高陌撤了手，坐到床边抱着双臂看着，半晌才说：“你到底想要什么？”

“你。”她靠近他。

“林玉！”他吼了她一声。她仰脸，与他对视着。

“有什么矫情滚回上海冲肖安撒去。”他近乎粗鲁地将她从自己床边拨开。

林玉身子轻，不留神跌坐在地。

他看了她一眼，压制着不忍心。

她发现了，于是说：“我不喜欢他，你也要我跟他过吗？”

“那也别找我，不可能的。”

“怎么就不可能？”林玉一把抓住他的手，“你不喜欢我吗？刚才你看我的眼神可不是这样的！”

高陌来了火：“林玉，我三年前就不要你了！”

“可你还单着！”

“……”

“你的客栈叫 Hell。”

高阳脸上又泛出那个含混的笑容：“只有傻子才在别人的一句话里走不出来。”

林玉沉默了，许久后笑了笑：“你果然还记得。”

他凑近：“你有病。”

林玉咬牙：“我是有病，你来医啊！”

母亲再婚后，她彻底变成了一个人，是他一点一点将她拉近，把心给焐热。

隔壁房间有门窗开启声，两人的争执惊扰了旁人。

他再次闻到了她身上的酒味，有这股劲在，他跟她没法儿沟通。

“好，我医。”他像拎小鸡崽一般将她拎出门。

欢歌曼舞的人群沉迷其中，没有人留意到两个人以一种奇特的拖拽方式出了门。

夜幕下的四方街最热闹，卖唱的人跟前点根红蜡烛。

林玉被高阳拽着挤过人群，手腕处的拉扯感并没有影响她的心情。酒劲上来，她有些头晕了，看着繁茂古城的万点灯火，听着街面呕哑各异的即兴琴声，兴奋了。

走过两个拐角，高阳将她带到了一个黑乎乎的胡同。

推门一进，房间中央桌案前坐着一个女人。

“高老板……”

“她有病，给看看。”林玉被一把拽到女人跟前，一路过来，头发还杂乱着，这绝对是她一生中少有的狼狈时刻。

她定神，看到了屋里摆放的用具，知道了对方是一名医生。

医院直隶负责的医疗点，小而精，轮值医生水平过硬，不到开刀接骨的大问题基本都在这儿解决。

这地方让林玉神经一紧，开始往门口移动。

高阳一手截住了：“刚才不是还嚣张得很吗？怎么，见人就尿了？”

“你……”

高陌从一个醉汉手里救过李医生的命，两人算旧相识，但她见这样的阵势也着实吓得够呛。

“这是怎么了？”

“撒酒疯，先给她开点醒酒药，其他的问题不清楚，你这儿能做的检查项目都做，磕着碰着也瞧着开药。”

林玉又准备跑，高陌迎着她的视线，目光淡然，带着不容商量的语气：“你不做，那就别想在我店里住着。”

林玉瞪了他半刻，还真找了把椅子坐下了。

说不过生气就带人三更半夜来做体检，呵，到底谁有病。

李医生稍微看了林玉一下，倒了一杯水，给了醒神解酒的丸药。

高陌站在林玉身后，看犯人似的盯着，心里想，她再跑，就把她的头发搓成鸡窝。

李医生有些尴尬，自我介绍：“我姓李，你喝点水，一会儿我们做个……全身检查。”

这话怪诡异的，林玉还是点了头。

身高体重、胸腺口腔、常规精神评估……

折腾了好一阵，李医生才说：“没问题，挺健康的。硬要说的话，该吃点维C。”

“拿一瓶。”高陌点头。

林玉早已不生气，反而被这诡异的幼稚操作弄得想笑。高陌结了账，又攥着她出去了。

送她回房时，楼下的派对也接近尾声。

“榕声联系你了？”她问。

“嗯。问你是不是在我这儿。”

“叫你别理我？”

“是。”

“说我有神经病？”

“……”

“她肯定是这么说的。她希望我跟肖安结婚，这样她体面。”

“……”

“我很早就知道你在这里开客栈了。”

高陌抬眸，还是没说话。

“你不回来找我，我生气，所以也忍着不来找你。可是，你亲我了，得认账才行。”

不知是不是醉意消退后的无力，她的目光突然变得像少女一般柔和，指节碰了一下嘴角，陷入了某种甜蜜的回忆里。

高陌刻意挪开目光：“夜深了，你睡吧。”

“我试着接纳过别人。”

“肖安这个人我信得过，你跟他，他会对你好的。”

“可是，我不想嫁给自己不喜欢的男人，给他生孩子。不想最后变得跟我妈以前一样。”

高陌往门外走：“我已经不爱你了。”

林玉突然“扑哧”一声笑了：“这简单，我们重新开始就好了。从前你追我，现在换我追你。”

“林玉，就算你住得再久，我也只当你是妹妹罢了。”

“当陌生人都行，走着瞧。”她的语气似乎还要同他拉钩。

高陌走出门，拿起手机给继母回了一条短信——“不知道，我人不在丽江。”

“高老板！”她叫得莫名其妙。

“什么事？”

“开奖的时候我没听着，我 27 号，中奖了吗？”

高陌想了想：“中了吧。”

“是什么奖品？”

“睡前牛奶，免费。”

“哦，那你别忘了。”

“嗯。”

屋子里“咔”一声，林玉从瓶子里倒了一片李医生开的维生素，放入口中。

# 「第二章」

Chapter 02

你怕自己耳朵红被我抓到把柄?

（一）

最近客栈里脂粉味略浓。

吃了近一周的纳西菜后林玉早起觉得肠胃不顺，这才记起找李医生开了些助消化的药。

刚回来，撞见高陌穿了件茶人样式的米色长袍站在柜台清账，身边坐个十八九岁的年轻女孩，目不转睛地盯着他。

林玉走到柜台边，坐在凳上，对高陌说：“早！”

高陌正忙着誊写账目，只抬头看她一眼。

林玉说：“要一碗小米粥。”

高陌朝后厨喊了一声，蓝白碎花的布帘撩起递出了一只小碗。高陌接过递到她跟前，她伸手接，他却放在了柜台上。

林玉捧起小碗吸了一口，柜台暖黄色的吊灯与清粥散出的热气在她眼前形成了一片光雾，光雾外高陌依旧低着头，清算账目的样子一丝不苟。

林玉每喝一口便肆无忌惮地看他一眼，他感觉到了，却转过头看那个女孩。

林玉问：“粥多少钱？”

“七块。”他转向她时不冷不热。

林玉付了钱，他找了零，她又看了一眼那个女孩。

“要一杯水。”林玉将小药袋摆在柜台上，一颗一颗将胶囊从壳子里剥出来。

饮水机摆在柜台后，他没放下笔，单手给她接了一杯水。

林玉摸了一下杯壁，温温的，很暖和。

女孩依旧目不转睛地盯着高陌看，心无旁骛，朝圣一般。

林玉喝了一大口，说：“有点烫。”

高陌扫了她一眼，指了指大厅里的另一台饮水机：“自己调。”

林玉没动，坐在椅子上吃药。

一片药加三颗胶囊，她小拇指翘了翘，从指缝里漏出一颗，蹦跶了两下，不偏不倚地停在了高陌的账本上。

她一手端着水杯一手摸着粥碗，微微张开了嘴：“啊——”

高陌停下笔，见只是消食片，停一瞬，又唰唰地写了起来。

女孩突然轻轻哼了一声，看着高陌噘了噘嘴。

他从酒柜边的小铁盒里摸了一颗糖，扒开放进了女孩嘴里：“再等等，很快了。”

林玉没有气馁，起身捏回消食片放进嘴里，说：“这药吃了嘴发苦，我也想吃糖。”

“喏。”他连糖盒子一起，都拿给她。

林玉看着他不说话，直到他记完最后一笔抬起头来，与她目光相接。

见她一动不动，他说：“不吃我收了。”

林玉扫了一眼那个女孩，从糖盒子里选了一颗糖摆在了柜台上。

高陌：“……”

“都是客人，得一碗水端平。”她语气放得轻，倒像是跟寻常朋友开玩笑一样。

“行。”高陌拿起糖果，撕开了一个小口，林玉张了张嘴，听到楼梯上有脚步声。

“妮儿，走了。”下来的妇人说。

高陌伸到一半的手突然撤了回去，走出柜台帮妇人扶着女孩出了门。

“高老板，谢谢了。”妇人欠了欠身子，给女孩递了一根伸缩导盲棍。

高陌走回柜台时，林玉正上楼，他将半开的糖果剥进自己嘴里，看了一眼她的背影，没忍住抽了抽嘴角。

大清早的，自己竟然跟个盲人较劲，想来真是没品。

林玉黑着脸回到屋里，一推门，床单被褥被叠得整整齐齐，随手扔在桌上的现金也整在了一起。

还没坐下，隔壁传来一阵吵闹声。

林玉不爱凑热闹，只稍微在门口停了停。

一个尖锐的女声叫嚷着：“小小年纪就手脚不干净，长大那还得了？”

林玉由年纪小想到了时江，坐在门槛上点了一根烟。

原来是在外通宵寻欢的游客回来发现箱子里的钱丢了，眼看屋子刚被打扫，便赖定了偷钱的是衣着质朴的时江。

林玉瞄了一眼，那个女人，她见过，几天前还无视她往高陌怀里坐。

“您再好好想想，是不是放在别的什么地方了。”陈沈丁艺站在两人中间打圆场，时江站在女人对面恶狠狠地瞪着。

女人叉着腰：“我的钱放在哪里我不知道？就是他偷了，一副贼眉鼠眼的穷酸样，我呸，穷山恶水出刁民。”

时江往前挺了一步，陈沈丁艺连忙拦住，他没动手，只是嗫嚅用藏语骂了一句什么。

“小杂碎，你说什么？”女人火了，扬起巴掌便往时江脸上扇去。

“你干吗打人？”陈沈丁艺压不住火冲她吼了一声。

“小兔崽子骂我，嘴巴不干净。”女人高两人一头，凭着自己顾客的身份嚣张得很。

陈沈丁艺气得发抖，女人便顺势拉扯起时江来说要搜身。

林玉掸了掸烟灰，踩着一双高跟鞋走了过去。

“啪”的一声，一个巴掌掴在女人脸上，快、准、狠。

在场的三个人都傻了眼。

女人回过神来，尖叫道：“你凭什么打人？”

林玉吐了个烟圈：“小蹄子骂我，嘴巴不干净。”

女人气呼呼地上前要与林玉理论，林玉嫌弃地看了她一眼。

她一扬手，被林玉一把攥住了手腕。

手腕被锁得紧紧的，女人气势减半，便“反泼为正”一副文明人的样子说：“谁骂你了，你讲不讲道理？”

林玉冷笑一声：“时江，你管我叫什么？”

“狐……”

林玉扭头冲他眨了眨眼。

“林玉姐。”

“听到了？他叫我姐，你骂他小兔崽子就是给我找不自在。嘴巴不干净就得挨揍，你说的。”

林玉不撒手，女人的手腕被她攥得通红。时江睁着两只眼睛看着林玉，陈沈丁艺笑出了声。

“怎么回事？”楼道里传来一个低沉的男声，是高陌听到动静上了楼。

时江拉了拉林玉的衣角，林玉撤了手。

“高老板，你看看，他们……”一见高陌，女人便开始哭哭啼啼地控诉。

陈沈丁艺压着火，将事情的经过向高陌说了一遍。

高陌听完，便看着时江问：“你拿了她的钱吗？”

时江摇头。

“那她打了你吗？”

时江点头。

“空口无凭的，你说没偷就没偷吗？”女人躲在高陌身后辩驳，感觉到脸上的火辣，总忍不住朝林玉瞟。

高陌点了一根兰州狠狠吸了一口：“那倒是，说话总得有凭证。”

女人有些得意，建议说：“搜他的身，真到最后什么都没搜着了，那才有两分可信。”

“你敢！”林玉将时江拉到身后。

高陌看了林玉一眼，很快又回过头，似乎对她并没有兴趣。

“搜身这种事只有警察才能做，我倒是觉得可以先搜搜你的屋子，看看是不是有人在这儿给我瞎折腾。”

“你什么意思？”女人惊了。

“你说的空口无凭，我怎么知道你是不是真在我店里丢钱了。”

女人愣了愣，陈沈丁艺也一脸难以置信。

高陌硬气她知道，可他跟林玉两个人，反击的方式简直就是一个模子刻出来的。

女人被反将了一军一时没回过神，只好乖乖走进屋里领着高陌翻了起来。

床单被褥垃圾桶，箱子衣柜卫生间。

折腾了好一阵，整齐的屋子变成了一片狼藉，就在女人脸上的笑容越发猖狂之时，钱在悬挂的大衣口袋里找着了。

高陌点了点，从里头抽了两张给时江：“拿着，不用有什么负担，这是她赔的医药费和营养费。还有，这个客人记性不好，以防万一，她住店期间你们都不许进她房间打扫。”

“你……”

“这次就算了，以后在店里有问题找我，有事情报警。打人？你有下一次试试？”高陌吐了一个烟圈，挑起的笑意里带着几分威胁。

女人理亏无话可说，脸上的巴掌却还火辣辣地疼：“那她也打我了，你怎么说？”

“老板，林玉姐是因为……”

高陌看向林玉，道：“她呀？不是我的伙计我管不着，你们私了。不过……我劝你别跟比自己泼辣的女人斗。”

合上门，四个人还能听到女人在房间里气得直哼哼。

“老板，要是……要是她的钱真丢了怎么办？”时江搓着衣角问道。

高陌揉了揉他的头：“那就报警，没人能欺负你。走，我带你去擦点药。”

“咳咳……”林玉立在走廊上轻咳了两声，两指间的香烟已燃得只剩下半寸。

高陌扭头看了她一眼，走下了楼梯。

林玉笑了笑，吸完最后一口将烟头摁进了垃圾桶的沙盘里。

“还笑呢，人都走了，这都不跟你说句话。我看啊，你俩估计完了。”陈沈丁艺尴尬地笑了笑，对林玉的印象倒好了不少。

林玉莞尔：“完了吗？我怎么觉得刚刚开始呢？”

（二）

林玉的手养得白嫩，刚才动气用得力气大了点，眼下又红又肿。

她打了盆热水泡着，肚子咕咕叫了两声。

“嘻！”有人笑。

她往门口扫了一眼，门关着。

“时江？”

门外的人小声“嗯”了一句。

她开门，他端着吃食红着脸发愣。

“给我的？”她问。

他头如捣蒜，有些羞涩。

林玉见分量太多，随口嘟囔了一句：“这么些？”

时江嘿嘿笑：“吃不够我再给你做。”

林玉没解释，左手握着一柄勺将饭菜往嘴里舀。

时江搬了把凳子坐在她对面，看着她什么也不说。

林玉问：“想聊聊？”

他点头说：“谢谢你哦。”

“没什么，我是为了我自己。”

碰她的男人可以，当着面不行。

时江笑了笑，脸蛋红红的，像个小太阳。

“你是藏族人？”

“算是，我阿爸是藏族。”

“为什么来这儿？”

“留在阿坝只能挖草，在这儿干活高老板供我读书。”

“挖草？”

“嗯，跟阿爸阿妈去青海，五月六月挖虫草，七月八月挖贝母，其他时间太冷……”

林玉没接话，他适时停了下来，问：“你为什么来这儿？”

“钓男人。”

时江有些不好意思，他从来没见过林玉这样的女人，笑了一阵便跑开了。

她刚准备关门，他“咚咚咚”地又跑回来，站在门口仰着头坚定地说：“改天，改天有事我一定护着你。”

林玉点头，把这话当玩笑。

吃了个七分饱，林玉端着餐盘送去楼下的厨房。

柜台前南淮正跟两个小姑娘诉说自己写歌的心路历程，陈沈丁艺坐在一边白眼翻上了天，高陌不见去向。

她从厨房出来后问了一嘴：“他人呢？”

陈沈丁艺没作声，院子里传来一阵摩托车响，她冲林玉一笑，算回答。

林玉走到院子里，高陌正往后座缠捆东西用的胶皮带，长衫外面套了件夹克，挺潮挺拉风。

“要出门？”

“断货了，去装新酿好的酒。”他回头，才发现问他的人是林玉。

“远吗？”

“还行。”

“那你带我一个。”林玉走到他跟前，侧靠在摩托车后座。

高陌戴上头盔：“你又在胡闹什么？”

“没胡闹，我手肿了，得买点药擦擦。”

“丁艺，给她拿药。”高陌冲柜台吼了一声。

陈沈丁艺忙着拆南淮的台，没有回应。

林玉有些得意，扬起手将红肿的地方展示给他：“我靠手吃饭，你知道的。”

高陌无可奈何，憋了好一阵说：“滚！”

他跨上摩托车打了火，林玉赶紧跳了上去。

高陌侧过脸盯着她看，迟迟没有发动。

林玉激他：“搭个车而已，你怕自己耳朵红被我抓到把柄？”

午间的空气里氤氲着浅金色的阳光，她出门前喷了香水，近距离可以闻到蓝风铃的清香。

他解下头盔塞给她："少来这套。"

见好就收，林玉迅速戴上头盔，一把揽住他的腰。

高陌刚要发作，林玉便说："哥，出发。"

他无言以对，林玉的撩拨，加上这个称呼变得光明正大。

她笑眯眯的，情郎也是哥，越叫越香。

车子在古城里溜达了半天，林玉贴在高陌的后背上迟迟没有下去的打算。

他能感觉到她身上的温热，有某种暧昧的气息。

每转过一家药店她便从他背后伸出脑袋象征性地探一探，"这家人真多，买个药都得排队""这家门脸太小，开的药肯定不正规""这家没医生只有几个店员，买药怎么能盲购"……

高陌沉了一口气："下一家，你不下也得下。"

"这……"

"还有，别乱动了！"

林玉见他脸上认真，小声说："我也不想动，可是……硌屁股。"

后座上绑了胶皮带，坐得越久越磨人。

高陌抽了一下嘴角，嘀咕了一声："谁叫你上来。"

"你说什么？"

高陌只当她没问，屁股倒向前挪了两寸。

车子开得明显快了些，不到二十分钟，前面便出现了一个晃悠在风里的藏药招牌。

林玉眯着眼睛，靠在他肩上装没看见。

高陌刹车一踩，停在了药店跟前："林玉，下车。"

"我想好了，我还是去上一家买，上一家旁边有……"

高陌背脊被她蹭得火热，没工夫再搭理她。

他扭身，一提一放，林玉便被他赶下了摩托车。

"这儿离客栈太远了，买完药我得……"

"轰——"

没听她把话说完，高陌发动车子疾驰而去。

"哼！"林玉举目四望，护城河、老房子，没尽头的青石板路与檐角，全然相同，又全然陌生，鬼知道自己买完药回客栈是不是要横跨整个古城。

（三）

林玉打开了手机地图看了一阵，电量堪忧，连显示屏的色调也怪怪的。

药房边上有家店面卖民族风情的工艺品，举着小红旗的导游带着一团人将道路围得水泄不通。

气温升上来了，两点前后的太阳最灼人。

一个外国男人站在人群里看着她笑，她回了个白眼，那人依旧望着。

她往药房走，准备把头发绑起来："啧，原来头盔忘了摘。"

解开搭扣，林玉看到了头盔侧面有个暗银色的"陌"字，没舍得摔，胳膊一夹进去了。

只有一个医生坐诊，前面排了好几个人，林玉伸出右手看了看，只是红了点，其实也不要紧。

她准备走，被一个高高大大的男人挡住了去路。

林玉定睛，是方才看自己的那个外国人。

他跟她打招呼，又举着一张宣传册用还算流利的中文问她："请问这个地方，知不知道在哪儿？”

林玉对搭讪的男人有着天生的反感，那人见过自己徒步戴头盔的傻样子让她更加反感，于是她坐回长椅上，装作没听见。

“我第一次来。你很漂亮。”

两句毫无关联的话，林玉瞥了一眼那张册子打发他：“四方听音广场，篝火晚会每晚八点开始，你赶得上。”

他双手合十，以夸张的体态感谢上苍。

大厅里叫了下一号，林玉抱着头盔起身了。

卖藏药的医生是个汉人，看到林玉迟疑了几分。

“是你？”

他翻出手机指了指，是许多年前她签售会的一张照片，比现在胖一点。

林玉点头，身为粉丝的医生也没有过多闲话。

看手擦药，林玉向他问了回客栈最快的方法。

“……古城里都是步行街，你按我刚说的走过去最快四十分钟，路不熟就不好说了，看着地图绕几个钟头的也有，现在外面太阳太大了，我建议你迟点走。”

林玉点头，看了看门口烧眼的阳光，用最后一点电量给高陌发了条信息，将头盔寄存在了药房。

“药多少钱？”她问。

“这么点，算了，你给我签个名吧。”

林玉点头，说谢谢。

她要走时，医生指了指门口的老外问：“那个人，跟你一起的？”

“不是，不认识。”

“那好。”他平白这么说，收好签名叫了下一号。

林玉跨出门槛，刚才的旅游团已经不见了踪影，只是街面依旧熙攘，书吧、服装店、美食铺子与小酒馆。

待的时间长了，新鲜劲过了。

穿着传统服饰揽客的妇人带着孩子背了一小篓子手绘牛纹的遮阳伞，林玉翻手遮了一下光，走向她。

“伞怎么卖？”

“五十块一把，两把九十块，很坚实的。”孩子很热情地兜售母亲背篓里的商品。

林玉掂了掂，挑了把伞骨轻的便准备买下，一摸口袋，没带钱。

“一把四十五块也行。”孩子躲在妇人身后小声说，生怕林玉觉得贵了不买了。

林玉摊了摊手：“我没带钱。”

话音刚落，便有人给孩子递了一百块。

“我一把，她一把，谢谢。”老外半躬着身子望着孩子笑，碧蓝色的眼睛像伞面的油彩。

林玉说不用，预备将伞放回背篓。

孩子怕砸了生意，攥着妇人的衣角迅速转移到了街对面。

老外撑开伞，仰着身子盯着那些绘图喊：“Artwork（艺术品）！”

“Double（一对）！”林玉一脸淡漠地将伞递给他。

男人不肯接，介绍了自己叫斯迪姆，然后说：“中国人说，礼尚往来，你给我指路，这个，是谢礼。”

在太阳下站了一会儿，日光越发毒了，林玉没再推辞，撑伞按照记忆中的路线走。

林玉五官精致，今天身上穿的是一件贴身的小衫，人走在伞下，不笑反而添了一种端庄，传统意味的风情万种。

“我从英国来，学了五年中文了，你呢？来自中国哪里？”

“上海。”

“哦，我知道，东方明珠和小笼包。”

林玉往前走，男人时左时右地跟着，一米八几的个子、夸张英俊的神态，格外引人注目。

“不过真可惜，我在上海没有遇到像你这么漂亮的女孩。”

林玉浅笑，算是礼貌。

“你叫什么名字？我们可以交个朋友吗？”

她停下脚步，他不留神撞了过来，她一闪，他踉跄了两步。

“哦，你这动作真可爱。”

“斯迪姆，我对你不感兴趣。”她抬头看着他，像一眼就能瞧到他骨子里去。

斯迪姆耷拉下脸，像个犯错的孩子：“哦，抱歉，我没有别的意思。”

她嘴角微微一勾：“祝你玩得开心。”

刚走出十来米，林玉又听到了他的脚步声。

她回头，他无可奈何地耸耸肩：“我跟我的旅行团走散了，不认识路。”

“我……”

“你要去附近，是吗？我听到你问那个医生了。”他低着头，似乎在为自己顺耳听到的话感觉抱歉。

看着他将自己卷曲的头发抓得乱糟糟的有几分可怜，林玉说：“走吧。”

说完，她放缓了步子，但始终警惕着。

斯迪姆跟在她身后走，边走边跟她聊天。林玉不怎么说话，他更像是自言自语。他说自己小时候养过一匹小马，有个当医生但是晕血的妈妈，他还说自己第一次去上海时碰到了一场大雪，说结识的第一个中国朋友梦想四处流浪。

“你想去流浪吗？”斯迪姆忽然跑到她跟前问她。

林玉一愣，想起高陌载着自己去看玉龙雪山的那天。宽厚的臂膀，嘶鸣的风，她趴在他肩上，问他像不像私奔。

“不想，我喜欢漂亮的礼服和高跟鞋。”

斯迪姆笑了笑，看着她的眼睛出神：“They're beautiful（它们很漂亮）。”

林玉皱眉，他连忙摆手说：“抱歉，你的眼睛，跟我女朋友的太像了，Like a snowflake（像雪花一样）。”

林玉白了他一眼。

他赶紧指了指自己的眼角：“你看它们，真的很像。”

林玉恍惚，他才向她解释说自己跟女朋友登雪山出了意外，临终前女友将眼角膜换给了他，所以他要替她看遍全世界的雪山。

他笑着，眼里盛满了悲伤。

林玉从口袋里抽出纸巾：“玉龙雪山不会让她的眼睛失望。”

他受宠若惊，一个劲儿说谢谢。

原近四十分钟的路两人迷路聊天兜了两个半小时，到达四方听音广场时斯迪姆的肚子开始咕咕响。

“你在这儿等你的团友吧，现在有点早，你可以找个地方坐坐。”

“附近有什么好吃的吗？”

“东巴烤鱼、纳西烤肉、米灌肠……”林玉将自己近来吃过的食物报菜单似的说给他。

“我有请你共进晚餐的机会吗？为了……中英友好。”他想了许久才从脑海里挤出这四个字，样子很滑稽。

林玉本想拒绝，肚子却响了一声。

斯迪姆咧开一个微笑：“感谢赏光。”

（四）

林玉选了就近的饭馆，窗口位置正对广场。

小店生意红火，出菜速度却跟不上。林玉不催，见正店柜台木板上写着一行字——一生很快，这一瞬不妨慢些。

斯迪姆放下背包跟店员买了两瓶啤酒。

林玉酒量不差，但冲他摆了摆手。

“中国人说，把酒言欢。”

林玉还是摇头，自己点了一壶热茶。

他不勉强，亲手给林玉倒茶端着酒感谢她给自己带路。

隔壁桌有几个背包客喝得正酣畅，从大理、拉萨谈到了雅鲁藏布江。有人提起差点丧命在某一次旅途上，有人则说了些发生在匪夷所思处的艳闻八卦。

偶尔有几个字眼落进林玉耳朵里，斯迪姆却因为他们语速过快而露出一脸迷茫。

烤鱼盘里冒着腾腾的热气，天色也渐渐暗了下来。

高陌该取回头盔了吧。她想。

“嗨！”斯迪姆突然在她眼前挥了挥手。

林玉回过神，一时间觉得脑子有些昏昏沉沉。

“不舒服吗？”他一边问一边从背包里掏什么。

林玉捏了一下自己的眉心：“或许是太热了。”

她准备去洗手间洗把脸，起身没走两步，眼前一黑晕了过去。

“乔，你喝得太多了，我们回去吧。”斯迪姆看着她大声说。

许久，林玉迷迷糊糊地感觉到了自己臀部被什么东西托着，身前滚烫，后背冰凉。

她试着动了动，眼皮依旧沉重。

比视力恢复来得更快的是脑海中记忆的翻涌。

十六岁那晚经历了强奸未遂后，她总做那个梦，陌生男人的手，黑乎乎的屋子，满鼻腔的腥味……

她愤然一击，身前的男人吃痛地叫了一声。

“嘶——”紧急刹车使得轮胎划出凄厉的声响。

“怎么，要跟我同归于尽啊！”

林玉睁了睁眼，发现自己戴着头盔，而高陌正反身叼着半截烟似笑非笑地看着她。

她恨死了他这种规避一切正面交锋的伪装，扬起手却一头扎进了他怀里。

“又没吃亏，哭什么，跟我欺负了你一样。”他一脸不在乎，语气却温柔了许多——林玉像小树懒一般吊在自己身前的动作与从前一模一样。

有次他在北京出差，委托人出了点小事绊住了，他告诉她可能不能回来陪她过生日。

她说好，连埋怨都没一句。

挂断电话，他思索再三买了连夜的飞机票。

敲开她租房的大门时，瘦瘦的她拎着一根大号棒球棒。

“生日快乐。”

他话刚说完，她一把跳到了他身上，也是像这样挂着，一边笑一边流眼泪，一边骂他傻一边得意地哼哼，疯女人一样，可爱极了。

他有些恍惚，纵使她如今外表水火不侵，在他面前，她还是那个小姑娘。

“撒手，我的酒要倒了。”

林玉回头，才发现身后桶装的樱桃酒正在后座上一晃一晃。

车子停在一个巷口，头顶的吊灯洒下暖黄的光，四周很安静，林玉说："我要杀了他。"

"行啊，杀吧，我那儿一晚两百七，牢里管饭还不收钱，划算。"

林玉有些生气："你也看到了他对我……"

"有人的地方就乱，你也不是孩子了，还要天天吊在我脖子上才能做到不理会陌生男人的搭讪吗？"他掐着半截烟，语气淡然，但故意不看她的表情明显有几分怒气。

听了他这通教训，林玉反而意外地觉得身心舒坦，她琢磨了一下，往他肩上靠了靠："你生气了？"

高陌看了她一眼，眼神里写满警告："有下一次试试，没人管你。"

林玉乖巧地点了点头，想起他威慑女客人时也说"打人？你有下一次试试"。

她爱惨了高陌这副样子，任凭他瞪着也慢慢将手一寸一寸地往他腰上扣。

高陌稍稍顿了一下，背脊被她的身子蹭得火热。

"要么坐好，要么滚蛋！"

"我头还晕，不搂着会掉下去的……"

"别让我说第二次。"

她撇撇嘴，撤开手揣进了兜里，想了一下，又用手指勾住了他袖子上的搭扣。

"抓点衣服行吧？"

高陌不再搭理她，坐直身子踩下了油门。

风从巷道四面刮来，她热乎乎的身子有好闻的香气。

"高陌，他递给我的茶有问题，我不会在那种地方跟人喝酒的。"她突然说。

高陌正视前方无声地笑了，很温柔。

车子停进客栈小院时，陈沈丁艺正拎着一条男士内裤指着南淮的房间破口大骂。

高陌熄了火，扭头跟林玉说：“下去。”

她没动，这才想起来问：“那个流氓，你怎么处理的？”

“跑了。”

“你没报警？”

“找到你的时候餐具已经被店里洗了，没证据。何况，一大堆人看到你们相聊甚欢，你报警，治不了罪不说给店主惹一身麻烦，再传出什么难听的话，不好吧。”他点了一根烟，一副无所谓的样子。

“那你……”

“我不是你……”他怔了一下，“我不是肖安，怕麻烦。”

林玉解下头盔丢给他，气呼呼地蹬着小皮靴走了。

高陌看着她穿过大厅，走上楼梯，房间里的灯开了又关。

他下车将樱桃酒卸下，陈沈丁艺上前问他要不要吃点夜宵，他摇头，将手上的烟掐灭。

电话响了。

接通后，他压着嗓子说：“我就来，别让那杂碎晕过去了。”

# 「第三章」

Chapter 03

你要我，我就跟了你

（一）

那声音很刺耳，细细的，尖锐但十分清晰：“你去死吧！我求你了，没有你他们就不会逼我留在这儿了。”

女孩趴在茶几上写作业，填满铅笔字的草稿纸上用圆珠笔写着二十九乘十七的算式，她背了两句七九六十三、二七一十四的口诀，将答案在作业本上写了下来。

昨天班上就她一个人数学作业得了 A+，老师夸了她很久。

“你发发慈悲吧？在这个家里，我真的太累了。晚上，你今天晚上就跟那个王八蛋说，你讨厌我，想要个新妈妈。”女人嘶吼时将头发抓得乱糟糟的，像冰箱里那一捆不知道买了几天的韭菜。

算了，还是别给她看了，女孩这么想。

此时门外传来敲门声，女人哭丧着一张脸去开门。男人进来了，换鞋时不留神将一旁的铁制伞架碰倒。金属刮在瓷砖上，女孩赶紧捂住耳朵，等了一会儿，没有那种冷冷的异响，她放开，却听到了女人更大的咆哮声。

她习惯了，举起作业本上的 A+ 展示给男人看。男人笑了笑，说：“捉迷藏。”

女孩开心地跑进房里去，如往常一样坐在门口数数。

一、二、三，男人与女人互相抱怨；

四、五、六，零碎的东西砸向壁板；

七、八、九，房间里响起混杂哭喊；

十，女孩打开门，屋子里乱糟糟的一团。

她用手拎起一旁的一只鞋子与扔在房间另一头的那一只凑成一双，母亲带着瘀青湿着眼眶冲过来抱她。

“真棒！”父亲揉了揉手，蹲下捡起作业本，远远地比起大拇指。

女孩笑了一声，屋子里，终于安静下来了。

“咣当——”

重物砸在木地板上，屋角香托里震下一寸香灰，林玉醒了。

她起身开门，一个啤酒瓶滚到她脚下。

林玉弯腰，陈沈丁艺嘶哑着嗓子说：“我来吧。”

她怀抱七八只空酒瓶，乱糟糟的一头粉发，口红色泽不均，眼神恍惚，脸红低语。

林玉笑了笑，心照不宣。

楼道里传来脚步声，陈沈丁艺将酒瓶捡起，期待般朝身后的楼道里一望，不是所想的那个人，她有些失望。

“我要是你，我就回去把这些都砸在他脑袋上。”

听林玉这么说，陈沈丁艺抬起头看了她一眼，将酒瓶塞进怀里从她身边走过去了。

“你……睡回笼觉吗？”

人刚进屋，陈沈丁艺又折回靠在她门口问。

林玉摇摇头，往香托里又点了一线香。

陈沈丁艺走进来，将空酒瓶摆在了桌子上，林玉找了卸妆巾和梳子给她。

陈沈丁艺理了两下头发：“我不知道该怎么办才好。”

林玉拿出香烟，没掏打火机，将烟头往香线上烫。

“南淮？”

陈沈丁艺点头，继续梳头发。

林玉吸了一口问：“睡过了？”

陈沈丁艺尴尬地低下了头。

“当我没问。”

“不，我不是那个意思。”陈沈丁艺慌忙解释，脖子往后缩了缩，“我也说不好算不算睡过。”

林玉扫了她一眼，又找了两根发箍给她。

“昨天晚上他喝多了，又往楼下乱扔东西，我上去说他，他说酒不过夜，我没多想就跟他喝了起来，然后……”陈沈丁艺说话声越来越小，到后来索性消声低头。

“都是年轻人。”

“嗯，可是我连衣服都没有脱。”她两腿紧并着，人也不比平时活泼。

林玉盯着她看了一会儿，又问她要不要洗个脸，洗面奶可以借给她。

陈沈丁艺摇头，将卸妆巾丢进了垃圾篓。

素颜，很好看的一张鹅蛋小脸。

“我自己憋着难受，这种事……总不能找高老板说。”她又低下了头。

林玉摆了摆手：“我可不算你的朋友，所以……听过什么，很快就会忘了。”

陈沈丁艺挤出了一个笑，明白她的意思。

“认识七八个月了，也不知道要怎么说。”

“怎么想就怎么说。”

“嗯，可是他有女朋友的，戴蝴蝶发夹，很清纯很漂亮。”她说完，抬头瞟了一眼林玉。

“可别说长得像我。”

陈沈丁艺不好意思地干笑：“不，只是唱他女朋友的那首歌，你应该听过。”

林玉夹着烟卷又抽了几口，想起了刚来那会儿听到的那首情歌。

想到这儿，林玉笑了一声：“流浪歌手的情人，作不得数。人在丽江，还不是遇到谁就对谁发骚。”

陈沈丁艺连忙摆手，告诉林玉，南淮跟其他人不一样。她说南淮油嘴滑舌但从来不骗女人上床，写的每一首新歌都要在黄昏时候唱。

“他女朋友跟他黄昏分手的？”

“嘿，那倒不是，只是早晚唱吵着其他客人我会打他，他钱不多，住这儿是我求的高老板给打两折。”

“他知道？”

“不知道，我说老板叫他没事的时候在店里表演招揽客人。你知道的，来这儿的小文青就吃这套。”她微微笑了一下又连忙叮嘱林玉，“你也别告诉他啊，男人嘛，都好面子的。”

林玉皱了一下眉，想不清南淮的面子在哪儿。

“没办法，他有时……生意不太好。”

林玉长长地吐了一个烟圈，从盒子里抽了一根烟给她。

陈沈丁艺问：“你觉得我很傻？”

林玉极轻地笑了：“谈不上，只是不合算罢了。”

“合算的……”

陈沈丁艺支支吾吾地跟林玉说了些自己遇到南淮以前的事。她读书不多，父亲好赌，将客栈抵给高陌后还欠一屁股债务，债主追到客栈时父亲撂下她跑了，不是高陌护着，她指不定要被拉去做什么事。因此她心情不好时就去听摇滚乐，别人集文化衫她集乐手。

她说不安的人，就适合不真实的情感。直到有一天她在四方街听到南淮唱歌，他嗓音里的深情让她觉得，有那么一瞬间，自己被拯救了。从那儿以后，她去 Livehouse 就只是听歌，再也没有乱来过。

林玉说：“这是好事。”

“所以我更不能跟他睡觉，不然……”

她说不清了，林玉点了点头。

他对她而言是特殊的，特殊到必须以某种形式来区分才算真爱。

“厨房早上能做皮蛋瘦肉粥吗？”林玉的烟卷燃到了最末一点，开了窗，似乎全然忘记了陈沈丁艺说过什么。

陈沈丁艺狠吸了一口空气：“林玉，你挺好的，平时不该板着一张脸。笑一笑，高老板容易动心一些。”

林玉敷衍，说：“哦，谢谢。”

话音刚落，楼下响起一阵喧嚣。

“快来人啊！有人跳楼了！”

（二）

林玉将烟头碾在香托里，从窗子中往外一探，伤员被人群围着，她只看到了头发湿漉的高陌。

“楼高三米不到。店里的客人老这样，失恋失意，知道跳不死人的。”陈沈丁艺玩笑地说。

林玉没出声，高陌却鬼使神差地抬了一下头。

“回去。”他用口型跟她说。

林玉佯装不明白，疑惑地盯着他看。

高陌没再理会她，转而对时江说：“去拿头盔来，我送他去医院。”

他蹿进人群里，两三个熟客搭手扶着，林玉这才发现，伤着的，是南淮。

她回头，陈沈丁艺已经跑下了楼。

林玉跟着下去，走到院子里时高陌正载着南淮准备走，陈沈丁艺坐在车尾扶着，看起来很难过。

“看好家。”高陌回头冲她说。

林玉又装作没听到，他也没与她多说，头盔一戴，开着车走了。

风里有淡淡的洗发水和香皂味，林玉撇了撇嘴，洗着澡就跑出来救人，这么性感，不知道骚给谁看。

“我一会儿要去上课，你看店的时候要注意……”林玉刚准备上楼，时江便拦下了她，交代着。

她问：“我像服务员吗？”

时江看了看，没找到反驳的理由，一个客人问早餐好了没，他又急又气地跑开了。

再回来时，林玉穿了件米色亚麻长衫坐在柜台后拨装饰算盘。

时江揉了揉眼睛，往她瞟了又瞟。

合着刚才那一句，不是反问。

她又说：“像不像？”

“像什么？”

“老板娘。”

“……”

“不是要上课吗？还不走？”

时江愣了愣，有些不放心：“房间的价目和编号都在木牌上，酒水……”

“退房。”身后一对小情侣过来，时江下意识地侧了一下身子。

林玉瞄了一眼：“一千一百八。”

时江赶紧比照房型算了算，男人付清了钱他才算好。他眉头一皱，小声提示：“一千零八十。”

林玉看着他，笑了一下给自己泡咖啡喝去了。

他连忙蹿进柜台，正准备给客人退款时发现了账本上有两单挂账的套餐，正好一百。

“你别走开，我晚上回来打扫客房！”时江喊了一嗓子，出门了。

夜幕西垂，高陌从医院出来正好接上了时江。

“一千一百八，喏，像这样……”时江扬起眉，将林玉的样子学给他看，“臭屁极了。”

高陌在他脑袋上揉了一把，知道这是夸她。

车子停在院子里，时江一下来就拿了簸箕笤帚往客房里蹿，一整天没清理，不定乱成什么样。

高陌走到柜台前，扫了一眼林玉身上的衣裳。

林玉问：“好看吗？”

高陌点头：“喜欢就送给你吧。”

“谈不上，我的衣服太招摇，不适合看店罢了。”

高陌想了想：“那晚点照工价开给你，两倍。”

“我不缺钱。”

“你想要什么？”

林玉抬了抬手指，在意念中将他摸了好几遍：“美的，买不着的，过瘾的……”

高陌瞪了她一眼，她还拿手比着他的身形划拉。

吃软不吃硬，高陌玩味似的笑了笑：“你出来，我带你去个地方。”

林玉没动。

“出来啊。”

她在等待什么。

“噔噔噔……”

时江张大了嘴从楼上风一般跑下来，刚站定气还没喘匀，便叉着腰嚷：“房间里……房间里……好干净啊！”

林玉冲高陌笑，放长线钓大鱼，此刻她的眼神里，有张捕鲨网。

“跟我来，你会满意的。”高陌弯着指节在台面上叩了叩，露出两处擦伤。

她挪出柜台，步子缓慢且得意扬扬。

高陌不拉她的手，揪着一点衣角往外走。

夜风徐徐，她又闻到了洗发水和香皂的味道。

“南淮怎么样了？”

“死不了。”

“那……”

“你确定你想聊他？”他只是说句实话，无意撩她。

林玉坐在车后座上，风划过他的侧脸，又扬起她的长衫与头发。

肯定是同一缕，如此舒爽。

她毫不掩饰自己的快乐，笑声和在风里像一支歌。

歌声越来越清晰，她合上嘴时甚至听到了词谱——

“白斤掌罗个海你美喂海你美……”

她向前望，不远处的道路旁有身着民族服饰载歌载舞的人群。

“是什么？”林玉问。

“纳西语的幸福颂。”

她说“哦”，静静地听着。

城中的篝火晚会歌舞表演属性至上，而这儿，她更能真切地听到火舞空气的噼里啪啦。

像燃烧的秕谷，爆开的麦粒，有种狂野而原始的生机。

她伸了个懒腰：“还算不错。”

高陌侧过头看了她一眼：“坐稳了，还没到。”

他小心地把控着车头在人群里游走，而后突围奔向前路，古城外的野径没有照明，带着一缕车灯扎入混沌的两人像极了一尾银鱼往大海里放生。

“你带我去哪儿？”

“领你的工资。”

林玉躲在他身后，大口大口地吸着冷空气，他没有停，她也不再问。

入夜渐深，寒意使人犯困。

她眯了眯眼，想起了自己初见高陌的那天。

“你说过你会去的。”她敞开了手拦在一辆高级轿车面前。

母亲没动，身着礼服、妆容精致地坐在车里。

驾驶位上的高陌从车窗里瞥了她一眼，视线再没移开过。

那眼神她记得，漆黑的，带着疑惑和一些说不清的元素。她不怕，瞪回去了。

“林玉，毕业而已。”母亲说话的神态从容优雅，全然与雨中的她两个世界。

她戏谑一笑，没有半句软语。

高陌从车里递出雨伞给她，她没接，将邀请函丢在一边大步离开。

“睡着没？睁眼。”

车灯熄灭，林玉回过神时已经被高陌从摩托车上拎了下来。

四周黑漆漆的一片，只剩下两人的呼吸声与风缱绻。

“你还有这种爱好？”

他不语，打开了车灯。

光线在混沌的暮色里撕开一条口子，细小的飞虫蹿入，振翅的动作在面前蓝青色的水面上留下极缓的影子，近旁有灰的砂石，金的草甸，灯照在寒夜的白霜上，闪烁出一派粼粼的光。四周笼罩着广袤的黑暗，狭窄光路里展露的，不似人间。

美的，买不着的。

“不算过瘾。”林玉说。

他冲她笑，带着一种胸有成竹的捉弄。

林玉警惕地看了看四周，他一把将她揽起褪去了鞋袜，白玉似的一段，在寒风里露着。

“高陌，你想干什么？”

他抱着她往湖边走：“孤男寡女，你猜猜？”

她挣扎了两下，全无成果：“你放开我，看我敢不敢跟你有点什么。”

“叫哥。”

林玉不肯。

高陌抱着她往水里放，她平白打了个哆嗦。

“扑通！”他真将她丢进了水里。

湖水刚好漫过脚踝，林玉咬着牙，被夜风吹冷的双脚却感觉到了恰到好处的温暖。

高陌恢复了正经的神色，靠在车边点了一根烟：“过瘾吧？”

她用脚拨了拨水，像个孩子一样笑了。

“温泉？

他点头：“面积太小没什么开发价值，当小野湖撂着。”

林玉往里走了两步，将手环成喇叭样喊：“林玉的小野湖。”

光将她的影子在湖面扩开，落在高陌眼里像一只白首黑羽的孔雀。

他说：“你这个样子，蠢极了。”

“要你管。”

林玉玩了一阵后，穿好鞋袜往他车上爬。

“你的小野湖，不多玩会儿？”

“见过就行，是我的，它心里知道。”

他懂她话里的意思，却故作冷淡地说：“你的工资，我结清了。”

她点头，坐在车上突然问：“还记得你第一次见我吗？我拦了你的车。”

他眸子一沉：“不记得。风冷，回去了。”

当头一盆冷水，她心情不好，坐在后座也没心思揽他。可山路不好，她知道，生怕自己摔着，将手紧紧地扣在坐垫上。

他准备踩油门，往后挪了挪，坐到了她的小拇指，她缩了一下，不吭声。

“疼不疼？”

“要你管。”

高陌咬了一下牙，第一次见她时瘦瘦小小的，坐在台阶上背影哭得一颤一颤，没承想，几年的工夫脾气跟野驴似的。

一路上两人都没再说话。

到了客栈，时江问高陌明天会不会继续找林玉帮忙。

高陌连带他也不理，走了。

时江看向林玉，她也疾步回了房里。

“这两个人……”时江感叹了一声，壁炉边一个住客将烟灰掉在了沙发上，他忙跑过去，嘴里的嘀咕没了下文。

林玉一进屋便褪了长衫往浴室里去，热水沿背脊而下，记忆又汹涌而来。

毕业晚会礼堂里空荡荡的 8 排 B 座，总有意无意昭示着作为优秀毕业生发言的她有着原生家庭的孤独。

她习惯了一个人，可还是讨厌这样。

因为家庭，不及她的人在她荣耀的时候向她施舍可怜的目光。

她仰着脖子，将最后本该温情的致谢辞说出了几分冷傲。

礼炮奏响，台下的家长跑上前来与子女拥抱。

七个优秀代表，加上家长与一旁的礼仪小姐共数十人，她只需一开始做出张开双臂等待的样子再趁乱往后站便好。

她呼出一口气，张开双臂，刚要后撤却迎来了一个极结实的拥抱。

身边响起此起彼伏的“毕业了，恭喜”。

高陌却弯下身子跟她说：“以后邀请函别丢水里，泡皱了门卫差点不让我进，还好我看着一脸纯良。”

真老土，她当时想，可还是忍不住笑。

“阿嚏！”想到这儿，林玉平白打了个喷嚏。关掉水源，她又看了一眼脏衣篓子里的那件长衫。

“林玉姐！”时江在外喊了一嗓子。

她穿好衣服开门，黝黑而干净的小手上放着两颗药丸。

“预防感冒的。”他说。

林玉道谢，他又赖在门口不走。

“有话直说。”

“你明天，还帮我们看柜台吗？”

“不了。”

“别呀，我觉得你就适合干这个。”

“这是夸我？”

“对！你今天卖出去的酒水都抵以前一周的，他们都喜欢你漂亮。”他眼睛里很干净，全然没留意到林玉一脸黑线。

“抛头露脸招流氓，我不干。”

“不会呀，有高老板在，流氓才不敢欺负你。”

林玉打了个哈欠准备锁门，时江以为她不信，便顶着门说：“真的，前天还有一个流氓鼻青眼肿被高老板撵得直往城外跑呢。”

“哦。”极敷衍的一声，她动手关门。

“不过那个洋鬼子也真是可恨，整天色眯眯……”

“洋鬼子？”门留下了一条缝。

见林玉对自己的话感兴趣，时江觉得拉她卖酒的希望又大了些：“嗯，长得人模人样，每天装驴友骗妹妹崽，看到这些熟混子跟我们的客人搭话我都会提醒的，你很安全。”他拍了拍胸脯。

林玉勾起嘴角一笑。

“那你答应帮忙了？”

“没答应，明天再说。”林玉合上门，从衣柜里挑了件最显身段的穿上。

（三）

“白说了一通。”时江耷拉着脑袋从林玉门口走开。

过了半晌，高陌听到“咚咚咚”的声音。

他停下手上的动作没出声。

“咚咚咚！”

又三声。

他套了一件简单的 T 恤熄了灯。

“咚咚咚！”

还在敲。

高陌皱了皱眉头，听着烦，点了一根烟。

几分钟后门口传来了脚步声。

半夜里敲他房门的女客不少，他倒想看看是哪一个这么烦人。

脚步声小了，他轻轻将门开了一条缝。

楼道里亮着一盏瓦数不高的顶灯，高陌探出身子，通向楼梯的那面没有人。

“属耗子的，溜得挺快。”他嘀咕了一声。

“没有饵料，耗子也懒得偷腥。”林玉靠在门框另一侧，开衩的酒红色长裙露出的一截小腿极匀称。

“是你？”

林玉将脸转了过来：“你约了别人？”

高阳打量了林玉一通，扭脸走进房间里，正准备带上门，林玉将手腕伸了进来，纤长的手指间夹着一根兰州。

“借个火。”她站在房间外，声音很轻，但足够让他听得分明。

高阳往兜里一摸，没找见打火机，才想起自己点完火放在了床头。

“没有。”

林玉往他嘴边瞟。他瞪了她一眼，她莞尔：“不管有没有用，要是肖安，都会报警。”

“别在我这儿撒疯。”

“你对那个浑蛋动手了，他动我，你很生气。”

“要点脸不要？”他盯着她，丝毫没有作用，于是伸手夺下了她手里的烟，折断，“我看他不爽才收拾他，你要是在这儿碍事，下场一样。”

“哦？”林玉撤了手。

高阳将门往外推，缝隙即将消失时，他眸子一沉，改了主意。

“真想借火？自己进来拿呀。”

林玉心里有些狐疑，但还是转身应了声：“好。”

她走进，高阳关上了门。

房间里黑黑的，他迟迟没有开灯。

“在哪儿？”

“我床边。”

林玉没有动，从鼻间哼了一声。

“怎么，怕摔着？那我带你过去好了。”黑暗中，他从身后一把揽住她的腰身，引着她往前走。

离开上海三年，她对他的执念有增无减。似乎他越是逃避，她的情感就越强烈。爱与咳嗽一样藏不住，她看穿了，便吃定了他。

“几个意思？”她有些警惕。

“没意思，带你找打火机。”高陌顺着手臂攥住了她的手，每在房间里摸索一寸，指节便扣紧一分。她越发觉得不对劲，手肘往后一抵，脱离他的怀抱打开了床头的壁灯。

房间亮了起来，她双腿叠放点了一根烟，等着他解释。

高陌揉了一下胸口勾起嘴角：“大半夜敲我房门，不会真的是为了借个火吧？”

“不然呢？”她在试探。

高陌一下夺过她手中的烟卷将她推向床帏。

林玉栽进被褥中，盘好的发髻也散开了。

“既然还有别的事，那就别在抽烟这种没营养的事上浪费时间了。”他将烟卷折灭，一把握住了她的裙角，“挺漂亮，什么料子做的？很贵吧？”

林玉想翻身爬起，深陷的床席却让她使不上力气。

她往边上一滚，高陌一脚搭在床沿上拦住她的去路：“看看嘛，别这么小气。”他握住她的脚往自己怀里拖，裙摆寸寸剥离，脚踝、小腿、膝盖……雪色的肌肤衬着身下深褐色的毛褥更显春色。

林玉按住腿间的裙摆问：“你想干什么？”

高陌皮笑肉不笑：“这话应该问你自己，我不过做做好事，成全你。”

林玉下意识地往后退，高陌用力一拽，拉住了，臀部紧绷的裙料露出些凸起的痕迹。

高陌看了看：“有备而来？”

他脸上又浮出了在雪山前的那个笑来。林玉不再往后退了，而是坐起身子直勾勾地打量他。他嘴角有引诱式的放荡，可眼睛里盛着一种狠劲。这表情告诉她，他准备赌一把。

林玉讨厌这种挑衅，伸手在他脸上轻轻拍了拍："我就是专程来送给你睡的，你又敢把我怎么样。"

高陌握住她的手，死死地摁在褥子上。

林玉仰头，电压不稳，床顶的壁灯闪了闪，两人四目相接杠上了。

"高陌，你输了。"林玉抬腿在他腰上蹭了蹭。

他松手一推，林玉重重地撞到了床板上。

这一次后面没有他体贴垫放的手背，可林玉笑了，声音骄傲肆意。

高陌揪住她的领口俯身吻在了她唇上，没有记忆中缠绵，却更猛烈。

轻微的痛与痒在嘴角肆意，林玉呼吸渐促，她承认这比上一次要馋人得多，以至于她不可抑制地浑身发热。

"看来我比肖安，好得的确不止一星半点。"高陌猛然抽身，肆无忌惮地享受着她脸上的迷醉。

林玉伸手关灯，高陌一把捞住她的手："这么馋我，不看清楚可惜了。"

他褪去了自己的上衣又去解腰上的皮带扣。

林玉攥住他的手问："高陌，你是认真的吗？"

他揪住她肩胛骨上的袖子往上一提，她如泥鳅一般只留下了最贴身的衣物。

她从未在任何一个男人前袒露至此，不经意的羞怯准确无误地落进了高陌眼里。

高陌弯了弯嘴角："为什么女人都喜欢问这个问题？不过既然你想听，我当然可以说是认真的。"

他眼里带着一种散漫随意，低头吻了一下林玉的脖颈，正要往她唇瓣凑去时，她用手抵住他，坦然说："我爱你，也不想追究三年前你为了什么消失，你要我，我就跟了你。"

她撤开了手，带着少女的羞意在他唇上啄了一下。

他眼眸一黑，笑声细碎。

"算了，这么熟了，我不骗你你也别骗自己。今天你要是想寻欢我们就继续，你要是真打算托付终身什么的，丽江和我都不适合你。"

林玉默默地看着他，他毫不躲避。

没一会儿，他笑了："这么说，我们谈妥了？"

他伸手沿着她的腰干摸了两寸，林玉心头一紧，抬手狠狠甩了他一耳光。

高陌停手舔了一下嘴角，捏住她的下巴报复似的吻了下去。

"睡了吗？姐姐给你寄东西了。"

有人喊门，是时江。

高陌起身捂住了林玉的嘴，林玉恨极，咬了他一口。

"哎？没锁门吗？那我给你放屋里吧。"

高陌来不及说话，连忙拿着褥子将林玉盖住。

时江走进来，见高陌一个人在床头坐着，褥子鼓鼓的，看起来很暖和。

"还以为你睡了呢？"

"睡得浅，听见喊声醒了。"

时江不好意思地挠挠头："姐姐给你寄了你最喜欢的羊乳糖，越早吃味道越好。"他抽了抽鼻子，闻到了一股特殊的香味。

高陌左手被咬得吃痛，皱了一下眉："挺香的，隔着盒子都散味。"

时江没多想，嘿嘿嘿地笑了笑。

"放那儿吧，我一会儿吃。"

时江说“好”，带上门走出了房间，到了外头还嘀咕：“怎么姐姐给我寄的没这个香，奇怪。”

脚步声远了，高陌掀开了褥子。

林玉一动不动，咬着他的手不撒口，红了，很痛。

他也不生气，“扑哧”笑一声：“怎么，你吃人啊？”

林玉不理他，松口裹着褥子要走，他一把按下，说：“别急。”

她的长裙撕坏了，他起身从自己衣柜里挑了件套头的长卫衣给她：“穿这个吧。”

他手上的牙印里渗出血渍，林玉不看他，只恶狠狠地侧头到一边去。他将卫衣撑开，从褥子中将她的手臂捉出来：“三点未露，我也没拿你怎么样不是？你年轻，生得也漂亮，你妈当时又跟我爸没好多久，说散就散，我自然愿意花时间跟你玩玩，可后来你是我妹妹这事板上钉钉了，兔子不吃窝边草不是？我跟外面那些男人没什么区别，你不了解我罢了。”

她扭头瞪高陌，高陌趁机将衣服套在了她头上。

他又挑起那个笑容：“得，小祖宗，从前的事算我对不住你。你忘了那事原谅我，我吃住免费补偿你成不成？”

他拉住袖口替她穿好另一只手，找到发簪给她绾好了头发。

见林玉不出声，高陌收敛起笑容说：“回去喝杯牛奶，早点休息，明天我找肖安来接你。”

林玉往门口走，看到桌边摆放的羊乳糖，停下吃了一块。

“她做东西讲究，喜欢的话你都拿去吧。”他说。

林玉捡起损坏的长裙警告似的回头，什么也没说。

# 「第四章」

Chapter 04

你敢饶过你自己吗?

（一）

这一夜林玉睡得很沉，没有做那个梦，也没有听到窗外嘶吼的风声。早起时，院子里养在坛坛罐罐中的中草药不是被腰斩就是秃了头，有人索性架了个锅子在当中选认识的品种涮火锅。

“药膳！药膳！”

不知道谁喊了两嗓子，林玉惊觉翻了个身。

风依旧刮着，和着奇怪药味的川味底料沿着窗缝透进房里，真呛人。林玉从被窝里探出头，顺手拨了一下贴附在脸颊的头发。

床头摆放的腕表显示十一点二十四分，她起身，已经很久没有睡过这样长的觉了。

洗漱，收拾东西，那条酒红色的长裙被折叠好放在最下层，她准备走了，什么也不想留下。

她拿出手机查看最近的航班，列表上滑，满屏都是灰色。

“叮咚——”

微博推送了一则热门消息，与她相关。

她滑过，失手点开了，文字内容祝久久，配图是她的侧脸与一只带有“陌”字的头盔。

估计是那个卖藏药的医生，她无心理会，只想着天气不好，暂时走不了了。

“今天厨房不开火，你要不要下来吃点火锅？”陈沈丁艺抬头看到林玉在窗口，端着一只陶碗大声吆喝。

林玉摇头，发现她依旧扎着个哪吒头满脸乐呵，一边的熟客抢了她的肉片，她骂骂咧咧地从他碗里捞出，而那人，林玉不认得。

“对啦，楼下有个男人找你。”时江小嘴辣得通红，看到林玉便想起了这事。

林玉问：“男人？”

“嗯，看起来像个卖房子的。”

她皱了下眉，随手拽了件宝蓝色的披风走下楼。

起风的天气房客都聚在大厅的沙发上醉生梦死、弹琴唱歌，穿的不是当地买的民族风袍子，就是宽松的套头衫。

“卖房子的？”林玉扫了一眼。

肖安西装笔挺，坐在高脚凳上用小碗喝樱桃酒的样子像品尝一杯醇厚的红酒。

林玉走到他跟前：“他让你来的？”

肖安摇头：“我想你了。”

他嘴里有酒，还带有果木香的便携漱口水味。昨晚丽江风雨倾城，肖安是坐了通宵的车赶来的。

林玉问：“要不要陪我出去走走？”

肖安应了，将行李存放在柜台。

“我们去哪儿？”

“随便走走。”

一路上两人没再说话。

天气不好，行人也不多。

半个小时，走热了，肖安脱下最外层的西装。

林玉伸手：“我帮你拿吧。”

“好。”

林玉顺着衣领往下摸：“剪裁不错，可在这儿穿不适合。”

“像卖房子的？”

她勾嘴一笑：“那孩子没恶意的。”

“我知道，一会儿我换件休闲点的。”

“算了吧，你的衣服都讲究。”

肖安笑了一声，点了头。

林玉将外套搭在手腕上：“不过你这张脸生得高级，适合讲究，穿得随性了反而不诱惑。”

肖安问：“你不生气了？”

“本来也没生气。”

她嘴角有笑意，只是眼神太深太虚，看不出意思。

街边有小孩抱着筒子卖花，见了肖安，用黑黢黢的眸子盯着他的袖扣看。

“姐姐真漂亮，给她买束花吧，虽然没有她人好看。”孩子说着熟练的俏皮话。

肖安蹲下身子揉了一下他的头，一枝十块，他每种颜色的玫瑰都挑了一枝。

“我这儿有双色的，买一枝吧。”

“我还有蓝的，香喷喷的。”

……

巷口凑出几个一般高矮的小孩，抱着自己的花筒将肖安层层围住。

林玉指了指不远处的石桥，走了。

几分钟后，肖安赶了上来，抱着一大丛颜色各异的玫瑰。

林玉打趣：“你这花怎么卖呀？买得多打折不打？”

肖安笑，将花束放在石墩边，只选一枝深红的递给她：“黑魔术，你喜欢的。”

“花从大理运过来，成本不到一块钱。”

肖安摊了摊手："我知道，瞧着他们可爱。"

"你喜欢小孩？"

"我……"

林玉闻了一下花香："没必要否认。"

"有时候的确会想自己什么时候能有个小孩。"

"只要你想。"

"你愿意吗？"

时间还早，卖唱的人不多，林玉盯着一个唱《蓝莲花》的吉他手看了一会儿，将手上的花和零钱放进了琴盒。

吉他手看了她一眼，弹错了两个音节。

"说这个太早了。你不想要，我就把你当孩子养着。"肖安说着去握她的手，语气温柔得与吉他手撕心裂肺的叫喊声很不相衬。

林玉告诉他："客栈里有一个人，唱这首歌比他好听。"

"你朋友？"

"或许你想问是不是高陌。"

肖安见她没挣开自己的手，低着头笑了笑："我没那么小气，何况，他是你哥。"

林玉不说话，抬头照着玉龙雪山的方向望去，天气不好，什么也看不着。

"你想要的，他永远也给不了。"

"听这口气，你知道我想要什么？"

肖安低头，猝不及防地吻了她："我不知道，但只要你说，我都可以做到。"

林玉推了肖安一把，肖安受力摔进了护城河里。河道不深，将将没过他的腰。他说："林玉，喜欢我吧。"

她没拉他，突然红了眼眶委屈地抱起一旁的玫瑰朝他砸去。

成百的花朵撒入水里，岸上的游客当她太过感动，对这对俊男靓女别出心裁的浪漫行径赞叹不已。

鼓掌的，叫好的，扶着眼镜拍照的。

吉他手拨了琴弦，换了首歌：

“他说你任何为人称道的美丽 / 不及他第一次遇见你 / 时光苟延残喘无可奈何 / 如果所有土地连在一起 / 走上一生只为拥抱你……”

她平复了一下心绪，没让眼泪流出眼眶：“我饶不了你！”

肖安带着水渍将头发往后理，从水中捞了几枝黑魔术递向她：“你敢饶过你自己吗？”

“赌点什么？”

“他吃醋我走，不吃醋我们一起走。”

林玉一把接过他的花，冷冷地笑了笑。高陌也好，肖安也好，她这个人，还真就是惹不得，输不起。

（二）

“好像没了，不过我可以给你查查有没有今天退的。”挂牌入夜关门后才会整理，陈沈丁艺看了看空荡荡的墙壁翻出了登记册。

林玉点头，靠在柜台边等着。

“好，那就这样……”高陌拿着账本和笔从后厨清点完食蔬库存，用肩膀夹着手机跟小贩确定送货日期，见地面一摊水迹，下意识地抬头瞥了一眼门外的天，没见下雨，意外地对视上了林玉的眼。

陈沈丁艺拿着登记本翻了两三遍，高陌说：“我来吧，你去把沙发上的酒瓶收一下。”

“要一个单人间。”

高陌说“好”，用手捏着页脚不紧不慢地翻了一遍：“没有单人间了，不过二楼最后面有个空的双人间。”

林玉递上两张身份证。

高陌接过，扫一眼推回了一张：“他的就行。”

“我跟他一起住。”

“那个双人间，是大床房。”高陌的脸上没有情绪变化，只是做常规提点。

林玉伸了个懒腰：“那多好，有情调。”

陈沈丁艺将空酒瓶放在柜台后的纸箱里，见高陌埋头往登记表里填肖安的身份证号码。

“老板，你看都不看，可别抄错了回头把屎盆子扣我头上。”

“错不了，我们认识得早，又同行五年。”

“自己开客栈还来住店，新鲜了。”

“我是说开店以前。”

“卖房子吗？别墅区吧？”

“你去把楼顶的床单收了，天气预报说今天还有大雨。”高陌抬头，柜台外已只剩下两三个酒客，林玉不知道什么时候走了。

新换的房间就在高陌隔壁，她换房的空当儿，肖安去了她的单人间里洗澡，没人登记入住，无妨。

林玉放好行李后撩开窗帘看了看外面的天气，灰蒙蒙的，跟她来的那天很像。

她点了根烟，看着雨水逐渐从青绿色的檐角滴落下来。

“房顶风景要更好。”

没见着人，只有一截鹅黄色的床单在她正上方晃了晃。

“你在上面能看见我？”

“不能，不过我闻到了你的香水味，很贵。”陈沈丁艺回答。

“楼顶能看到什么？”

“飞得很低的鸟，楼房，一些灯，看着还不错。”

林玉说“哦”，问了她南淮怎么样。

“死不了，医生说断了根骨头，人也摔迷糊了得在医院住着。”

“享清福的好事。”

“嗯，算是。他前女友过来了，照顾得很周到。”

“比你漂亮？”

楼顶那边没有回答，林玉以为她走了。

“他跳下去之前给她打了电话，没接通，不知道想说什么，流浪够了想认个错稳定下来了吧。”

林玉掸了掸烟灰，没打算安慰或者抨击什么，只说：“顺便给你及时止损，挺好。”

“嗯，你呢？也及时止损吗？”

林玉没说话，窗外的雨点越来越大了，啪啪作响，像很多的耳光。

陈沈丁艺收完床单下了楼，撞上了放学刚回来的时江。

“哎。”他拦住了陈沈丁艺。

“怎么，要帮我啊？”

他猛然往脑袋上拍了一下：“就是这个味道，坏大事了。”

陈沈丁艺莫名其妙，埋头，嗅了嗅。

“坏什么大事？”

时江做了个鬼脸，眼珠子一滴溜抱着书包跑开了。

“哎，小鬼，一会儿下楼吃晚饭了。”

客栈食材剩得不多，五花八门，店里的员工不讲究，找个锅子，捧个碗，往壁炉边一架，蹲着站着，夹到什么吃什么。

厨师说：“要是明早还不送食材过来，我们就要去隔壁消费了。”

“那敢情好，都挂在高老板账上，反正那家女老板总偷瞄他。”

几个人面面相觑，都看着高陌发笑。

“天气不好，我打过电话了，明天就送到。”高陌往嘴里随意塞了两口，朝着楼梯处看了一眼。

“不算糟。林玉今天不是还跟那人出门遛弯了吗？明明是老板你比平时清点晚了，不知道想着什么。”陈沈丁艺拿胳膊肘拐了一下时江，“小鬼，你说是吧？”

高陌有些无语地看着她。时江埋头捞锅里的面条：“我上学去了，不知道。”

“你不是跟在他们后面出去的吗？怎么不知道？”

“没看着。”

锅子烧得滋滋作响，一转眼话题又转到了别的事上头。高陌放下碗筷，说吃饱了。

“我去写作业。”时江跟着高陌上楼。

脚步声小小的，一直在后头响。

高陌回过头，靠在楼梯转角：“说。”

“你喜欢她吗？”

高陌咬了一下牙：“大人的事你别管。”

“我下个月十八岁了。”时江又道，“她很仗义，不过她不适合当老婆的。”

“我没这么想。”

“昨天晚上她就躲在你被子里，我闻到她的香水味了。”时江说话声音小，却很清晰。

高陌咬了一下牙，无话可说。

“今天她跟那个男的在广场亲嘴了，好多人看着。”时江说这话时脸红得要紧，见高陌没有反应，愣了愣走了。

高陌继续往楼上走，一转角遇到了肖安。

“好久不见了。”

贴身的西装，点头的动作恰到好处的优雅。

高陌很确定他听到了刚才的对话，只是淡淡地点了一下头：“难得过来玩一趟，要不要一起喝一杯，我请客？”

肖安摇头，笑了笑：“明天吧。林玉鼻子尖，不喜欢闻着酒味睡觉的。”

高陌笑了一下，都是男人，这点意思谁还不知道。

“对了，怎么说你也是她哥，等天气好了我们会回上海结婚，你也来吗？”

“好。”

“肖安……”房间内传来一阵呼喊，他冲高陌点了点头进屋了。

林玉喝了些酒，靠在门口的身形有些晃荡。

“洗个澡这么久？”三分酒气，她说话有些娇嗔。

肖安伸手扶她：“还洗头了。”

林玉将手往他脖子上一钩：“真体贴，给我闻闻，香不香？”

“林玉，你喝多了，我扶你去床上睡觉吧。”他背着手，不愿趁她醉酒欺负她。

林玉搂着他不放：“我自己睡不暖的。”

“这……”

“你不想抱抱我吗？”

她上下睫毛微微交叉，温顺得如小羊羔一样。

肖安看着她，问：“你知道我是谁吧？”

她冲他笑，将手从衬衣伸入在他腰上来回摸了两把：“我错过的东西，该还给我了。”

他挑起嘴角，一把将她打横抱起放上了床。

床顶的灯光很明亮，他用手撑着身子，细细打量着林玉的眉毛、眼睛、鼻梁、嘴角……

“砰”的一声，隔壁的房门不轻不重地关上了。

肖安俯下身子吻她，她却别过了头去。

她在身下推了他一把：“走开。”

他没有动，笑容有几分尴尬。

“肖安，我困了，你要是想睡床，那我睡沙发。”她脸颊有些泛红，声音却十分笃定。

他有些沮丧地撤开手，想到自己在拐角听到的，突然不甘心地勾住了她的腰。

“我不好吗？”

“很好。”

“为什么我不可以？”

“你知道为什么。”

在一起三年，林玉一开始便告诉他，我不爱你。

肖安说没关系，我喜欢你，找到了更好的你就走，没找到就待在我身边。

那时母亲为了衣橱那件事情每天给她不下十通电话，她烦了，答应了。

她不占肖安便宜，肖安也不逾矩，两个人很默契，默契到她都有时候恍惚地觉得这样过一生也没什么不可以。

“我们之前很好。”

她往身后缩了缩，摘下他的眼镜顺着额发摸了一把他的头。

肖安的温柔里有贪欲，典型的斯文败类长相。

“我对你提不起兴趣。”

肖安愣了一会儿，扣好袖扣起身替林玉铺了床：“我睡沙发吧，你晚上爱动，别摔了。”

她点头，将眼镜还给他，拎着浴袍去了浴室。

窗外又下起了大雨，她醉醺醺地扶着墙站在淋浴下。

如果真要走，不一定非要坐飞机的。她看了看镜子，莫名其妙地摆了个性感撩人的姿势。

人真是既可悲又可笑，喜欢的东西跪着都不撒手。

她开了音乐踉踉跄跄地在浴室的水雾里走台步，没有章法，一个人迷醉其中。

原木色的门“吱呀”响了一声，肖安的脸出现在镜子中。

他抱住她，吻了她的后颈。

“你是个律师，强奸罪判得很重。”

她看着镜子里狼狈的自己，听到身后扣子解落的声音。

“林玉，我爱你。”

她冷冷地笑了一声，充满了嘲讽。

正在此时，绵软的衣物盖在了她身上，他反手替她一个一个地将扣子扣上，不长不短，将将盖过臀部。

“你什么意思？”

肖安扶住她的肩膀让她靠坐在洗漱台上。

“我答应过你，你不同意绝对不动你，可你总该给我个机会证明自己。让我来服侍你吧，你会满意的。”他的头发被水汽沾得湿漉漉的，镜片后的男人，蛇一般性感。

她觉得很可笑，他却握住她的脚踝吻在了她小腿上。

温热的，轻柔的，带着比雨夜热腾腾的水雾更暖人的讯息。

“肖安……”

“嗯……”

“我……不爱你。”

“不用爱，有一点……一点点喜欢就可以。”

她忍着腿上生理的快感，依然坚定地告诉他：“别这样。”

不断淋浇的热水使得浴室温度逐渐升高，她急促地呼吸着，天花板上的图案越来越混沌。

肖安的声音低沉而充满磁性：“会好的。”

“林玉姐！林玉姐！不好了！你快出来呀！”突然，房门被擂得“噔噔”作响。

林玉惊觉，一下从洗漱台上跳了下来。

走到浴室门口，肖安拉住她，跟分手那天晚上一样不舍。

“林玉姐，再不出来就完了！”门外的喊声越发凄厉，拍门的动静也一下大过一下。

林玉闻到了空中的焦灼味，跟肖安说：“失火了！”

肖安回过神，顾不上自己，立马用湿浴巾包住林玉拉着她往门外逃生。

“别撒手，跟紧我！”他一边跑一边往后叮嘱林玉。

“嘭”的一声，肖安踢开门，她却脱手径直往高陌房里蹿去。

刚冲到门口，她愣住了。

没有明火，没有浓烟，甚至连楼道里的报警器都默不作声，高陌拽着一条烧焦的褥子从屋里走出来拽时江的耳朵。

他没理会林玉，倒是经过肖安时冲肖安不好意思地笑了笑：“没事，回去睡吧。”

时江挣开往林玉身后躲：“林玉姐别走，高老板说我吓得他烟灰掉在被子上起火了他要打死我。”

“兔崽子，四千八的高级货，烧这么大一窟窿，我指着它过冬呢。”高陌看上去很生气，咬了咬嘴唇又要去逮他。

时江也躲，边躲边说：“你叫我拿账本来给你的，怪不得我。”

高陌气不打一处来，叉着腰道：“你送个账本叫门不能小声点？

吓得我……”

“我就这个嗓门，林玉姐知道的。烟灰掉了谁叫你不赶紧抖，由着它烧，怪谁哦？”

“哎，你个小兔崽子还有理了！”高陌又去捞他，他又躲。

肖安赤裸着上身站在一边，憋了一肚子火。

“不好意思，伙计闹腾惯了。”高陌朝肖安打了个拱手，脸上又勾了一副浪子笑。

林玉斜着眼睛打量高陌，高陌回头：“衣服不错。”

“我困了。”林玉打了个哈欠，紧了紧身上的浴巾准备回房睡觉。

时江一把拉住她：“林玉姐，你不管我了？”

她翻了个白眼，走了。

肖安跟在林玉身后，待林玉进门了才看着高陌一声冷笑：“你是她哥。”

高陌点了根烟，目光冷峻，收敛了笑。他走到肖安跟前，替肖安扶了一下眼镜：“所以，她不愿意的事你自己掂量着。”

（三）

是很安稳的一夜，雨水敲打着镂空窗格上黑灰色的瓦檐。

林玉做了一个新的梦，极寒冷的天气里在雪场翻滚，没有阻碍，没人陪同，她将身体随心所欲地扭动，像一个真正的雪球。突然雪屑钻进了衣领中，她打了个哆嗦，说过瘾。

“会感冒的。”有个声音在雪里跟她说。

她惊慌地往后看，头磕在床柱上，醒了。

天初蒙，屋子里暗沉沉的。

她看到浴室的门缝里透着一道暖黄色的光，雾气氤氲，没有水声。

她翻身准备再次入睡，闻到了一阵甜丝丝的血腥味。

“肖安？”

“咣当——”有什么金属质感的东西砸向了地面。

她穿着拖鞋往浴室走，刚握住把手肖安开了门。

“吵到你了吗？”他围着一条浴巾，下巴上残留着一块乳白色的剃须膏，侧脸的样子很像某男星的一张赤膊写真。

林玉说没有，低头看到了地上的刀片和有一小片没来得及冲洗的鲜红。

他笑了笑：“失手刮破皮了。”

她没作声，狐疑地在他身上扫了一遍。

“昨天晚上的事……”

“算了，要清算起来未必是你对不起我，何况……你救了我。”

“没真着火。”他有些尴尬，心里越平静，越无法原谅自己对她做出的不体面的种种。

“你以为是真的，这就行了。”她眼角还有些疲累，睫毛上沾着雾水。

“我洗完了，你现在要洗漱吗？”

她摇头，替他关上门靠在窗户边静静地听他在浴室里吹头发。

呜呜声响起没多久，她听到了 阵铃声，是肖安的手机。

林玉没理会。

雨停了，她伸手去捞窗外的风，可手机停了又响响了又停，她凑上前拿起看了看，来电人叫王平。

“肖安，你的电话。”

门里依旧是呜呜声，他没听见没有反应。

林玉想将它放回原处，手一滑接通了。

“你要的那两个档案我整理出来了，还真跟他有点关系，我一会儿将所有资料发你邮箱。”是个男人，听音色四十偏上，声音压得很低，像捂在什么东西里。

“他在吹头发，有事我可以转告他。”

“林玉？”对方意外地叫了她的名字，觉得不妥，又说，“老听肖安提起你。一点工作，麻烦你叫他一会儿给我回个电话吧。”

她觉得哪里怪怪的，正要开口，电话那边传来几句“在医院还忙个没完，该打针了”“怎么这几天不见姜医生”的闲话，而后便只剩下一阵“嘟嘟嘟”的忙音。

“时间还早，要再睡会儿吗？”肖安走出浴室，将用过的浴巾叠成了正方形。

“刚才有人给你打电话了。”

“哦？这么早，谁呀？”

“男的，叫王平，说什么档案，叫你记得回电话。”

他眸子一沉：“什么档案？”

林玉捞着双手看着他，意思再明确不过——我怎么知道。

他拿着手机像个大男孩般笑了笑：“这段时间事务所里太忙了，度个假都不得消停。”

“我去楼顶吹吹风。”林玉没心思听这些闲话，拽着披风出门去。

景区的房子大多是木制两层，高陌的客栈做了重檐设计，二楼往上还留出来一个四柱架空的屋顶，晾床单被褥，搁置不要紧的杂物，盖上瓦，像一只垂翼的山鹰。

上房顶只有一道狭窄的木扶梯，狭管效应，林玉一探头被风吹了个激灵。

“留神，这里风大。”高陌蹲在楼梯口向她伸手，身后是暗沉沉的天空。

林玉紧了一下披肩，低头顶风爬了上去。

高陌也不尴尬，收手坐回了屋顶边的一段圆木上。

周围风浪涌动，灰色的团云将天空压得很低，林玉站在风里，感觉下一秒自己便会被吞噬殆尽。

她闭了闭眼，风在身边川流不息。

“我要是你，就不站在那里。”高陌捂着手点了火，烟卷在风里燃得肉眼可见的快。

她问：“为什么？”

高陌笑了一下，风吹起烟灰带着瞬间的光穗，而后变成白灰，悉数粘在她披风和头发里。

“啧！”林玉嫌弃地扫了他一眼，当风解开披风抖了起来，“你故意的。”

高陌带着微笑看风中的古城，看低飞的鸟和远处靛色的山峦。

“什么感觉？”

“过瘾。”他吸完最后一口，将林玉往里拽了一把，“肖安辩护赔偿案厉害得不行，你可别失足死这儿害我。”

林玉坐下，朝他伸了一下手要烟，没理会他的玩笑。

“你一女的吸什么烟。”

“给是不给？”

“吸你自己的。”

“我没带。”

他咬了一下牙，坐在一旁往衣兜里翻：“没了。”

林玉不信，凑过去看，屁股一挪坐在了他身边。

“给给给，还没完了。”他站起身子，抽了一根给她。

她放在鼻子下嗅了嗅，很放松地说：“借个火。”

高陌将打火机递给她，碰到她手指的那刻想起了那天晚上，也是找打火机，他搂着她的腰，手扣在一起。

“愣着干吗，帮帮忙。”她手小，点火时打了好几下也掩不住风。

高陌白了她一眼：“笨死你算了。”

她看着他在这种小事上认真的样子又好气又好笑。

高陌将手团成捂火的形状罩在她手边：“快，快点打。”

“挺冷的，你怎么不穿外套就出来了。”肖安顺着梯子爬上来，看见高陌，点头一笑。

高陌撤了手，林玉刚巧打火，“咔”一声，风将火星吹灭，又没点着。

肖安替她披上外套，她将烟和火机揣进兜里：“屋里暖，没想到楼顶风这么大。”

“还说呢，手都冻红了。”肖安蹲下身子将她的手团在自己手里，搓了搓，哈了口气。

高陌从楼顶下去，总觉得哪儿有一丝血腥气。

“老板你在这儿呀，菜送来了。”时江站在楼下，隔着两道楼梯望着他。

高陌说“好”，匆匆扶着下了木梯。

“新鲜吧！今早刚宰的！”供货的小贩为自己的商品得意。

陈沈丁艺拿着订货单一样一样地核对菜品。

“这样啊。”高陌盯着带血的牛肉嘀咕了一声，卷起袖子亲自带着厨房的工作人员将果蔬肉食分装好放进厨房里。

(四)

林玉和肖安下楼是一个小时之后的事，云层里透出了几束光，看样子天气准备放晴了。

“吃点什么？”陈沈丁艺听见脚步声，在柜台前习惯性地招呼。

林玉掏了掏兜：“这个，帮我还给高陌……”

话还没说完，高陌从后厨走了出来，手上握着一块抹布，正左右擦拭着手臂上沾染的牛血。

“什么要还给我？”他一边问一边往她跟前走，露出的一截手臂肌肉紧实线条流畅，覆上隐隐的血红色，野性健壮。

林玉不禁多看了几眼。

陈沈丁艺低着头，故意将手中的笔在柜台上点了两下。

林玉面不改色：“你的打火机。”

高陌说：“哦。”

她递给他，他去接，将抹布扔在了不远处的柜台上。

手机响了，肖安走到了一旁。

一个戴眼镜的姑娘醉醺醺地从院子里晃进来，一下子撞向了林玉。

两人往前一倒，高陌一把拽住了姑娘，同时将林玉推到了一边。

“砰”的一声闷响。

林玉隔着染血的脏抹布磕在了柜台上，说不上疼，也没受伤，只是雪色的脸上印了一大团尴尬的牛血印。

林玉恶狠狠地瞪着高陌，他却指着柜台跟前的一只小招财猫说：“磕坏了你还有得治，磕坏了它生意就砸了，我这人，迷信。”

陈沈丁艺莫名其妙地看着高陌。肖安凑上前，被林玉一把拉住了：“帮我擦干净。”

没有别的话，林玉若无其事地领着肖安去小院里散心。

陈沈丁艺一副看热闹的表情望着高陌笑。高陌倒不在意，顺嘴接了一句：“玩得开心。”

两人刚走，时江抱着脏床单一蹦一跳地从楼上蹦跶了下来，差点撞到醉酒的那姑娘，却笑得很灿烂。

“小鬼，今天不上课？”陈沈丁艺问。

“上课。”

“那还这么高兴，是不是谈女朋友了？”

“烂嘴巴！我是明天放假高兴！”时江将脏床单放到大浣洗篮里，被陈沈丁艺的话羞得脸颊通红。

高陌在他头上揉了一把：“晚上你问问你姐，看这次需要我们带点什么。对了，问清楚她的尺寸，走的时候给她做两身衣裳带过去。还有，打点番茄汁给刚上楼的那姑娘送去，昨儿才住进来，今天就跟个醉鬼一样。”

时江点头，一蹦一跳地又背着书包出门去了。

高陌看着他消失在门口，一回头发现陈沈丁艺正撇着嘴盯着自己看。

“我脸上有东西？”

她摇头：“这不是都挺好的吗？干吗就对林玉那么没良心，人家喜欢你的时候撩不动，换人了你又吃醋较劲，不扶就完了，还推开，就你干净……”

他往院里一瞧，弯着手指往招财猫上敲了敲：“铜的，会磕死人的，你指望她摔破相就有人比你丑了是吧？”

“略！”陈沈丁艺跟他顶嘴惯了，白了他一眼，拎着浣洗篮往后厅去了。

“等等，”高陌想起什么咬了一下牙，“吃醋较劲？”

“难道不是？”

他拽起抹布丢给她：“剩一点血腥味今年别想要奖金。”

古城刚下过雨，院里的石板如同着釉一般清亮，院子里一帮住客正用烧烤签跟啤酒瓶玩投壶游戏，十签一瓶，临流上阵。

林玉看了一会儿，听到肖安口袋里的手机又响了。

她回头，他挂断，低头看到她额角刚撞过的地方淡淡发红，不禁在那儿亲了一下。

“疼吗？”

林玉抽了抽嘴角，投壶一根未中的人骂了句脏话，肖安依旧冲她笑，眼睛里有她的倒影。

“你玩不玩？”她要来签子突然问。

肖安点头，而后才是一脸莫名其妙。

他解了两粒袖扣，一连投了九根都与瓶口擦边过。

林玉看着他，他做了个深呼吸摘下了腕表，她说：“肖安，明天回上海去吧。”

肖安一愣。

“我想吃小笼包了。”

“你愿意跟我回去了？”

她撇了一下嘴：“顺路而已。”

肖安当她是撒娇，抿嘴顺手一丢，铁质的签子直掼瓶底发出“当”的一声。

高陌听到了，倚在柜台上叫了声好。

林玉脸色一沉，食指抵了一下鼻子，风风火火地拉着肖安往回走。

高陌见林玉这个时候回来，心里不免有些紧张。

林玉却直接无视他上楼去了。

“别说，林玉还真帅！不知道我什么时候才能这样决绝地拽着帅哥满大街跑。”陈沈丁艺极艳羡地感叹了一声。

高陌扫了她一眼，接着干活去了。

“林玉，怎么了？”肖安的话还没有说完，林玉便“砰”的一声关上了房门。

她蹲下身子在包里翻出应急的小药包丢给他。

肖安没动，脸色变了。

林玉说：“要帮忙叫我。”

他捡起药包看了看，呼了口气问：“你知道了？”

林玉不语，他却笑了。

“你开始关心我了。”

这笑容中莫名的兴奋让她瘆得慌。她想起了第一次见肖安，在高陌的生日宴上。

所有人聚集在前厅跳舞交谈，她穿了一条牛仔热裤从后院爬进了高家，一个男人西装革履在花园里弹钢琴，指节飞舞，铿锵顿挫。她略站了站，见男人似乎没有察觉，再次起步，这时他回过头问：“好听吗？”

她点头：“迄今为止听过的最好听的。”

他笑，对着钢琴，优雅礼貌但并不高兴。

“你知道高陌在哪儿吗？”她问。

他没再回头也没理她，架起手，准备再弹一曲。她毫不在意地撇嘴笑，迈着步子朝大厅走去。

“既然不喜欢，那就别弹了。”她回头跟他说。

刚按下的一个音节还有余响，他回答说：“你认为我不喜欢？”

她转身迎着他的目光，昂着头，眼睛笃定地眨了一下。

“你叫什么名字？”

大厅往花园处传来了脚步声，她往后躲了躲。

“那边，走到尽头上楼第三个房间。”他给她指了路。

她没动，他又说：“如果你是想单独见他的话。”

“谢了。我叫林玉。”她扬了扬手，看到他回馈的笑容带着异样的兴奋，一如当下。

“肖安，把伤口给我看看。”

“你嫁给我吧？”他似乎没有听到她的话，一把拉住她，药包掉在了地上。

“咣”的一声，砸出了闷响。

“先让我看看伤口。”

他说好，将外裤褪下，伤口隐蔽，在左大腿内边，半个小拇指宽，有凝血的痕迹，但投签时伤口又裂开了。

她的嗅觉，果然没错。

林玉捡起药包，毫不避讳地蹲在他腿间替他清理伤口。

割伤自己，用温湿的水浴保持伤口血液不凝固，失血产生疲倦，疲倦产生病态的安宁，以此在强烈的情绪即将爆发时维持外表体面的斯文。

她不意外，这很“肖安”。

“嘶——”他吸了一口凉气。

林玉本想问问疼不疼，擦干伤口近旁的血渍，她看到了几道如出一辙的旧疤。

他不仅仅是这一次为了自己才这样，林玉歉疚感稍轻。

“记得避水消炎。”

他说“好”，伸手去摸林玉的头发。

“手要是闲得慌就自己包扎。”林玉拿了一小片纱布替他盖上，起身时目光落在了垃圾桶带血的棉棒上。

肖安是光鲜的，是完美的，但肖安也是隐忍的，是疯狂的，而她看到了他的隐忍和疯狂，所以他爱她。

林玉走到窗口掏出口袋里的那根烟，狠吸了一口。

她不想留在这儿，也不想跟肖安一起走。

“林玉，明天我们……”

“各走各的，我先不回上海了。”

“那你去哪儿？”

她沉默了一会儿，她也不知道自己要去哪儿，最后看着烟卷上印压的商标说：

“兰州。”

# 「第五章」

Chapter 05

## 别怕，我在这儿

（一）

肖安走了，走之前将助理发给自己的邮件原封不动地转给了高陌，又亲自替林玉收拾了行李、订好了去兰州的头等舱机票。

离航班起飞还有三个小时的时候林玉退了房，将机票钱原封不动地转到了肖安账上。

白喝了这些天牛奶，清清账。

走到 Hell 酒吧门口，她将长发一撩，拍了一张矫情而唯美的游客照，“风，住在这个地方”，她在微博中写道。

高陌在院子里洗车，手机“咚”的一声响。

“高老板，林玉要走了！”陈沈丁艺大声喊。

“我又不瞎。”他回了一声，走到林玉跟前将头盔递给她，“机场太远，我送你吧，这是……客栈传统。”

林玉说“好”，单纯为了安全着想，一把抱住了他的腰。

高陌张了张嘴，最后一回，没说什么了。

陈沈丁艺难得见高陌脸上露出局促的神色，嚷嚷着举起手机要将照片传到客栈的线上预约页面。

高陌伸手去挡：“别瞎闹。”

“林玉都没怕，你一个大男人怕什么，怕小妹子以为她是老板娘不来了？”

“瞎说什么，她是我继母的女儿。”

“继……”陈沈丁艺的手僵住了，一时没从这层关系里回过神来。

林玉愣了愣，什么也没说，松开手，跨下摩托车，拎着行李箱“噔噔噔”地往外走。

高陌跑上去，伸手揪住林玉的衣领：“你还坐不坐车了？”

她平白在门口被拉住，火了：“别碰我！”

“又撒什么疯？”

林玉红了眼睛瞪着他，用力打在他手上。

高陌意识到自己说错了话，在外人面前戳破这一层，打她的脸，要她的命。

林玉往外走，街上挑手鼓的小贩“哟哟哟”地叫嚷着晃悠了两下，闪到一边后，身后猛地蹿出一辆摩托车来。

林玉来不及闪，高陌连忙飞身扑了上去。

摩托车呼啸而过，他下意识地抱紧她。街面不宽，两人滚了一圈，行李箱往下砸在了高陌的手臂上，他受力脱手，林玉撞向了路旁的石砖。

额角破皮了，她蛋白似的脸上拖着两道触目惊心的血迹，滚得发蒙，连眼也没睁。

高陌一把将她揽到怀里，急切地喊着她的名字。

没有回应。

陈沈丁艺也吓得要命：“不会磕着头那个啥了吧。”

这一下说重不重，但石砖侧边都是棱角，高陌恶狠狠地瞪了陈沈丁艺一眼，低头吻了吻林玉的额头。

他下巴蹭到她睫毛上，痒。她不愿搭理他，一心挣开却手脚酸麻使不上劲。被抱得太紧，她喘了两下粗气，高陌当她呼吸不顺，想都没想就把嘴巴从她额头往下挪到了她嘴上。

气息从他口腔中传来，林玉被莫名其妙的人工呼吸呛得咳嗽了一声。

陈沈丁艺蹲在她身边："没死没死，太好了。"

街面上的人围上来看是否需要帮忙，林玉觉得尴尬，将头侧到一边去。高陌一边给李医生打电话，一边观察她，见她不声不响一脸菜色，以为真摔出了个好歹。

他轻轻抚了抚她的头："别怕，我在这儿。"

一肚子火被这句哄孩子一般的话平白给憋了回去，林玉看着高陌，一时不知道该哭还是该笑。

她眼珠子一转，将头埋进他臂弯里，轻轻哼了一声："嗯。"

陈沈丁艺一愣，女人的直觉告诉她，这声音有点不对劲。

抱起，送医，直到林玉躺上了病床，高陌心里还发慌。

"林玉交给我吧，你先跟张医生去擦点药。"李医生说。

"一点皮外伤，不要紧，她正跟我怄气，哪里疼她不一定乐意说话，检查的时候千万仔细一些。"

病房外高陌一遍一遍地叮嘱李医生，林玉躺在病床上摸了摸额角被他吻过的地方，小狐狸一般笑了。

"吱——"一声，门开了，李医生走到她身旁。

林玉勾起嘴角，极有礼貌："李医生，你还记得我吧？"

李医生看着她，点了一下头。

高陌擦完药回来时林玉坐在轮椅上，额角粘着一片纱布，头发乱糟糟的，看起来有些可怜。

"医生呢？"

"走了。"

"怎么说？"

"头没事，右手和左腿两处骨折了，说不短时间内动不了，得好好养着。”

高陌站在她轮椅边皱眉听着，点了点头，将她转述的每个字都记在了脑子里。

“不用打石膏？”

“不用，说裂缝不大，擦擦药，吃一些钙质丰富的食物，多晒晒太阳，不动弹过段时间就能好。”

他沉默了许久，林玉当他起疑了。

她扭头看高陌，自下而上的角度下，他的侧脸轮廓分明好看。他察觉了她的目光，低头问：“疼吗？”

林玉点头，鼻头抽了一下朝他睁着水汪汪的大眼睛回答：“疼。”

高陌“嗯”一声，默了几秒在她头上轻轻揉了一把。

从医院出来，高陌推着林玉走在大街上。

“走不了，房间我也退了，回去我住哪儿？”林玉偏着头问他。

“给你再开一间。”

“客满了怎么办？”

“拣爱惹事的赶出去一个。”

“我睡觉不老实，动来动去会伤着，洗脸刷牙自己也干不了。”

“我叫丁艺陪你，不然给你找个看护。”

“我不喜欢使唤女人。”

“男看护也有。”

“那行，要一米八左右的，有八块腹肌，肤色不要太白，不然太娘里娘气，最好是……”

他停下步子绕到轮椅跟前叉腰盯着她。

林玉眉头一皱，做作地叫了声：“高老板，疼……”

高陌咬了咬牙，看着她略微发肿的右手，知道她即使不疼得厉害身上也好受不到哪里去，没舍得发火，绕了一圈又推着她往客栈走。

“是你扑我才撞的，你得负责照顾。”

“假如不扑你就被车撞了。”

“假如不作数，就是你害的。”

“……”

“我靠右手吃饭的，恢复不好就完了。”

高陌抿了一下嘴：“知道了。”

“之后都不能走路了。”

“我推你。”

“那一会儿进客栈还有道高门槛，轮椅也进不了……”

“我抱你。”

“高老板，你好乖哦。”

“……”

（二）

客栈自开张以来就没有过这样的事，高陌青天白日里抱着一个女人进来了，陈沈丁艺、时江以及大厅里的客人都往他身上瞟，后厨里请的两个纳西族厨娘也抻长了脖子看热闹。

林玉左手圈着高陌的脖子，不躲不害臊，昂着头对认识不认识的人都笑。

“你撒手。”

“不要，会摔的。”

“我抱稳了。”

“我信不过你。”

“那你别笑。”

“我要是哭，你可就更说不清了。”

林玉低声在他怀里跟他斗嘴，落在稍远一些的看客眼里俨然一番

风吻过
他的侧颜

男欢女爱的恩爱景象。

“非亲兄妹终成眷属啊。”陈沈丁艺回过头，随口跟时江说。

“搭把手，把外面的轮椅搬进来。”高陌将林玉安置在沙发上，招呼了时江。

“摔得这么严重啊？”陈沈丁艺有些惊讶。

林玉撇嘴，用左手从兜里掏了根烟：“可不？我现在本来应该在中山桥上看黄河水的。”

高陌随手将她手上的烟抽走，从茶几里摸了颗果子塞给她。

林玉想反手去捞，记着身上的伤只好优哉游哉地对着果子咬了一口。陈沈丁艺没多想，倒是时江眯着眼睛看她，目光里总有几分狐疑。

“人找到没有？”高陌问时江。

时江回过神来，点了点头。

“在哪儿？”

“不知道，估计是跑了，整天醉醺醺的。”

“整天？”高陌皱了一下眉。

“嗯，就是前两天撞林玉姐那姑娘，失恋了吧，当时也喝醉了往店里乱撞，戴个眼镜还开那么猛，捅娄子了脚底抹油倒快。”

“医药费都不留下，真是。”林玉插嘴调侃。

高陌没接话，倒是时江挠了挠头一脸诚恳地说：“别生气，她或许以为你撞石头死了呢。”

“……”

听着心里舒坦多了，谢谢你全家。

“算了，你们过来一下。”高陌将林玉的轮椅靠放在沙发边，叫了店里的伙计去后台讨论什么，零碎飘来几句，都是关于林玉的。

时江隔一会儿瞥林玉一眼。

林玉故意慢悠悠地喊：“高老板，我头晕，想躺一会儿。”

“等着。”

“好。”她答得脆生响亮，俨然一副小老板娘样。

简单的小会议散场，高陌蹲下身子准备背她。

林玉抬了抬手臂，咬了一下嘴唇，一声不响，高陌由背换成了抱。

时江还是站在远处那样瞥她，高陌没留意，径直抱着她往自己房间去了。

进了门，高陌把林玉放在自己床上，扬了扬褥子，替她盖上。

“那个洞呢？”她突然问。

“哪个？”

“上次烧掉的那个。”

“缝上了。”

“谁缝的？”

高陌指了一下自己，准备走。

林玉说“哦”，紧接着又问：“你要去哪里？”

“下楼看看晚饭好了没有。”

“那你不管我了？”

“有事叫我，我能听见。”

“砰”的一声门关了，林玉噘了噘嘴：“你是顺风耳哦。”

高陌在门上抠了一下，勾起嘴角。

“林玉姐好像怪怪的。”高陌一下楼就听到时江小声跟陈沈丁艺这么说。

高陌问：“怎么？”

时江也不瞒着：“依她的脾气，要知道是谁害得，她还不掘地三尺把那人生吞活剥了，哪会像现在这样？”

高陌轻拍了一下他的头：“人不是故意的，她就不爱计较。”

时江冲他拍过的地方挠了挠：“那也不用不闻不问还乐呵乐呵，

眉毛都笑弯了。”

高陌不置可否，去厨房煮了一小碗鱼汤上楼。

再进门时林玉双眸微垂，他放下鱼汤在床头略看了看，额角的纱布印着几点血痂。

他轻手轻脚地准备替她换一换，刚弯下身子，她睁开了眼睛。

“是换药。”高陌说。

她点了一下头，轻声说：“我又没说你偷亲我。”

高陌对她的撩拨撇嘴而过，取下旧纱布将沾满黄棕色药剂的棉棒点在她的伤口上。林玉咬着牙一声也不出，高陌却边涂抹边皱着眉头。

她问：“你心疼？”

“当然心疼，这么小一瓶十七块钱，用不了几次就没了，得好好省着。”高陌一本正经地叹着气，涂抹的时候却连伤口边缘仅仅是泛红的地方都不放过。

林玉看不见，朝他噘起嘴。

他视若无睹，将新的纱布粘好后将她整个人往上拽了拽，放手时找了个枕头给她靠坐。

“轻点。”林玉贴在他耳边，声音故意放得缓慢而娇长。

高陌端起一旁的鱼汤，舀了一大勺径直塞进她嘴里。

“烫烫烫！”

她一边吞咽一边从喉管中发出细细的喊声，右手放在褥子上，只用左手对着嘴扇着。

一滴也没流出，她喝完抿着嘴委屈地看着他。

女性骨子里的娇柔与傲气，她把握得恰到好处。

高陌睨着眼睛轻斥她：“烫就吐掉。”

林玉不回嘴，拉过他的袖角凑到跟前吞下了勺子里的余量。

“咕嘟”一声轻轻的，她抬头将眼睛弯成了月牙状：“好喝，吐出来可惜了。”

高陌勾了一下嘴，又舀了一勺吹凉了喂她。

林玉含着汤匙，温温热热地笑了。

“我不是故意的。”他说。

“其实也不算烫。”

“不是说汤，是院子里……”

“你本来就是我哥。”林玉若有所思，笑道，“那就更得好好照顾我。”

高陌莫名觉得自己很过分，舀起最后一口喂到她嘴边。她头上新的纱布又渗出了深棕的药色，一身伤，面对自己却是乖乖巧巧地带着笑，汤渍粘在她嘴角，似乎在提醒他，当年壁橱中的那个吻他有多投入。

林玉轻声问：“你在想什么？”

高陌回过神，平静地说：“没有。”

林玉“哦”了一声，自己慢慢缩回褥子中。

高陌替她擦了把脸，又重新盖好了被子，叮嘱说：“时间不早了，你好好休息吧。”

“那你呢？”

高陌没作声，林玉侧过脸解释：“我说过的，我睡觉不老实，可能会滚下去。”

她受伤了不能跟自己胡闹，高陌本就没打算走，被她这么一说，反而心里莫名痒痒的。

他搬了两条长凳往床边一拼，从柜子里拿了枕头出来熄灯躺下了：“我睡这儿堵着，你掉不下去的。”

林玉朝床边挪了挪，拉了一半的毯子给他盖着。

高陌愣了一下，推辞说：“我身上暖和。”

她听了这话又往边上挪，隔着衣服与他同盖一床被子，受伤的腿贴着他的腿放着，说：“对哎，真的很暖和。”

高陌想解释自己不是这个意思，林玉却笑眯眯地闭上了眼睛。

月光从窗口透进来，她的呼吸很快平稳，鼻翼轻微张合，纤长的睫毛交错着。

“嘿。”

林玉突然在梦中小声笑了一下，又往他身边靠了两寸。

他想起时江说：“她眉毛都笑弯了。”

高陌合上眼想，那挺好。

（三）

“嘿。”

高陌站在柜台后认认真真地清理账目，林玉笑嘻嘻地坐在她的小轮椅上一边打量女客们穿的高跟鞋，一边按摩自己的腰。

这两天不是坐着就是躺着，她屁股麻了，心情却好。

每每入住或买酒的女客在柜台前多停留两秒，她便晃着发肿的右手轻轻喊：“高老板，疼。”

高陌盯着账本目不斜视，听她喊一声便握拳在她跟前叩一下，一松手，放一颗散装的糖果。

即便糖果堆成一座小山，下一回林玉也照喊不误。

时江白眼翻上了天，陈沈丁艺索性套了一件镭射外套溜出客栈避嫌。

“想出去散散步吗？”高陌清完最后一笔，将账本放回了柜台下。

“你推我？”

“不然你自个儿爬吗？身上这么疼。”

他说“疼”这个字眼的时候挑了一下眉，像是笑话她这么大人了还玩这么幼稚的把戏。

林玉装作没看见，点了点头。

没见着陈沈丁艺，高陌嘱咐了时江几句。时江在高陌耳边说了一句什么，高陌让他帮忙去屋里取条毯子。

时江点头一溜烟儿蹿上了楼。

高陌冲林玉招手："等一下。"

"这儿真不错，慢吞吞的节奏，打发时间，避世离忧。"林玉说。

高陌抽了一下嘴角，没出声。

"你笑什么？"

"同样的东西，丽江的价格至少是外面的一点五倍，哪里有景区真的避世，噱头越大，受骗越多。"

"所以你更喜欢阿坝？"林玉突然问。

"那儿一年四季三季都在下雪，比这儿漂亮，不适合生活。"高陌说，"怎么问这个？"

"时江今天在收拾东西，进出三四趟抱的都是女人的鞋子和衣服。"

高陌点了一下头："嗯，给他姐姐带的，她在阿坝县教书。"

"你也去吗？"

"我不送他去不行，那里没有专门的车。"高陌将她的轮椅扶正，又下意识地告诉她，"先等你养好了伤。"

"养好之后你就走吗？"她问的时候样子很认真。

高陌点了一下头。

"其实我现在就可以跟你们一道去，我挺喜欢雪的。"

高陌想了想，说："不行，你的伤得静养。"

"那好了再去。"

"那儿地方小，空不出多余的屋。"

林玉说："哦，那我还是去兰州吧，没准有艳遇。"

高陌在她身后笑了一下，看了看时间又催了时江一声。

林玉打了个哈欠："有点累，我不想散步了。"

"我推你，你不用费力气。"

"我困了，想睡觉。"她仰着下巴望他，眼神清浅，嘴巴噘了一点起来。

高陌摊了摊手："那好。"

夜里冷不丁地下起小雨来，气温骤降。

高陌进屋见林玉将自己用毯子裹成了一个大粽子对墙躺着，将空调又往上调了几度。

"包这么多层，热不热啊？"高陌脱了外套挂好，想替她手上擦一点消肿的药。

他去拨她，她扭着肩膀避开了。

"看样子今天睡觉也不会乱动，正好隔壁的房今天退了，我去隔壁睡好了。"高陌隔着被子戳了她一下，她不理他，装没听到。

门合上了，林玉一动不动地盯着墙壁发呆。

许久，高陌依然没有回来，林玉心焦难耐，听着窗外的风雨声格外烦躁——他不要自己跟着他，伤好了也不要。

"那你亲我额头干吗？摔死我好了。"

林玉越想越火大，突然听到了隔壁房间的嬉笑声。

她翻身看了看没人，蹑手蹑脚地爬起来了。

林玉踮着脚，溜出了门，又贴着墙走到了隔壁的房门前。

"你不喜欢吗？"一个女人在里面笑，带着一些妙不可言的腔调。

林玉轻蔑地笑了一声，人却不由得哆嗦了起来，正要抬手敲门，楼道尽头高陌问："你在干什么？"

林玉脑子一蒙，却没忘记将一条腿蜷了蜷。

高陌朝她走来，抱着一个牛皮纸裹着的盒子。

他看着她愣头愣脑地蜷着伤腿伤手扒在人家门口，一听屋里的声儿，似笑非笑地问："还有这爱好？"

林玉不卑不亢："我想散步了。"

"那就回轮椅上坐好。"

"哦。"

为了安全考虑，高陌没带林玉往人多的地方走，只打了把伞沿着客栈前直直的一条青石板路来回兜。

林玉一直没说话，安安静静地听着雨点砸在伞面的声响。

"我刚来这儿的时候一下雨就跟一票卖唱的窝在火塘里喝酒讲笑话，谁说得不招笑谁结账，他们太能忍，脸都憋紫了也不出声，所以刚开始我就没赢过。可有一天，我说了个顶招笑的。"高陌扫了她一眼，接着说，"我讲给你听，以后你跟别人打赌用得着。说在一列跑高速的客车上，坐在最后排的一个人肚子难受得厉害又找不到坑，只好打开窗子将屁股塞出去拉，没想到刚出来一半，司机就开着后视镜喊话了，哎……"

"别吐了。"林玉觉得无聊，说出结尾打断他。

高陌一笑，在她头上搓了一把："没这么简单，那司机喊的是：'叼着雪茄的那个胖子，别把头伸出去。'"

"噗！"林玉一时没忍住，顾不上嫌弃笑出了眼泪。

"高陌，你恶不恶心啊。"

他低下头，弯了一下嘴角。

真傻，一逗你就笑。

"阿坝条件很苦，时行又在甲尔多的村小，学校除了教室外就一间大屋两张床，周围别提酒店，民宿都没一个。你一个女孩家，总不能叫你去藏民家里借宿吧。”他看了看林玉，耐心地说。

林玉将左手伸出伞外接雨，咧着嘴故意说：“我要不是积累写作素材，谁乐意跟你一路似的。”

高陌没接话，从兜里找根烟叼在嘴上。

他吸了一口，又缓缓吐出，看着林玉毛茸茸的头顶想起来某种小动物，他想伸手搓一下，这次没动手，倒是烟灰一颤，掉在了她衣服上。

他动手去掸，指节拨到了她凉丝丝的耳垂上，她缩了一下脖子，又侧过脸去在自己身上嗅了嗅。

“烟灰熄了，不烫。”他说。

林玉咬了一下嘴唇，脸颊绯红：“刚才盖得太厚，我……出了一身汗。”

“那一会儿回去我叫人打盆热水到房里去，有浴桶，你好好洗洗。”

林玉做了个深呼吸，有些尴尬地抬了抬自己发肿的右臂。

高陌盯着她，突然没吭声了。

雨点一点一滴地砸在地上，伞下却一片静默。书上说，风雨交加的夜晚，最适合杀人与寻欢。

高陌无奈地咬了一下牙，说：“知道了。”

还是那个房间，靠墙摆放着藤床、一桌两凳、一个酒柜、一个衣柜，浴室用深棕色的挂毯遮掩。

浴桶放在房间中央，林玉赤着身子坐在桶里，热水将将没过胸口，被特意铺盖在桶面的细纱绢遮住，水汽氤氲，熟悉的摆设看着也很新鲜。

高陌进屋，只留顶上的一盏吊灯，他看到了她纤细白嫩的脖颈，撩起纱绢一角探了一下水温。

没碰到她，可她还是呼吸不稳。

“得先泡一泡。”高陌走到她身后拉了条凳子背着坐，给自己点了根烟。

林玉坐在桶里，闻到了浴水中散发出一点奇怪的香味。

“你刚才搁了什么？”

“半枝莲粉末，”他缓缓地吐了一个烟圈，“消肿活血的。”

“院子里种的？”林玉用手在水里拨了拨，气味更浓郁了。

高陌没说话，但林玉看到地上他的影子点了一下头。

林玉静静地泡了一会儿，伸手在自己脖颈上搓了搓。

“可以了。”她说。

高陌碾熄了烟头，撩起一截纱绢将手浸暖了。

林玉看着窗子等着，异常安静。

让他照顾自己，是她故意的，可让他替自己做这种事，她没有想过。

她动了动右手，扭伤处的肿胀感叫她使不上劲。

“嘶——”她还是放下了手，受疼闭眼的表情有点憨憨的。高陌知道她要强，不得意的样子不想被旁人看到，所以提都不提叫陈沈丁艺帮忙。

“谢谢哦。”她很小声地说。

高陌闭眼沿着她的脖颈往后背搓了搓，细腻的肌肤，温润的触感，他不看也知道她后背的皮肤白嫩得跟羊脂玉一般。

林玉觉得很舒服，轻轻哼了一声。

他手上有层均匀的茧子，磨蹭在身上有种粗砺的力量感，按摩一般。

“疼？”

她咬了一下嘴唇，为了缓解尴尬，咳嗽了一声：“药粉呛鼻子。”

高陌停了一下，能够想象出她现在的样子——眼眸湿湿的，红着脸却一副不太满意的样子，有点作，但是眼角藏不住笑。

“这就搓完了？”林玉转过身问。

他没睁眼，手一动碰到了极柔软的一处。

林玉脑袋里“嗡”的一声，受惊一般蜷缩身体，只在纱幔之上留了一双狭长的眼睛。他睁眼，那一对黑而深的眸子也正仰头看他。

他对这眼神里的渴望感同身受，却连忙往回抽了手。

林玉与他错开视线，转回身慢慢坐起，像什么都没有发生过一样：“肩膀再搓一下。”

桶里溅起的水沾在林玉头发上，顺着脖颈滑下，又在他面前流回了桶子里。

高陌心头一紧，随手丢了浴巾到她桶边。

“背上已经干净了，其他你慢慢洗吧。”

她点点头：“那好。”

高陌急促地走出门去，又飞快地蹿下楼，冲到院子里之后不知道朝哪儿走，索性淋着雨给自己点了根烟。

刚才他想干什么，他自己比谁都清楚。

他紧紧地咬着牙，香烟深吸了好几口，冷冽的夜雨沿着衣领口滑到背脊上，他仍在不自觉地回味手上那种绵软的触感。

他渴望她，用不着撩拨，那一点死忍的克制，越是无意越是压制不住。

“坐湿石头以后只能娶个凶老婆。”时江顶着一个不知道什么锅子的铝皮盖在他身后说。

高陌一把拽住时江也往自己坐的石凳上放。

“哎哎哎……不行不行。”

时江还是挣脱了，只是本就泛红的圆脸涨成了深紫色，在盖子下呼哧呼哧地喘着大气。

“不闹了，你走吧，我想在这儿坐一坐。”

时江想了一下，将盖子垫着坐在了他身边：“林玉姐真的是你妹妹吗？”

高陌点了一下头：“小七岁，没血缘关系的。”

“难怪你们一点都不像。”

高陌扭脸等着他解释。

“她心好可总是看着凶凶坏坏的，你看着人好。”

“心却坏？”

“心更好。”时江笑了。

高陌说：“她以前不这样。我第一次见她的时候她比现在的你还小两岁，瘦瘦弱弱的，一个人穿得很单薄坐在石阶上，不出声，但哭得身子一抖一抖的，很招人疼。”

“那你安慰她了吗？给她披件衣服什么的？”

“没有。当时我们还不认识，她背对着我，我走开了。”

“那她爸爸妈妈呢？”

高陌没作声，揉了一下他的头。

“你应该安慰她的，女孩子嘛。”时江突然又很认真地说。

高陌点头，是自己欠她，夹着香烟又吸了一口。

“对了！”时江拍了一下手，猛然想起了什么，“你注意看她的腿了没有？”

时江附在他耳边说：“林玉姐昨天跟今天吊着的腿不是同一条。”

“嗯，下午我打电话问李医生了，她的腿没事，就头上擦破点皮，压着了手，消肿就好了。”高陌想起自己在楼梯口看着她溜出房门时的傻模样。

“哈哈哈，我说吧。”时江单纯为自己的小发现开心，没留意到高陌眼神里的失落。

“那我们是不是过几天就能走？姐姐肯定盼着了。”时江坐在石凳上晃了晃腿，盖子磨蹭出吱呀吱呀的声音。

高陌吸完最后一口，将烟头倒插在一旁的盆栽里：“明天就走。”

“林玉姐的手……”

“不影响生活起居，她自己能照顾自己。”

高陌起身往屋里走，时江也站了起来，他感觉裤子似乎湿湿润润的，对着盖子中央的一个缺口瞧了瞧，大叫了一声：“没盖帽啊！要死，我也坐湿石头了。”

（四）

浴桶里的热水还冒着热气，林玉穿好了衣服在床头坐着，想抽根烟，左手拿着烟盒晃了晃全撒到了地上，她弯腰去捡，再抬头看到了一双熟悉的皮靴。

“林玉。”高陌在门口叫了她一句。

她挺直了腰杆，应了一声。

“你过来试试。”他拿出了先前抱进来的那个牛皮纸盒子。

“腿不方便。”

“过来。”

“好吧。”林玉站起来，单腿跳了两步。

高陌眯着眼睛看她：“走过来吧。”

他眼神淡漠，但丝毫没有怪罪的意思。林玉想了想，当真朝他大步走去了。

“你试试，合不合脚。”

他将包装拆开，是一双黑色的高跟鞋，牛皮质感，鞋跟处用金色丝线扎绣着一只大雁，是早上她看过的高跟鞋里眼神停留最久的一双。

她毫不客气地将脚往鞋里放，尺码丝毫不差。

“好看吗？”林玉穿着它在房里兜了一圈，前两日蜷着腿的那个女人，她已经不认得了。

鞋跟敲在地板上“哒哒哒”地响，很好听。

“好看，适合你。”

“你等一下，我换件衣服。”她喜欢听他夸奖自己，开心地跑到柜子里去取了自己的裙子钻到浴室里去换。

帘子被门夹住了，隔着一块磨砂玻璃，他能看到婀娜的影子。

“兰州天气很干燥，不过西关清真寺和黄河铁桥值得去看一看，你可以订沿岸的酒店，这样可以听到……”

林玉探出头：“啊？”

高陌说：“算了，先穿好裙子吧。”

林玉笑了一下，套裙子弄乱的头发贴在脸边。

她右手不方便，他走过去替她系上了腰带。

“是之前我弄坏的那条？”

她随手拨了一下乱飞的碎发：“对呀，我照着你褥子上的针脚缝的。”

裙子的鲜红色照得她的脸红润好看，修长的身段再配上这样一双高跟鞋，绝美。

“我明天准备去阿坝。”

“我的手还肿着。”

“你可以继续住我的房间养手上的伤，我短时间内不会回来，丁艺可以……”

林玉抬头，下了很大的决心才说：“我以后不骗你了。”

“我没怪你。”他说的是实话。

林玉点头，想了想，脱掉了高跟鞋赤脚走到床边抽烟。

两人斜眼对视，几乎是同时开口。

林玉："你明天什么时候走？"

高陌："你也可以去任何你想去的地方。"

他看了一下时间："七点。"

"那今晚睡这儿吗？"

"不了，我得跟时江先把行李放到车上去。"

林玉往窗外看了一眼，他说："不是摩托，是另一辆，搬完估计得好一会儿，我去他房里睡。"

"很多东西？"

"嗯，吃的用的，那儿什么都缺，学校里条件很差，我跟你提过的。"

林玉点头，只说："走之前先帮我把浴桶搬出去吧，我的手使不上劲。"

高陌说好，收拾了房间后，提着她脱下的高跟鞋放在了她床边。

"晚安。"

她睡下了没有应，高陌下楼了。

步行街区不许开车，他有辆改装越野存在一个地下车库，夜里摩托车搬运行李来回跑了两三趟，并不吵，可林玉睡不着。

"还有吗？别落下什么了。"高陌在楼下喊道。

"衣服！上次裁缝做好了之后我放你柜子里了，我去取。"

"我去吧，林玉在睡觉。"

话音落下不久，门口传来了轻而沉稳的脚步声。

没开灯，高陌摸进房间里，轻手轻脚地从柜子里提出了那两个袋子，正要走，林玉从身后抱住了他。

许久，两个人都没有说话。

"找到了吗？"时江在下面等了好一会儿，这才压低了嗓子跟过来。

两人迅速撤开手，各站一边。

高陌开了灯："找到了。"

"林玉姐你没睡啊。"时江一边去接高陌手上的袋子一边跟林玉打招呼。没拿稳，衣服从袋子里掉了出来。

高陌连忙捡起拍了拍灰，林玉扫了一眼，是两套水红色的女装。

# 「第六章」

Chapter 06

她穿越他，跨过他，穿梭于他

（一）

8 月份的阿坝县天气算好，难得的暖季，可昼夜温差是绕不过的命题。

从丽江到阿坝县，开车得花二十来个小时，高陌不喜欢耽搁，没准备住宿，开累了就停车眯一小会儿，或是抽根烟略歇歇就走。

平时是白天出发，不觉得冷，今天倒好，林玉看到那两身水红色女装后无所谓的眼神叫他一刻也待不下去，大恩即大仇，同理，大非即大是。

哪怕是甩他一耳光啊！说来也怪，明明自己问心无愧，被她看见了，他反倒觉得是自己不轨，心头甚至莫名生出了一种负罪感。

“她又不是我的女人！”高陌越想越气，扬手在方向盘上狠拍了一下。

在后座上睡得好好的，时江被吓了个激灵：“哥，手麻不？”

离开丽江了，老板成了哥，时江拎得门清儿，只是他搞不懂高陌一个人开夜车突然兴奋个什么劲。

“不麻，睡你的吧。”

时江没睡，趴在车窗上看星星。

星子是散的，也是白的，像去除根茎后抖落在灰土筛里的贝母，漂亮，也值钱。

“哥，你看那颗，像不像林玉姐的眼睛。

“不像就说不像嘛，你瞪我干吗？

“亮晶晶的，还闪，我看像。

“丁艺姐明天可有得忙了，不过还好，林玉姐可以帮着算账，她脑子好使，可是她的手还肿，臭屁不起来了……”

时江有些闷，醒了便不停地说话，平时这是好的，能帮助高陌保持清醒，夜里开车，比困意更危险的就是麻木，对毫无二致的黑暗的麻木。今天时江说话不中听，说什么都能归到林玉身上去，高陌宁愿他睡着，而这已经不可能了，于是高陌索性将车停在路边，闭上眼睛装睡觉。

“哥？你困了。”

“嗯，别吵。”

“好。”

时江又看了一会儿星星，觉得有些冷才慢慢把身子缩了下去。

迷迷糊糊地，时江听到了水声，不是下雨那种稀疏的滴答，那声音连续、簌簌的，他想高陌肯定是水喝多了，听了一阵，他也有了尿意。

时江起身，发现高陌也起了身，他瞪着他，他也瞪着他。

“不是你啊！”高陌喊了一声。车后的黑影听到了动静，提着一只铁皮桶子麻利地跑了。

一辆黑灰色的车呼啸而过，高陌问候他祖宗的喊声也淹没在带起的风里。

时江 脸蒙地跑下车，问：“哥，你说那人拎着什么呀，跑这么快？”

高陌抬眸看了他一眼，差点气岔了：“油！我们的油！”

开出丽江才七个半小时，荒山野岭，好好的越野车油箱就被凿了个大窟窿。

“扭开油箱盖偷多好，还非要凿破。哥，这是不是叫损人不利己？”时江蹲在车尾撅着屁股研究，不知道偷油者这么做就是为了自保——万一被偷的车里还有存油，加好追上了他们准挨一顿暴打。

高陌无心与他解释，抬眼看向前路，没有灯光，没有人声，秃噜的一条干线，几丛半死不活的灌木和无边的山峦。

道路尽头泛出了鱼肚白，天要亮了。

高陌想了想，打开手机发现最近的村镇都离这里两百多公里路，于是说：“这叫自求多福。”

窟窿凿在最底下，问过路的车辆借点油都解决不了问题，得找个马力强劲的车拖着走，重新修好了才能上路。

太阳慢慢升起来了，时江坐在车尾吃东西，时不时抬头，看看后面的“福”来了没有。

先前拦下的一辆车不愿拖，告诉他们后面有个车队，不到十分钟就能看到，现在过去一个小时了，连个鬼影都没见着。

高陌拿起手机想打个电话，信号断断续续的，喂了半天也只喂到一家修理厂说：“不行不行，太远了，我们只接镇子以内的。”

再想加价诱惑，电话里又只剩下了“滋滋滋”的噪点。

“林玉姐！林玉姐！”时江突然在后面大声叫。

高陌想起了自己昨天为什么会选择停车睡觉，于是没好气地喊着回他：“再让我听到这个名字，我就……”

“你就咋？”发问的女声傲慢得要命，但跟汽车刹车声搅和在一起，该死的好听。

高陌回头，一辆火红色的面包车停在他跟前，改装过，就是漆没上好，车门偏下的位置平白缺了一块，但放在此刻丝毫不影响它的美貌。

“你就咋？”林玉又问，还带些余肿的右手夹着一根香烟，坐在驾驶室里，要多嚣张有多嚣张。

“我就问你，要不要跟我们一起去阿坝。”

时江从车里翻出了矿泉水开了递给林玉：“姐，开车渴不渴？”

高陌想，得，现在亲热得连名字都不加了。

林玉扔掉烟，接过水瓶喝了一口：“上车。”

“好呀！”时江兴高采烈地往她车上钻。

林玉将车往前开了两步，以便将失去动力的越野车拖在车后。

“啪”一声，高陌拉开了驾驶室的车门：“你的手还伤着，我来开吧。”

林玉扭过身子看他：“你记着，是你们跟我去阿坝，不是我跟你们去，说一次。”

“姐，是我们跟你去。”时江笑呵呵的，跟谁不是跟，能去就行。

高陌咬了咬牙：“是……我们跟你去。”

林玉笑了，带着一点小狡黠，小狐狸一样。

她往副驾驶上一挪，右臂在车门上靠了一下，“啧”一声，眉头一皱，不笑了。

“你坐后面吧，宽敞一点，不容易碰着。”高陌上车，系上安全带。

时江打心眼里感激林玉，一听这话赶紧往副驾驶爬给她腾位置。

他头一伸，被林玉推回去了。

“那可不行，我得坐这儿看着，万一你技术不好把我的车也颠到石头上磕坏了油箱怎么办？这车是我租的，贵着呢。”她跷起二郎腿，故意看高陌笑话。

高陌不作声，时江便帮着解释：“姐，你放心，不会的，高老板开车技术好着呢。”

高陌想，得，自己彻底成外人了。

“那车啊，是被人凿漏的。”

“凿的？”

“嗯，坏家伙偷油，趁我们睡着给……”

高陌见林玉嘴角咧得越来越大，连忙反手去捂时江的嘴。时江身子往后一退，他够不着，于是接着说：“趁我们睡着给凿漏放干的。”

林玉“扑哧”一声笑了，时江也笑，他跟高陌说：“看，她对你的开车技术放心了。”

她放心个屁，她分明是在笑话自己又倒霉又缺心眼。高陌尴尬地抽了一下嘴：“哦，那我还要谢谢你了。”

“不谢！”时江回答得很响亮。林玉笑得更欢了，身子一颤一颤的。

高陌拧了拧车钥匙，踩下油门，才发现林玉脚上穿的，是他送的那双高跟鞋。

（二）

“我从云端走来 / 这一刻 / 终归结束了马背上行走的时光 / 更不再用脚步丈量朝圣的古道 / 这一刻 / 雪山冰川任你穿越 / 大江大河随你跨过 / 如同飞鹰穿梭于羊群间……”

时江扒在车窗边小声唱歌，昨晚他睡得很好，前路的景色算不上出挑。林玉折腾了一宿，听着听着睡着了。

梦里跟歌声一样，她穿越他，跨过他，穿梭于他，好不惬意，笑了。

往最近的修理点去的路上高陌再没见到有什么大一点的车撵上来，他开始庆幸林玉来了，不经意地，跟她每一次出现在自己身边一样。而此时他已经明白，但凡是绝好的东西，总是带点坏处的。

他脱了件外套给她盖上，跟自己说：“算是报答金主爸爸吧。”

外套扑下的风扇动了她的睫毛，高陌发现，她的左眼皮颤了颤。

睡得不安稳吗？也不知做什么梦了。

他想起了三年前的那个下午——

他正在房间里换装，父亲告诉他这不仅是生日宴，还有许多叔伯世交的女孩专门来看他，他可以一个也不喜欢，但不要拂任何一个的面子，体贴地陪她们跳舞，像一个真正的绅士那样。

“吱”一声，门开了，林玉穿着一条热裤溜进来，一边说“嘘”，一边用手扇凉。

他当时肯定笑得很高兴，没找到水就倒了一点酒给她。

“生日快乐！”她咕咚一口就喝了。

“不是不来吗？”他有点生气，之前去送邀请函的时候被她噘嘴拒绝了。

林玉很理所当然地说：“我改主意了。”

他“扑哧”一声笑了，问她准备了什么送给他。

林玉将他上下打量了一遍：“礼物一会儿再送给你，你这么穿太严肃了，跟前几天出庭辩护一个样。你来，我给你搭。”

他说好，跟着她往衣橱走，然后……她送了个吻给他。

“好实在汽车修理店！”大老远，时江指着半褪色的标牌一字一顿地念。

林玉醒来，顿了顿，从包里拿了块饼干嚼，咽三口喝一口水，反复两次后对高陌说：“看着我干吗？快点开，早点把你的车修好了找地方吃个饭，我饿了。”

说这话时，刚喝下的那口水还在她颈间有吞咽的迹象。

高陌忽然觉得，有些事情，又回到从前了。

车子拖进了修理间，就近也只有一间小小的炒菜店。

一张折叠桌，三四条塑料凳，防蝇网盖住的几样小菜，而后是一个胖厨子和一团烧得赤红的炉火。

“吃什么？”隔着七八米的距离，胖厨子就冲三人吆喝。

林玉往后扭头，高陌当她要走。

正要说条件有限将就一下，她却对他说：“他炒的菜肯定很好吃吧。”

高陌不知道她从哪儿得出来的结论，只跟着点了一下头。

饭菜很快上桌，时江尝了一口，面如土色。

“不吃一会儿上车就只能啃饼干了。”高陌早已料想到味道好不到哪里去，但尝了一口后，他觉得这个味道他也挨不住。

太麻了。

他嚼了两下，整条舌头都失去了知觉，还不如啃饼干。

“呃……”林玉比他更快做出了反应。

她坐在他对面，吃了一口后连忙抽纸捂住了嘴，再然后，她背过身偷偷吐出来了。

她预感好吃的时候他就推测那是一种自我安慰，没想到，这简直就是猪油蒙了心。

看着她麻得直吐舌，高陌莫名觉得得意：“其实，也还好嘛。”

他话里有一种优越感，颇有些一雪刚才丢油被笑之耻的感觉。

林玉看透了，故作体贴地用勺子给他挖了一大勺菜：“吃，你开车累多吃一点。”

高陌嘴里还有半口难以下咽，看着碗里这些，没决心跟她较劲了。

他说：“先放着，我去看看车修得怎么样了。”

林玉冷笑：“没吃完的一会儿给你打包。”

高陌伸手指了指她，什么也没说。

时江又嘿嘿笑：“哥，算了吧，你演技太差了。”

饭点后半场三个人都只吃了些“面揪揪”一类的主食，林玉从头到尾带着笑，结账的时候笑，去修理店的时候笑，重新坐回自己车上以后还在笑。

“乐什么？你可别跟我说因为天气好。”高陌用手指圈着钥匙晃荡，算是明知故问。

林玉不回答，依然很高兴的样子。

时江站在修理店外犯了难，两辆车，两个人，他看了看高陌，将这个难题抛给对方。

“上车，别磨蹭了。”

时江跑过去，刚准备拉车门便问：“林玉姐，你还坐副驾驶吗？”

林玉没动，高陌咳嗽了一声。

雪中送炭的恩情摆在那儿，不摆谱可惜了。

“林玉。”高陌喊她。

她听到了，将脑袋从赤红色的面包车上探了出来。

高陌说：“过来吧，把位置发给租车行的人来接手就行。”

她想了想：“是你要我跟着你们去阿坝的，说一次。”

高陌皱起了眉头，时江拉了拉他的衣角说：“哥，说吧，过河拆桥的人会遭报应的。”

“哦，谢谢你提醒我哦。”

张了张嘴，见店里闲下来的人也都看着他，高陌突然觉得这话出于男性原始的要强说不出口，嘴一抿，朝上翘了翘，走到面包车前径直打开了驾驶室的门。林玉当他想靠近点说，无可厚非，她跷着二郎腿等着。

谁知高陌手一伸，环住她的腰身直接扛上肩抱走：“磨磨蹭蹭，惯得你！”

看热闹的人赶紧别过头去，用当地的方言啧啧笑着议论什么。

高陌将她安置在副驾驶上，又给她系上安全带，一脚油门开走了。

时江缩着脖子坐在后座，总觉得高陌马上要大难临头。

林玉盯着高陌看了一会儿，半天才问：“你车上有苹果，我想吃一颗。”

高陌逗她：“没有。”

“有，我闻到了。”

后座车椅下用泡沫盒子塞了几箱水果，保险起见边缘都用胶带封着。时江回想了一下，的确有一箱是苹果，他说：“林玉姐，你简直就是狗。”

如果当时林玉没在后视镜里看到他赞许的笑，她一定能气得把车拆了。

“给孩子们带的。”高陌极简略地说，带着某种安抚的意味。

林玉将头别到一边，长途坐车，除了发呆就是吃和睡，她吃不着，不想发呆，往靠窗的一边缩了缩，睡了。

“梦里啥都有。”

在她闭上眼睛的前一瞬，高陌这么说。

越往阿坝走气温越低，两三个小时前还明晃晃灼眼睛的太阳转眼就没了踪迹。

配合着阴沉的天，道路两边的景物也在一个大转弯之后毫无过渡地变成了光秃秃的山，黑而僵硬的地。

时江觉得亲切，打算唱一支歌，用藏语唱。

刚一开口，汽车抛锚了。

“咣当”一声，林玉梦里载着满仓苹果的船在即将靠岸时发生了侧翻。

她睁眼，高陌正盯着她看。

“真这么想吃？”他问她。

林玉赶紧擦了擦嘴角，什么也没有，他在诈她。

他笑了笑，下车检查车辆情况，轮胎被一块废铁片扎破了，算是无妄之灾。

“我说你技术不好吧。”林玉点了根烟慢慢悠悠地调侃。

高陌没反驳：“一个好消息一个坏消息，你们先听哪个？”

林玉掸了一下烟灰：“好的。”

“这儿离阿坝县城只有几公里，白天来往的车辆还算多。”

她点头。

“接下来是坏消息……”

“你知道就行。”她一副不太关心的样子，却用余光瞥了瞥车后。

“突突突……”

一辆三轮车往这边驶，卷起的烟尘堪比烽火狼烟。这样的车型莫说北上广，连三四五线的小城市都早已不用了。

“时江！你回来了！”浓烟里探出一个黑黢黢的小脑袋，十二三岁，扬着手，两条辫子一甩一甩，不细看分辨不出人和烟。

“达西！”时江以同样的分贝回应。

三轮车停在越野车边，打了个照面，都是熟人。

“多久没见了？有三个月吧。”开车的男人熟络地跟高陌交谈。

“三个半月。”

“你回来就好，有人可等得急。”说完，男人脸上的神色暧昧起来。

林玉刚吸的一口烟没把握好量，咳嗽了一下。

男人这才发现车里还坐着一个人，点个头意思了一下，过了一会儿，又看了一眼。

好看就多看，毫不避讳。

两辆车并排，没说上一会儿后面便响起了音色相异的喇叭声。

高陌说：“麻烦你先把他们捎去甲尔多，我的车爆胎了，得修。”

男人说好，三轮车里的孩子一伸手拉过了时江。

高陌回头：“车里的东西太多那车装不了，我守着修，林玉，你跟他们走。”

“谁扛的我我跟谁走。”林玉回答。

叫达西的小姑娘看着她笑，她将烟头扔掉，伸手从后座掏了颗苹果给小姑娘。

达西咬了一大口，没说谢谢，露出一口细细的白牙说："好吃哦。"

林玉喜欢这个孩子，直到三轮车"突突突"地开走了她还看着。

高陌反手也在箱子里拿了一颗递给她，有样学样："好吃哦。"

林玉给了他一个白眼，又放回了箱子里："给孩子们带的。"

"不少你这颗。"

"刚才不给我吃。"

"刚才……"他笑了笑，"刚才我还不算对不起你。"

林玉隐约感觉事情不太对，还没张口问，高陌便说："坏消息是出发前我把备用车胎卸了，这块过路的不是小三轮就是大卡车，县城边上唯一的那家修车行，不接夜活儿。"

林玉的表情僵住了，看了看四周，夜幕轻垂。

"你说，我现在喊回来的话，刚才的那个人能不能听见？"她这么问，高陌没有回，只是拍了拍她的肩。

（三）

天色越来越暗，遥遥地听到几声带嘶吼的狂吠。

"是狼吗？"

"是野狗，天气暖和的时候晚上会出来找吃的。"

林玉轻吁了一口，搓了搓手。

"它们毛多，在这儿惯了，没下雪就算是暖和，不像你，身上太白净了。"高陌说。

林玉挑了一下眉："是我想得太多，还是你本来说得就情色？"

他识趣地没再接话，却不由得想到了衣橱里的吻，想到了浴桶里软嫩的皮肤，再后来，想到了水红色的衣裙从袋子里掉出来那刻她淡漠的眼神。

于是，高陌问："你手还没好全，跟过来干什么？"

“看看雪景。”

阿坝三季下雪一季暖，她独挑了暖季过来。

“不想说就算了。”

“那你呢？为什么突然要走？”

“我得送时江，他要趁暑假跟父母……”

“我说的是三年前那次。”

高陌想了想：“看看雪景。”

林玉说“哦”，没有追问。

野狗的吠声移动着，断断续续，却成了现下车内外唯一的声响。

沉默期过长，高陌又从车后座揪出了那颗苹果，用小刀捯饬了一番之后，递到她跟前，问：“吃吗？”

缓解气氛的意图太过明显，她没有回答。

高陌用小刀切成小块，擦了擦手往她嘴里塞：“受过冻，很甜的。”

林玉往身后躲，外套上的金属扣在车门上微微蹭响。高陌觉得她使小性子的时候挺有趣，咧开嘴笑了。

“高陌，那是什么？”她的声音有些讶异。

高陌停止动作听了听，断断续续的，声音有些不太对劲，不像是简单的剐蹭。

“要倒大霉了！”

林玉嘴一张，吃到了第一口苹果。

高陌赶紧关掉了车里的光源。齿爪抓挠车身的声响更加清晰，林玉凑到窗前往外瞟，隔着玻璃看到了远远近近许多成对的绿光点。

“能冲进来吗？”林玉问。

“夹层玻璃，抗冲击性强，一时半会儿它们没办法。不过……”

林玉皱了一下眉。

他当她害怕，伸手揽了她的肩膀：“天窗是漏洞，就一般的钢化玻璃。”

林玉还算镇定：“没这么聪明吧？”

“啪”一声，一条野狗一跃上了车顶。

精瘦敏捷、鬃毛凌乱、从天窗往上看能看到两颗尖锐的獠牙和呼哧的白汽，像一头狼。

它扬起头，对月长啸。

“这是狗？”

“这是王。”

高陌用手在车壁上敲了两下，弄出声响，企图引诱它下来。

“啪啪……”它在车顶走了几步，正当两人准备松一口气时天窗被猛烈地撞击了一下。

他们引诱它，它也跟他们使诈。

不用它会说，黄棕色的眼里写着了。

过了两片游云，月亮格外大。

围绕在车外的野狗群仍然只是晃荡着，偶尔伸爪扒拉两下车身。这让林玉明白这是王的战场。

“没事的。”他安慰她。

话音刚落，车顶上又响起了一阵一阵的俯冲声，啪啪的，一下比一下砸得响亮，天窗玻璃透明度高，这画面落在眼里让人头皮发麻。

“车里有什么肉食吗？”她问。

“有。”他伸手指了指她，又往回指了自己。

“哦，一点也不好笑。”

“就算真有，我们现在也不能扔，不然它们尝到甜头更盯着不放了。”

“所以呢？我们干等着？”

“你想的话也可以唱歌。”

他的脸上又挂上了那样的笑，调侃似的，看透一切似的，带着说不好是麻痹还是安抚人心的力量。

林玉撇了撇嘴。此时飘过的云层将月亮遮住了，她下意识地攥住了他的手，似乎在等待什么。

“是不是跟在看《动物世界》一样？野狗群锁定了猎物，团结一致地蹲守在人类近旁。交配后的野狗王正履行自己作为父亲的责任，捕猎。在阿坝接下来的三个季节里，冰雪导致的食物短缺将是野狗幼崽面临的最重大的生存问题，而……”

高陌苦笑，自己竟然在这种情况下，完完整整地听林玉说完了这纪录片台词般的一长串。

他抬头看了看天窗玻璃，狗爪踩踏的附着物已经将它的透明度降到了极低，它还没有裂缝，但照这个冲撞攻势下去，迟早会有的。

“林玉？”

昏沉的车厢里，她往他肩上靠了靠：“怎么了？”

“你是不是怕黑？”

“有一点。”

“那开灯吧。”

她莫名其妙地看着他。

“开车头灯，你可以趴在挡风玻璃上数一数这一群一共有几只。”

“高陌，咋们俩到底谁有病？”她鼻子轻轻哼了一声。

突然，头顶的天窗传来了“咔咔”的响声，月光重新穿透游云，他抬眼看到一张裂隙组成的蜘蛛网。

高陌将她往前推了一把，喊：“开灯。”

她来不及想，身子往前一倾准确地打开了车头灯。

这个位置，即使天窗被冲破他也能用身体替她挡着。

光亮穿透黑暗，所有野狗同时被吸引。与此同时，高陌一把拉开了天窗，起身，抬手，直截了当地往野狗颈侧狠插了一刀，它反首，高陌迅速缩回，关窗。

“快！胶带！”他冲林玉喊道。

林玉这才发现他手臂上多了一道血淋淋的伤口，是獠牙划伤。

她一言不发，迅速从车前的置物架上拿起了胶带往天窗上黏，长长的，一道又一道，没有刀便用牙咬。

高陌冲她笑了笑，觉得她像一头小母狼。

负伤的野狗王从车顶滚落到前盖上，伤不致死，它四脚直立恶狠狠地瞪着车厢里的人。

林玉问：“要不要关灯？”

他摇头，将伤手背在身后一手撑着驾驶台与它对视。

带裂痕的天窗被胶带反反复复贴了七八层，前座上一人一狗仅隔着一片挡风玻璃对峙着。

闻到同类的血腥味，野狗群开始骚动了，野狗王在车盖上红着眼睛喘粗气。

“哒——哒——哒——”

周遭响起了噼里啪啦的冻雨声，数条野狗抬头，而后踱步、甩毛，一系列的动作，只有车盖上站着的那一条还如雕塑般地胶着着。

狗群的窸窣声越来越大，准备撤退了。

接着几声吠叫，野狗王终于率先挪开了目光，它转身，往车盖前走了几步，高陌依旧盯着，一动不动。“啪”的一声，野狗王一个俯冲撞在前挡风玻璃上，颈侧的血迹、灰土、毛发，沾上玻璃又被黏稠的脏雨冲涮，最后只剩下一双瞪得猩红的眼睛。

它终于跳下了车身带着野狗群奔离避雨，高陌松了一口气，往座椅上一躺，指了指天窗上的胶带说：“聪明。”

（四）

伤口不深，但撕拉的痕迹很长，从中指下方一直到手臂中央。

他将车门开启一条缝，捋起袖子用清水冲洗伤口，一瓶一瓶淋下去，脸都白了。

林玉看着他，他咬了咬牙，说：“冻的。”

她“扑哧”一声笑了，伸开手臂抱他，见他没说话，又在他肩上蹭了蹭。

“摩擦生热？”他问她。

“不然呢？揩你的油吗？”林玉忍着笑，“被偷油、车抛锚、跟狗较劲的男人？”

高陌说不过她，赶紧摸出了便携药包：“帮个忙？”

他伸过手，她取出了蘸着酒精的医用棉花。

撕拉处卷起了皮肉，冷水一冲透着一种奇怪的紫色，她眯了眯眼，很小心地处理起来。

“会不会留疤？”她突然问。

“应该会。”

“那也不错，有点酷，回到客栈里会招小姑娘喜欢的。”

高陌笑，狭长的眼睛里带着 种醉意，身了突然热了起来。

“你不冷了？”

“冷啊。”

她捉住他的手往自己脸上放：“挺暖和的。”

“男的本来就比女的暖一些。”

“那还千里迢迢来找女人做什么？”

她垂着眼眸，正低头挑他伤口上的一点小杂物。高陌不知道她是开玩笑还是真的这么问，于是只赔了一个笑脸。

“你三个半月前来阿坝干吗？”

关于他的事情，林玉似乎一切都记在脑子里，当时没插嘴，她想知道的时候便问他，像脑海中的一个旋律，洗澡或者上厕所的时候都有可能出来蹦跶。

“送一批课外书，是一个徒步旅行的小团体捐的，当时他们经丽江去拉萨，就住在我店里。”

林玉点头，平静得像这个问题她从来没有问过。

高陌隐约猜到了她在担心什么，不好说也说不好。

“嘶……”棉团抽离时蹭到了正渗血的一处，他吸了一口冷气。

林玉条件反射似的给他吹气。

失血、低温、冷水，经她一吹，更是透心凉，高陌没好意思告诉她，现在他已经快要感觉不到自己手臂的存在了。

“明天修好了车先去县城打疫苗。”

“好。”

“还要买个备用轮胎放上。”

“好。”

“还要买床被子，到时候住不下我就睡在车里。”

“不用，我给你想办法，不会委屈你。”

“那你先把车门关上，我冷。”

“不行。”

“你委屈我。”

高陌笑了笑：“挨近点，我给你挡风。”他将自己的位置往前挪了一点，低声解释，“夜里一下雨温度更低，不留条缝，车门容易冻住。”

林玉额头的皮肤蹙了一下。

高陌点头：“对，被偷油、车抛锚、跟狗较劲的男人车门以前还被冻住过。”

林玉将他的袖子捋下来盖住包好的伤口，勾起嘴角：“我没想这

么说。”

他也笑，她想这么说，他知道。

第二日，风雨停了，气温回升了不少。

林玉睁开眼睛，看到了满天的鱼鳞云，蓝白交替，满铺长空，像突然被谁偷去了车顶。

“高陌。”她身上盖着他的外套却没有看到他的人。

喊声透出车窗，像世界上唯一一个声音，很安静。

“高陌。”又一声。她没开车门，而是从不知何时被拆卸掉的天窗上探出头去。

窗格不容许她的肩膀通过，一颗头像车顶上的一朵蘑菇，长在阴凉处，被立在近旁的大树遮蔽着。

“大树”说：“肚子饿吗？”

林玉答：“修车的还没来吗？”

他点头，点了根烟仰着脖子冲县城的方向望。

“能看到什么？”林玉问他。

“你上来就知道。”

林玉缩回去又开了车门出来，两手按住引擎盖往上爬，有些打滑。

“你的鞋呢？”

“在车里，穿着爬不上。”说这话时，林玉刚挪上来的臀部又在往下滑，一尾鱼一样。

“去穿好，穿好了我弄你上来。”

她点头钻回车里，没什么动静。

高陌等了好大一会儿不见她，通过天窗往车子里看她。

林玉在补口红，没有唇刷，翘着一根细白的小拇指对着折叠镜匀着。

“我怎么上去？”她问镜子角落的男人。

“你站到车尾去，我拉你。”

她走到车尾，高陌将手伸给她。

她没接。

“抱。”

语气很平静，不是撒娇。

高陌愣了一下，见她眼神瞟过他手臂上的伤。

她怕他的创口二度拉伤。

“你身子轻，没事。”

林玉没动，他只好跳下车去抱她。

高陌第一次感觉到了她紧张，怀里她的身子热腾腾的，颤了两下。他将她抬高，她便趁机将腿搭在车盖上，踩稳了，他先松了一只手方便她往车顶上靠。一滑，他在背后顶住了她。

“慢慢来。”

她没回头，但高陌看到了她耳根发烫，粉粉的，煨熟的小芋头一样。

林玉再次动身往一边倾去，他将左腿一架，扶着她的背霍然往车顶上抛。

她有些慌，但反应过来时，已经稳稳地在天窗边坐好了。

絮絮的风，很凉爽。

林玉站起身，蓝白色的穹顶，天边绵亘博远的雪峰，夹在微风里的霜雪与阳光杂糅的味道，满吸一口，毕生难忘。

高陌问：“你看到了什么？”

她回答：“一辆黄黑色的皮卡。”

# 「第七章」

Chapter 07

祸害留千年

（一）

是修理车。

修天窗、换车胎，手熟的师傅一气呵成。

在县里办完些琐事，高陌径直将车开往甲尔多乡。

“挺实用的，我想学。”

“修车？”高陌用食指挑了一下鼻梁上遮光的墨镜，带着三分笑。

林玉点头：“你觉得我学不好？”

“当然不是。”

“那你笑什么？”

高陌没接茬，指了指不远处的一排小平房：“到了，村小。”

土黄色的地，土黄色的墙，不细看还以为是原野上鼓起的一个方形土包。

林玉抿了一下嘴，匀了点口红，见平房顶上站着一个人，两只手甩得跟风火轮一样。

“哥！”时江朝越野车大声喊道。

高陌清了清嗓子，按了两下车喇叭。

林玉笑，虚晃一招。

“一会儿你怎么介绍我？”

“跟谁介绍？”

“不认识我的人。”

高陌想了想：“没打算长住的，告诉名字就行。”

她没说话，身子一抖，跟着车辆脱离了大道。

学校外围都是草地，车子像船驶进另一种海里。加速，土尘和枯草屑翻滚而起，与学校的土坯墙拉得越近，门口的几个小人儿看得越清——红彤彤的脸蛋，圆溜溜的眼睛，鼓鼻涕泡的、肿着耳朵生冻疮的，一种喜悦而怯生的笑，几乎是高原孩子的标准相貌。

林玉从车上下来，问："还没放假吗？"

"放假了。他们的家人一早去了青海挖草，他们无处可去，只好先在学校待着，何况国家有补贴，在校吃饭不花钱。"女人穿了水蓝色的宽松藏袍，没结辫子，圆而不肥的脸上有江南女子的精致气。

如果不是林玉脸上也戴着墨镜，她会眯着眼睛说她宜室宜家。

"哥，累不累，你们先进屋擦把脸吧。"女人上前挽着高陌，动作流畅自然。

"林玉，时行。"他没挣开时行的手，两头一瞟，当是介绍。

车子停在门口，时行给林玉倒了茶水让她在廊下歇息。刚擦完脸，高陌卸完车上的东西额头又冒了一层薄汗，时行拧了湿毛巾给他擦。他接过，在脸上没印两下便往林玉身边走。

林玉看了他一眼，没有什么表情。

高陌隐约觉得，她生气了。

他挡住了她的视线，她拿手去拨，还没够着，他用手上的毛巾在她脸上快速抹了两把。

"来，你也擦擦。"

口红撇到了下巴上，躲在一边的孩子哈哈笑。

他还要替她擦，她伸了右手去挡。

高陌按下，问："她管我叫哥，你生气了？"

"没有。"

"那为什么？"

“我手疼，心情不好。”

高陌知道她在说谎。

脸擦干净了，林玉又伸手拨他。

这一次，高陌让开了。

屋里，时江喊：“谁来帮帮忙？”

时行还没作答，林玉越过高陌，一头钻进了门帐。

平房构造环状，三间教室，一间空房。

空房面积最小，却还愣是划分了就寝吃饭两个地方——左面摆着两张床，隔着一道聊胜于无的纱帘，右面铺了一块硕大的地布，中央有铁炉，有手缝的毛垫子。

时江拉了林玉坐下来，窗户紧闭，炉火烧得滚烫。

暖和是暖和，但太闷了。

“怎么帮你？”林玉问。

“林玉姐，看着炉子别让它熄就行，火小了就添点燃料。”时江指了指门口的草筐，蹦跶着走了。

高陌将东西从车上卸下来之后还要挨个告诉时行哪个箱子里装的是什么，瓜果先吃，书籍防潮……

孩子们看着新鲜，开始还扒在墙头、站在院角，高陌笑着招了招手，没两分钟便围近了。

汉语混藏语，吵吵嚷嚷，林玉觉得聒噪，点了根烟走到门口将帘子挑起了一块，随手从草筐里拣了两坨黑乎乎的燃料回到原位上。

高陌大概跟时行说了什么俏皮话，时行脸红了，拿手直往他身上拍。

上午刚在医院处理好的伤口，见着女人就不疼了？

林玉吐了一个烟圈，有些后悔爬车顶的时候没让他拉，自己该用力一点，皮开肉绽了他才知道厉害。

她不自觉地咬了一下过滤嘴。

高陌突然往林玉这边看。

林玉不急不慌，往炉子里添了块燃料。

不一会儿，门帘被挑开了更大的一道。

高陌进来了，坐在她身边烤着炉子搓了搓手。

“林玉。”

“说。”

“我过两天开车送这些孩子去青海，这段时间闲着也无聊，你看你能不能教教他们写作？”

“写作？”

“你想教唱歌也成。”

林玉没看他：“我不会说藏语，教不好。”

“是这样，这儿的学生认字，也多少都会说一点汉话，时行得抓紧时间处理食材忙不过来，学校现阶段只管扫盲，你带着孩子玩会儿，或者拣点有用的教，对他们来说都好。”

林玉说：“让我带他们，算害人。”

高陌掐过她手上的烟，看了看。

林玉以为他会摁熄，但没有。

他往嘴里一塞，吸了一口。

林玉笑：“你还真会薅羊毛。”

高陌咧了一下嘴，莫名有几分憨厚。

他说：“我当你答应了。”

林玉的嘴角动了一下，不算笑。

她拉开炉膛往里面扔了一块燃料，却又拉了拉领口说：“这屋里真是太热了，这种粗活，还是你干吧。”

高陌说：“好。”

林玉起身，拍了拍坐皱的外套，撩起门帘准备走。

高陌叫住她。

“又干吗？”

“这个燃料，是晒干的牛粪，一会儿开饭，我觉得你还是洗个手比较好。”

林玉瞧了他一眼，眉头向内蹙了一下，走了。

她想说什么？为什么不早告诉我？刚才抽烟拉领口的时候你不说？

高陌不知道，笑了。

冷淡地使着小女孩性子，只有她了。

开饭时间一直折腾到了太阳偏西，越野车的新鲜劲儿过了，肚子一叫，孩子们都端着小碗猫进屋子准备吃饭了。

绕炉火一圈，林玉独坐半壁。

“他们怕生。”时行笑着解释，很腼腆。

地布上放了糌粑血肠，除此之外都是高陌带过来的风味小菜。

孩子们用黑漆漆的眼睛瞅她，嘴馋，手没有动。

他们怕生，她可不就是这屋子里唯一的生？

林玉不介意，也没什么胃口，随便夹了两块起身。

“里面太热了，我出去透透气。”

时行有些不好意思，高陌却点头：“好，别走远了。”

林玉端着饭碗出门。

别走远了，能去哪儿？林玉自嘲似的踢了一抔黄土，听到房间里响起了谈笑声。

“好吃哦。”校门口的墙壁边探出一个小脑袋，是达西，三轮车上的那个女孩。

她冲林玉摇了摇手上发黄的苹果核，似乎在说，是我呀。

林玉回想了一下：“达西？”

“嘻嘻！”她笑了一下，朝林玉慢慢挪过来，两只小眼睛瞅着林玉的饭碗。

林玉问：“要吃吗？”

她不说话，憋红了脸蛋。

晒干的牛粪炭易燃，可气味确实欠佳，取暖可以，闻多了林玉吃不下饭，于是弯腰，将自己的碗递给她。

达西丢掉苹果核，在衣服上蹭了蹭手，伸过来了。

林玉以为她要接，却突然感觉到碗里响了一下。

达西将手缩回去，林玉去看，发现小菜上多了几颗锈红色的干肉粒。

她夹起来瞧了瞧，又凑近闻，有牛肉香。

达西笑：“好吃哦。”

那双眼睛里有星星，林玉喜欢。

林玉将肉粒放进嘴里，嚼了几下，不太熟练地冲达西咧了一个大大的微笑。

达西开心地拉了拉林玉的衣角，林玉大概猜到了她的意思，一大一小，对着满目荒野，蹲下了。

“听歌吗？”达西问。

林玉点了一下头，达西又说：“那吃饭吧。”

林玉被她弄迷糊了，低头吃饭。

糌粑一嚼到嘴里，达西开始唱歌，不像百灵鸟，像风从高山上涌过。

林玉发自肺腑地想夸赞这歌喉，可咀嚼的动作一停下，达西便说：“吃饭哦。”

她只好再次端起饭碗。

高陌听到声响，将门帘撩起了一条缝。

见林玉蹲在地上认认真真扒饭吃的样子，他弯了一下嘴角。

时行也往缝里瞧："真像个小姑娘。"

高陌放下门帘："她本来就是。"

林玉吃饱了，碗里还剩下半块血肠，浪费不好，她硬是塞进嘴里了。

高处落下东西，"咚——"一声，碗里平白多了一颗干红枣。

林玉有些惊讶，抬头，没有枣树，于是回头。

"嘻嘻嘻……"原本空空的身后多了一串小孩子，最近的那个小男孩穿了件红袄子，红着脸，手在她饭碗的正上方举得高高的攥成拳头。

她看着他，他缩了缩脖子，将手收回来背在了身后。

"嗯……"他支支吾吾，话没说好，鼓出了一个鼻涕泡。

林玉饶有兴味地打量他，没看两眼，他耳朵也红了。

"手上的东西，给我的？"

他点头，小拳头缩到正面，一摊开，头却害羞地往侧面偏。

像一块石头。

林玉下意识地认为这应当也是某种吃的，她捏起来，判断不出。

孩子们满脸期待地看着她，她想了想，只好往嘴里放了。

"吃，不行的！"他一把抢过，擦了擦举到林玉眼前。

透过它看，这儿的夕阳是蜜糖色。

林玉哈哈一笑："靠，真是石头啊！"

她笑得开心，没一会儿孩子们也跟着"嘿嘿嘿"地直乐呵。

达西说："靠，真是石头。"

孩子们也小声说："靠，真是石头。"

林玉眯了一眼："靠，你们不能学这个。"

"嘿嘿嘿，不能学，靠。"

“拉巴贡，老师说，靠，不能说。”

“不是，是靠，不能学这个。”

……

孩子们七嘴八舌，小学校里一片粗口。

两个小时前高陌让她拣点有用的教，她长吁一口气，靠，用于表达人物愤怒、惊讶、不屑等感情，勉强算吧。

（二）

天黑下来了，得考虑住宿。

其实没有太多斟酌的余地，两张床一间屋，需要商量的，只剩睡里外的问题。

两张床之间距离较窄，跟通铺没有实质区别。

“林玉、时行、时江、我。”高陌随手摸了四块石子排开。

时行和时江都没意见，林玉瞄了一眼。

“我可以睡车里。”林玉说。

“不行。”高陌反对。

“为什么？”

“车是我的。”

“今天会降温，晚上外面太冷了，屋里能烧炉子，暖和的。”时行向她解释，但怎么看都像为了袒护高陌。

林玉抓起石子抛了抛，捉了一块摆好，其余三块随手散掉，说：“那我睡里面。”

时江一愣：“那这张床我要睡外边。”说完，脸比炉火还烫。

高陌扫了眼她摆好的那块石子，说：“好啊。”

一路赶来，地方降水量再少也得洗个澡。

淋浴是不可能了，擦一擦也好。

学校里有个小隔间，勉强算浴室，能排水，没入水，得从外面手提，门也合不上，从里头用根绳子挂着。

林玉进浴室洗澡，时行坐在外面守着。

“会有人偷看？”林玉问。

“不会，不过孩子们窜来窜去没规矩，有人守谨慎一点。”

“谢谢。”

“我听我弟说你是我哥的妹妹？”

林玉听着这话有点奇怪。

时行不觉得，还问：“是吗？”

“是。”

“那我可以叫你林妹妹吗？亲切。”时行笑了一声，真心的。

“宝哥哥，随你，不过我跟高陌没有血缘关系。”

“我也没有哎，你真有趣。”

林玉正擦到肩头，皱了皱眉。

时行接着说：“你要是能在这儿多待一段时间就好了，我们老师不够。”

“一个，是少。”林玉礼貌搭腔。

时行笑了：“是放假才这样，原本加上喇嘛校长是有四个的，我、塔尔江，还有三个月前来支教的大个子，叫蒋军，嘿嘿嘿，叫起来将军一样，蛮威风的。”

林玉愣了一下，确实被甲尔多乡教师资源的匮乏惊讶到了。

只一秒，她又继续洗澡了。

时行的话题很快又回到了高陌身上：“对了，以前这儿不光没有浴室，连围墙都还没有，整个学校就几间土坯房。一下课老有孩子被蹿进来的野狗撵得到处跑，还是我哥来了，才拖来了方砖动员喇嘛校

长带着我们一起挖墙基……”

“什么时候的事？”

时行很高兴：“三年前啊。”

林玉说：“哦。”

时行又说：“我妈是汉族人，她来支教嫁给我爸了，她让我去北京、上海那样的地方去工作，这儿太穷了。可我喜欢这里，越在外面生活过越喜欢这里，其实，挣得多的地方花得多，挣得少的地方花得少，是一样的，对吧？”

林玉听着她姐妹淘一般的倾诉，心里却在想，是不是所有人都会在赤裸着身体的时候想到异性，得空了，她要做个调查问卷。

“跟我好的男人，一定也要喜欢这里，这样两个人日子才过得下去。林妹妹，你呢？希望自己的男人是什么样的？”

话音刚落，时行身后“嘎吱”一声，林玉探出头，头发湿湿的：“睡起来舒服的。我内裤忘拿了，你能帮我去拿一下吗？”

“好啊！”

时行走了，林玉从悬挂的塑料袋里拿出干净的内裤换上。

她理解时行社交上的寂寥，可今天，她没聊天的心情。

“咚咚咚……”

敲门声响。

这么快？

林玉将门开启了一条小缝。

伸进来的手上钩着极细的一块布料，指节修长，只是骨点处力量感太强。

“高陌？”林玉没接，用手指在他手心里划拉了两下。

门外的人轻哼了一声，手肘一顶，进来了。

该遮住的地方一点不落，他看着她，一副“我就知道是这样”的表情。

悬挂的塑料袋里还剩一件绒长衫，鼓鼓的。

高陌将手上的东西投进袋子："怎么样，需要我帮点别的忙吗？"

林玉说："需要你出去。"

他靠在门上："来都来了。"

林玉脸色一沉，不说话，站在那儿细看还怪凶的。

他从口袋里掏了东西给她，是那四块石子。

"这块白一点的是你好不好？"

"什么意思？"

刚才他用来代替时行的那块石子明显要比代替自己的那块白，林玉这才较劲的，她知道他知道，开始装糊涂了。

"喏，把你自己揣好。"他将白的那块塞给她，笑眯眯的，算是道歉了。

她套上绒长衫，往外走时将那块石子丢回了他的口袋。

"哪里像我？坑坑洼洼的，你瞎了？"

高陌故意擦了擦眼睛，从指缝里看到她抿着嘴，这是原谅他了。

"林玉。"

"干吗？"

"别走，在门口给我守着，我也擦擦。"

"不守。"

"我可睡你边上，汗味被火一烤那酸爽……"

她知道自己肯定被他逗乐了，嘴上说："就五分钟啊。"

门关了，她站在外头凭空拨着头发，湿湿的，天黑一点温度也降了。

门里没有声音，她说："再不洗我走了。"

水声响，哗啦哗啦，是拧毛巾。

林玉想了想，他刚才似乎没有提水进去。

“高陌？”

“嗯？”

“你怎么洗的？”

“从上到下，参观吗？五块钱。”

“……”

“你不是才洗过吗？我也这么洗的呗，真傻。”

“我那盆水？”

“嗯。”

她头猛然一别，湿头发“啪”一下甩在了脸上，生疼。

“真这么缺水啊？”

她惊讶的口气听上去很有几分天真的味道，高陌在里面笑了。

“没事，我不嫌弃你。”

我嫌弃你，晚上敢挨着我我就拧死你，她这么想。

高陌迟迟没有听到林玉说话，于是向她解释：“浑一点的水洗澡还是有的，不过洗了跟没洗对你区别不大，那得是憋了一周以上没洗澡的才有效果。时行给你用的是留着喝的水，你擦过一次我用也不算脏，你前天搓得干干净净出来的，你忘了？”

林玉不回答，还敢提她前天洗澡的事，真是不嫌尴尬。

水声又响，不知道他现在擦什么地方。

林玉点了根烟，觉得那水声暖昧极了。

“嗒嗒……”

一个孩子抱着一只灰扑扑的皮球停在不远的地方。

有些拘谨，看到林玉呆呆地愣住了。

林玉冲他点了点头。

他没走，依旧盯着林玉看。他想跟她玩球，她猜到了。

林玉冲他竖起食指，意思是“别出声啊”。

孩子点头，她掏出自己的口红在木门上打了个叉。

嘴上不说，意思却很明确——朝这里踢，用力一点。

她躲开一点，小孩身子一弓，使出全身力气对准红叉飞球而去。

“哐当”一声，细细的挂绳一断，半扇摆设的门彻底敞开了。

摔门声、冷风灌入声、毛巾落地声、手忙脚乱拽衣服掩体声……

而后高陌穿着一条三角裤吸着凉气从里面走出来吼：“干什么这是？”

小孩子溜得飞快，早已无影无踪了。

高陌哆嗦着穿上外套，看到林玉正站在门口看远处的风景，反弹开的皮球溜了一圈，又滚回来了。

“你洗完了？那我走了。”林玉收回目光，说道。

高陌拦住她：“你踢的？”

“怎么会？”她像个小女孩一样两手拉起衫裙露出鞋子给他看，黑色绒面的，一点灰都没沾。

高陌指着她点了点，样子这么乖，准是她使的坏。

他反身回浴室，林玉跟着，看里面乱糟糟的。

“你刚才被吓坏了吧？要不要我帮你收拾哦？”

他咬了一下牙，不怒，倒被她气得不行。

“走走走，我自己能行。”

“哦，那你收拾好早点来睡哦，还有球，别忘了捡回去，你的浴室密友。”她说话的样子极诚恳，高陌反手捡起球佯装朝她丢。

“噔噔噔……”林玉跑了。

（三）

高陌回屋前到教室外巡视了一遍，标配的小床摆得四四方方，孩子们睡得也很安稳。

再回去，林玉已经躺下了。

她身子缩着，给时行腾了很宽的位置。

屋子里没开灯，炉火烧得旺旺的，牛粪炭不像煤炭易中毒，但他还是将窗缝开大了一点。

“哥，孩子们……”

“都睡了。”

最外侧的时行压低了声音问，高陌压低了声音答。一躺下，他见身边林玉的睫毛抖了一下。

你知道我来了？他想问她，怪自恋的。

炉火跳着点幽光，屋子里也还是暗暗的。

但他能清楚地看到林玉闭着眼，样子很纯良。

浴室门上的叉画得那样大，也不知道你的口红下次还要不要用哦，他撇了一下嘴，睡了。

阿坝的夜晚很长，凌晨二三点的时候能听到野狗的吠声。

嗷嗷嗷几嗓子，林玉动了动。

他隔着被子将手放在她背脊上，闭着眼轻声说：“别怕。”

“吵醒你了？”

“是我没敢睡着。”高陌睁开眼睛。

有月光，林玉的眸子透亮。

“怕你半夜对我不老实。”他故意逗她，笑得很坏。

林玉朝他翻了个白眼，轻手轻脚地起来了。

“干吗？”

“撒尿！”

“嘿，一起啊。”

“不怕我对你不老实？”

“怕，那我得带根棍。”说完，他还真从床头的包里掏出了一根伸缩棍。

林玉嫌弃地看了一眼，没理会他走出去了。

高陌穿了外套追出来，攥着棍子走在她边上，离得近，走两步两人的肩膀都得擦一下。

林玉说："你这算是钓鱼执法。"

"嘿嘿，你不要咬钩我也不会拿它抡你。"

他跟她开着玩笑，却时刻用余光留意着四周，意外蹿入的野狗、不怀好意的人，林玉一个人起夜太不安全了。

沿着廊子左一遭右一遭，高陌不指路，林玉也没见着带厕所字样的地方，停下了。

"在哪儿？"出门了，她声音还没放，轻轻的，像不足月的猫，奶凶奶凶的。

"哦，找厕所啊？"

"不然呢？散步吗？"

他拍了一下脑门，装成一副恍然大悟的样子："在屋后的菜园子里，得出大门绕过去。"

她往门外走，高陌听到门口有很轻的枯草根压折声。

他一下跑到前面，林玉走得急，闷响一声撞上了。

高陌松了口气，是两只撅草根的老鼠。

他回头："你可别说撞我身上是意外，月光这么亮，你赖不掉的。"

林玉揉了揉额角还没来得及说话，高陌恢复正经的神色说："我带你去，不然你找不对地方。"

"意思是比浴室条件还差？"

"那不能，又亮又宽敞。"

林玉皱了一下眉："露天的呗？"

事实证明，高陌的描述和林玉的猜想都是对的——半米高的土砌大圆，往上还用加厚的蓝色塑料棚布围着，位置在菜园正中央，门口还放了两把一看就知道干什么用的长勺，天冷，没什么味道。

她上厕所，他在外面守着。

没顶，虽然别人看不着，但晚上着实冻屁股。

“下雨下雪怎么办？”

“什么？”

“下雨下雪上厕所怎么办？”

“里面有根尼龙绳看到了没有，用力拉。”

她找到了，一拉，一块塑料布像盖子一样从外头翻折了过来。

“啪”一声，油漆桶一般盖上了。

她莫名乐了，高陌一边提防着四周一边轻声说：“真傻。”

“我看不见了。”她喊道。

“等着，我给你开灯。”

“没通电吧？”

高陌勾了一下嘴角，拉住外面的绳子将那块塑料布拽回了原位。

确实开灯了，38 万千米高空上皎洁的月亮。

林玉想，这大概是人类史上最浪漫的一泡尿，她得把它写进自己书里，有福同享。

“嗷嗷嗷……”有几声野狗叫。

高陌在塑料布上叩了两下：“腿麻了？”

她走出来，故意将鞋跟蹬响。

他笑了笑：“那回去吧。”

“你不上？”

“没尿。”

“那你还出来。”

“钓鱼执法呗。”

她撇撇嘴，听着狗叫心里将这份好意收下了。

屋后到屋前，林玉仰脸总能看到头顶上硕大的月亮，刚到门口，她问："陪我走走？"

高陌也没有睡意，点头应了。

院子就那么大，出去又不安全，他想了想："房顶去吗？"

"好。"

一层的平房，取木梯往墙上一搭，手扶着自己爬。

高陌一步三四阶，小松筋骨罢了。

林玉右手虽消肿了，但用力还有些痛，爬得很仔细。

他蹲在房顶上，她爬在梯子上，他伸手，她抬头，视角与在客栈的那天一模一样。

"想家吗？"高陌突然问她。

她伸左手给他拉，上去了，伸了个懒腰。

"你说上海？想啊，要是打个响指就能到，我一定要约最贵的SPA。"

他笑了笑："没别的？"

"找几个男技师给我按脚。"

"我……"

"你就算了，从前还人模人样，现在……"她故意摇了摇头。

"现在怎么样？"

工装裤、黑夹克，身材健壮一脸拽样。

"现在去港式洗浴应聘应该也行，黑社会大哥下海按脚，有噱头。你要是再出卖一下色相，没准日进斗金。"她说笑时习惯将头仰起来一点，双目微闭，像八九十年代江浙沪一带的月报女郎，优雅中带一点挑剔的风味。

"这里保守得很，可别把这话说给孩子们听。"高陌放声笑，离开城市西装，心糙了，人也是这样。

林玉勾嘴：“你呢？想吗？”

“现在不想，这里快活自在，挺好。”他看了林玉一眼，随手掸了一块地方坐下，往旁边一拍，招呼她也坐。

“今年去看你爸了吗？”

她愣了一下，点了一下头：“三月七号。”

“他怎么样？”

“一个糟老头子，还能怎么样？活着呗。”她挨着他坐下，点了根烟，吸一口，补充，“瘦了点，也老了。”

“你也长大了。”

她笑，瞥了他一眼：“干吗突然这么说话，老骨头似的，别不别扭？”

“本来也比你大上好几岁。”

她侧过脸，抬手在他下巴上摸了一把，浅浅的胡楂，很有味道。

高陌原本应该躲开的，忘了。

“林秋白也这么说了。”

她吐了一个烟圈，收手不自觉地抬头望着月亮。

林秋白，父亲的名字大概也只有狱警和她记得了。

“高陌，你说我这人是不是太冷血了？他明明是为了救我而犯的法，可我每次做噩梦的时候都很恨他，如果他下手没那么重，那我就……”

“林玉，你被吓坏了。”

“或许吧，每次想起那件事都只有一些残碎的影子，连贯不起来，医生说这是应激性选择失忆。”

高陌掏了掏衣兜，给她递了张纸。

“你认为我应该哭？”

“没有，你冻出鼻涕了。”

林玉笑，接过擦了擦，确实很冷，她往后坐了一点，拿他挡风来着。

“林玉，你是受害者。”

“可那人本来只是想偷东西的，我怕得叫出来了，他才发现了我。”

“偷窥者心术不正，也不是短裙和吊带衫的错。”

她抽了一口烟，觉得味道不太对，拿在手里，岔开了话题：“有选择就有后果，牢里蹲着，梦里缠着，心里悬着，不还清了谁也别想好过。不跑，或者跑一段又回来承担了，起码更有希望得到原谅，你说是吧？老头如果以后能出来，我会给他养老的。”

高陌想了想，回过头看她，她笑：“没准不会，说不定我过两天就死了。”

“你不会。”

“祸害留千年吗？”

他跟着笑，总觉得下巴上还痒痒的，搔不着。

“林玉，其实我……”

“姐！姐——”

“是时江？”林玉眉头一皱，烟灰抖在裙子上，留了个印。

（四）

起身，下楼，原来的房间里早已亮起了灯。

高陌跑进去，林玉紧跟着。

情况再清楚不过了——时行抱着肚子在床上蜷缩着，身边的时江紧张得不得了。

高陌将她扶起来问：“怎么了？”

时行皱着眉，深陷的眼窝挣扎了两三下才挑开一条缝，刚要张嘴，额头豆大的汗珠落下来，疼痛折磨着她，来源位置也很明确。

“痛经？”林玉问。

时行的牙一咬再咬，终于吐出了一个“不是”。

没有明显伤口，剧烈的疼痛使得说话艰难，再问什么似乎也没有结果，林玉提议：“直接送医院吧。”

“好，我去开车，你们扶她过来。”

时江连忙搭手，屋子里孩子们离得远睡得沉没有被惊醒，这是好事情。

“孩子。”时行咬牙说道。

时江点了点头，将时行交给了林玉：“我看着他们，阿姐拜托你了。”

合上车门，高陌一个油门稳妥而快速地将车拐出了校门，轮胎轧在地上有“咔咔”的声音，像破冰。

学校离县城开车三十分钟，时行的呼吸越来越沉重。

“不……不去医院。”她哀求般地说。

林玉不擅长安慰人，只用手替她垫着腰，希望她能好受一些。

“不去……”

她眼角挂着泪水，林玉分不清她是因为疼还是别的什么原因。

林玉说：“没事的。”

离医院还差几十米，大红色的十字光晕闪着，时行突然挣扎了起来。

高陌开着车没办法顾及，朝林玉使了个眼色。

林玉下意识地想将她扶正，一伸手，隔着宽松的藏袍摸到了她的肚子。

时行连忙往车门边缩，高陌停车，拉开车门正好抱住了她。

“哥，不去医院。”时行揽着他的脖子，越是往医院门口走闹得越凶。

高陌无奈地叹了一口气，喊：“怕什么，有我呢。”

时行突然安静了，林玉没多想，帮着往医院里送。

挂号，就诊，检查。

林玉和高陌坐在诊室外等。

“林玉。”

“嗯？”

“检查得要一会儿，你累了就靠着我休息一下。”

“还行。”

她还是往他身边挪了一点儿，手臂垂着，替时行垫了一路，麻了。

他伸手替她捏了捏胳膊：“我修好车之后就该把你甩掉的。”

林玉侧过脸看他，目光洒在他的嘴角上，轻笑：“你早就甩我了。”

高陌沉默。

林玉说：“我就是想来看看她。”

“什么？”

“我跟来阿坝的理由，就是想来看看她。”她带着一点倦意，“我这人输不起你也知道，我看上的东西甩我去找别人，如果那人还不好，我是会难过的。”

高陌愣了一下，尽管她说他是“东西”，自己听着也莫名生出种骄傲。

“我跟时行没什么。”

“我知道。不是我，你到死都会是条光棍，否则鬼才乐意一次一次送上门。可我就是想看看，人也好，东西也好，都不能把你勾走了。”

他听得脸颊发热，只说：“今天晚上谢谢你。”

许久，林玉没说话。

“林玉？”

他回头看她，发现她还是用同样的眼神打量着自己。他还想说点什么，林玉伸手扶住他的侧脸，吻了他。

“不用谢。”

走廊上空空荡荡的，高陌静了两三秒才意识到刚才发生了什么。

林玉已经若无其事地别过头去，靠在了椅背上。

高陌并不尴尬，打量了她一阵在心里想，早晚得栽在她手上。

“林玉。”

“嗯？”

他叫她名字的时候她的耳朵会动一下。

“你在房顶上说的话，是真的？”

“你真要去港式浴场？”林玉笑了笑，坐直身子揉了揉腰，“没有好处的时候我倒不爱撒谎。”

楼道里的灯将她的皮肤打成了雾色，他清楚地记得她在房顶说有选择就有后果，不跑，或者跑一段又回来承担了，起码更有希望得到原谅。

高陌喜欢她这样笑，略微翘起的嘴角让人联想起一柄长勺，他可以用它舀新出窖的樱桃酒，醇香清亮，放入嘴中细细抿咬。

“等时行好了，你要不要跟我一起送孩子们去青海？”

他突然邀她着实有些荒唐，但她高兴，用无所谓的口气说：“那我得想一想。”

高陌笑了。

作吧，我这个“东西”习惯了。

一旁诊室的门开了，医生喊：“谁是病人家属啊？”

两人同时站起身来。

医生笑了笑：“没大事，孕妇吃坏东西了。”

# Chapter 08「第八章」

我可不可以再亲亲你？

（一）

从医院出来后三个人都不怎么说话，只是临上车时高陌让林玉帮忙去买一些烤馕。

临近的一家早餐铺没有，他指着拐角让林玉去了远一点的地方。

林玉应了，买完回来后隔着几十米看到时行跪在了地上。

一个女人怀孕了，就表示一个男人睡了她。

高陌拉她，林玉点了根烟远远靠在墙边看着。

买东西，醉翁之意罢了，不急。

许久，两个人把该说的话说完了。

高陌伸手叫："林玉。"

林玉将烟头在土墙上按熄，丢进了垃圾桶。

开门，上车，同在后座的时行往一旁挪了挪，咬着嘴唇怯怯地看她。

林玉说："天气真好。"

回程赶上了太阳初升，甲尔多乡的日照算不上温暖，林玉呵了一口气，只看到雾化的大光。

看困了，林玉在车上眯着。

后来肩上被人拍了一下，高陌停下车说："医院的事情就我们三个人知道。"

她点头。

"嗡嗡嗡……"一阵手机铃声响。

是时行的手机。

“哥，打过来了。”时行表情有些紧张。

“没事的。”

高陌停了车，兜了一圈拉开了林玉的车门：“你乐意看野驴吗？比你还犟，怪好玩的。”

林玉正思忖着这是什么话，他手往她车门上一搭，拉她下车。

日上当空，黑黄混杂的土地绵延无尽，眼前的风有形状，在阳光下卷起草屑来了。

一落脚，地面竟是绵绵软软的。

“你喜欢可以脱鞋走，这一片下面是半干的草甸，干净的。”

她想着可能扎脚，没乐意脱。

往前踉跄着走，上个小坡，离车稍远了一些。

能看到时行打电话的动作，表情、言语，都不分明。

——“还有三个月前来支教的大个子，叫蒋军，嘿嘿嘿，叫起来将军一样，蛮威风的。”

——“跟我好的男人，一定也要喜欢这里。”

听过的话都存在脑子里，这时林玉想起了许多。

“愣着干什么？”高陌回头，故意朝她跑过来。林玉要躲，鞋跟被交错的羊茅缠住，一倒，反而被他接住了。

跟所有摔入怀中的浪漫设想不同，他拽住的是她的脚。

“噗”一声，上半身摔在了厚实弹软的草层上，他咧着嘴脱起她的鞋子来了。

喜欢你就脱，不喜欢我就帮你脱。

他希望她感受到的东西就舍不得她错过，林玉撇了一下嘴：“野驴没看着，你倒跟野男人一样了。”

她头发散在草甸上，像个拖把，但是这样骂他，很快活。

他撒了手，见她没有起来的意思，他也在边上躺下了。

阳光正好，风、云、草屑、泥土味发酵。

“孩子不是我的。”

“知道。”

过了一会儿，林玉问：“那个男人靠谱吗？”

高陌说：“长得标致，说话上课都还好，人也活分，年纪……有点小，怕在这里熬不住。”

“多大？”

“二十三岁。”

林玉想了一下又问：“你觉得他不敢认？”

高陌一时没说话，呼了口气。

林玉用手在高陌腿侧戳了一下，硬邦邦的：“问你呢。”

“时行善良漂亮，也很单纯，不过……这地方太苦了，一般热的热血能被冻得梆硬。那男人来支教的第一天就计划着自己八十岁的时候桃李满高原，你懂的，还没深入了解情况时就将口号喊这么响的人退堂鼓也打得快。”

“那你怎么来的？”

“报恩吧。三年前我的车在青海发生侧翻，时行的阿爸救了我，天太冷，路面都结冰了，救援车上不来，雪又大，找不到地理参照，搜救队也无计可施。三十七个小时，是他背着我一点一点爬到主干线上。没吃没喝，撒泡热尿都想着先暖暖手，到最后伤口冻得实在受不住了，我就想死了算了。可他说……”

“嗯？”她听着，侧过身将手枕在头下。

“他说的藏语，我压根儿没听懂，不过伤好之后我想着帮他做点什么就跟着来这里了。”他说着，随手将手往林玉肩膀上搭。

她往后一缩，心理性的。

“林玉，你嫌弃我？”他咬了一下嘴唇，偏要往她身上搭。

“热尿暖手，你自己说的。”

“都几年了。”

“这种事说不清，就像有人偶然吃了块发霉的豆腐觉得风味独特，于是忍不住一遍一遍地去那么做，给它取名，给它调味……在公众接受它之前首创的那个人没少那么做。说起来，你那个客栈就挺冷的，你又不爱烤火……”

“所以我成天拿自己的尿往身上乱滋？”

她挑了一下眉：“倒不一定是自己的。”

越说越邪乎。

她躲，他偏往她身上凑，她只好往后滚，他有样学样也追着。

草甸铺满整个平缓的长坡，两人一前一后相继滚下去，草屑混进头发里，黏在衣服上，脸颊上也有。

林玉停住扒拉了两下，高陌没刹住滚压到了她身上。

男人的身体，总要沉许多。

林玉扒拉不动了，不知道该说什么，只睁着眼睛，看他。

女人，时行的父亲当年就跟他说了两个字。

此时高陌看着林玉深棕的眸子再想这句话，简直妙啊！

抛开所有粉饰的光圈，人类作为生物延续的最终奥义不就是男人需要女人与女人需要男人吗？

没有人真的不怕死，但也没有人真的怕的就是死，你知道怕的时候你还没死，你死了就不怕了，所以人舍不下的恰恰是别的，温暖的怀抱、理解的告慰、灵与肉。

“你要是还不起开，一会儿发生点什么，你可别后悔。”

高陌大笑，故意将脸凑近些：“别横，有种就实打实地来。”

话音刚落，高陌觉得后脑勺被什么东西搅了一下，黏黏糊糊的。

林玉小心地拉着他的衣领将脸往他身下躲，他一扭头，棕白相间的大脑袋刚好伸出了粉而宽厚的长舌。

“刺溜”一声，舔在了他脸上。

高陌的吼声传来：“疯了是不是？这臭驴！”

野驴被吓着了，跶了两下蹄子往边上走了两步，这丛草，还会说话？

高陌爬起来拽着衣袖在脸上胡擦了一把。

那驴憨憨的，胆大且犟，看着他的头发又踱过来了。

高陌正在气头上，一手抱住它的脖颈避开前后被踢位置挟在了侧边上。驴吓坏了，四条腿在草甸上跺着，“咔啊——咔啊——咔啊——”叫个不停——我就看看，不吃你行了吧？放我走，我只是头驴。

林玉坐在一边笑得前俯后仰，女人的一生，也许就是应该看喜欢的男人跟驴较劲的。

“在人家的地盘上打滚，被舔两下就当交场地费了。高陌，野驴可是国家一级保护动物。”

他沉着脸，这下倒是不用担心林玉记着自己热尿暖手的事了，啧，脸丢尽了。

脸上的黏腻感挥之不去，高陌一咬牙，给那头野驴来了个侧翻。

他起身拍拍手：“等国家哪天把你从保护动物名录拎出来了，我头一个带着火烧来裹你。”

小野驴蹬两下起身，岔开四条腿气呼呼地盯着高陌。

“还不滚？”高陌作势要挽起袖子。

四只脚的被两只脚的放倒，这没天理啊！

它瞪了他一会儿，甩着尾巴“哒哒哒”地跑开了。

林玉走过来，递了纸巾给他。

“别问我感觉，别说先前跟野狗较劲的事，别提驴，可以的话最好忘了这一天。”

条条指在实处，句句自戳伤疤。

林玉带着笑靥，看着他一脸“还是让我死了吧”的表情心满意足。

然后她说：“时行的电话应该也打完了，我们回去吧。”

高陌点头，走在她边上时总觉得怪怪的。

“你不会说出去吧？”

林玉耸耸肩，加快了步伐。

“林玉，林玉我这多少也算替你挡啊。

“林玉，林玉……”

（二）

回到车里，时行脸色不太好，高陌没多问，关门准备发车了。

“哥……”时行开口。

“你说。”

林玉正要下车回避，时行说：“没关系的。”

她带着一丝苦笑：“他给我转了一笔钱，把电话挂了。”

林玉没忍住，骂了一句。

高陌没出声，紧缩眉头提议先回学校。

时行点了点头，倚着车门闭上了眼睛。

“时老师，时老师……”

孩子们将通红的小脸从门口的栅栏里挤出，一换位置脸上有很明显的印子，等久了。

“时老师身体不舒服，你们别闹。”林玉下车时替她向孩子们解释。

孩子们似懂非懂地点点头，叽叽喳喳地争相叮嘱：“别闹别闹。”

时江拿着饭勺从屋里出来，两人贴耳说了几句扶着进去了。

“林玉，你过来。”高陌冲她招手。

林玉就跟着过去了。

他提了只小桶从半露天的蓄水池里取水，弯着腰，干瓜制成的水瓢一瓢接一瓢。

混浊的，不太干净。

林玉凑过去压低了声音：“怎么了？”

高陌被她认真的样子逗笑，以同样低沉的声音回应：“我洗澡，你帮我看着。”

“你怕她想不开？”

“看着门。”

林玉直起腰要进屋，高陌拉住她：“让他们姐弟俩单独待会儿，可能有话说。”

“那好。”

水声哗啦，高陌在浴室内洗澡。

林玉闲着无聊，搬了条凳子在门口坐着。

“伤着哪儿了？”

“什么？”

“车子侧翻，你伤着哪儿了？”

“左臂和背。”

“留疤了吗？”

他将门开了一条小缝。

“回头。”

她回头，看到他背脊左侧一道长条形的疤，很淡了，但看得出当时伤得很重。

“你洗澡还穿条裤子哦。”说完，她转过身重新坐好，头低着，拾起棍子在地上划了两下。

鬼使神差地，高陌低头看了一眼自己的裤头。

“嗯，刚才在洗头。”

之前玩小皮球的男孩又抱着球朝林玉过来了，一笑，豁了一颗牙。

林玉朝他轻轻摆了摆手，意思是今天不可以。

小男孩走了，她松了一口气。

不一会儿，他带了另外四个孩子过来。

他将球放在地上，挨个指了指，而后冲林玉伸出了红红的小手，笑了。

五个哦，我给你找来了。

见队伍里还有小女孩，林玉连忙摆手，说“别”，可他玩得兴起，已经弓着身子准备射门了。

“高陌，你裤子没脱吧？”

“你一大姑娘家老操心这事是不是有点不太合适啊？”

那孩子抬腿了，身后的小女孩睁着眼睛望着，林玉觉得有必要保护一下祖国花朵的纯洁性，连忙起身。

地面没有粉刷过，凹凸不平的。

林玉起得急，脚脖子一扭，朝门上扑去。

门开了，她随手扶住了他，窄腰宽肩，胸膛湿漉，刚洗过的头发还带着一股洗发水味。

孩子们听声就跑了，她站稳后一看，很淡定地将视线移开了。

高陌脸僵了一下。

没遮没掩，第一反应是风冷要把门关上。

林玉抬头，他也正低头看她。

高陌问：“怎么，突击检查？害不害臊？”

她松开他，不解释，看着他天生似的不害羞。

“我乐意，要你管。”

高陌背过身擦了擦把裤子穿上，一个脚步声传来，小声喊了一句：“是达西哦。”

她又来找林玉玩了。

待在浴室里尴尬，现在出去更尴尬。

高陌看看林玉的头发，还沾了些草屑，鬼使神差地拿起瓢，装了点水淋了下去。

林玉看他，他说：“来都来了，给你也洗洗。”

有事情干，氛围似乎要好一些了，林玉鼻子里缓缓地呼出一口气，把扎头发的发箍解下来了。

先前磕到石砖的地方还有一点没长好的小疤，高陌揪住她一点点衣领，说：“别乱动，别把衣服和伤口打湿了。”

浴室里就那么大，他站着给她干洗。

浇湿，挤洗发水，他的手堂而皇之地在林玉头顶上搓来搓去。偶尔幅度大了指尖碰到一点凉凉的东西，是她的耳骨。

细而白，像一轮弯弯的月亮。

“我要转过去吗？”林玉问。

“不用，我手长。”

“哦。”

她算高了，可穿鞋齐身站着也才到他眉骨处。

林玉睁着两只眼，正好看到他的喉结。

向上瞟是对视，向下瞟得解释，索性就盯着它。

“想摸吗？”

“什么？”

“你上一本书里写到过男人的喉结，可是触感的描述不够传神。”

“你看过？”

高陌不答，两只手反复搓下了泡沫，拿了毛巾在自己脖颈上擦了一把，说：“来。”

“不摸。”

他笑了笑，继续替她洗头。

“你笑什么？”

“我没笑。”

“你笑了，我看到了。”

“嘘！当心别人听着。”他又笑，用泡沫在她头上堆了两只尖耳朵。

林玉气得不行：“摸就摸，反正是我占便宜。”

高陌挺直了身子等着，她试探性地抬起了手，不好意思地轻轻戳了一下。

没有想象中坚硬，反而略微有点滑动感，像鹅卵石上涌动的水波。

高陌没着急说什么，看着她慢慢又放了几根手指上去。

指腹磨蹭着他的脖颈，林玉找到了一种奇妙的乐点。

她抬头，冲他笑，头顶上两只泡沫堆的耳朵抖了抖。

高陌说：“其他地方想摸摸看吗？”

林玉一低头，他也顺着往下扫了一眼，咂一声：“啧，想哪儿去了？”

林玉哭笑不得，带着一点怒气：“你胡说。”

她撤开手，喉结也不摸了。

高陌一手捉住，放在了自己肩头：“摸摸摸。”

她挣扎了两下，绵软的手掌蹭着他肩上的肌肉，男人跟女人的差异，似乎从皮脂上就有区分。

他慢慢松开，意料之中，她还搭在上头。

她捏了捏，又翘起手轻拍了一下。

很清脆的响，硬邦邦的，又带着某种听觉可察的韧性。

“难怪上好的鼓具都用皮子。”她又拍了一下，手被高陌攥住了。

“啧，被你说得怪瘆人的。”

林玉笑了笑，压着声音。

他凑到她耳边：“还想摸哪儿自己动。”

林玉脸一红，比数分钟之前直观的视觉冲击更管用。

他又笑了。

林玉气呼呼地问：“你到底在笑什么？”

高陌压低了声音：“你是不是，从来没有好好碰过男人？”

林玉的某根神经被拨动，顶着一头泡沫就要往外冲，高陌伸手一捞，将她牢牢抱入了自己怀中。

“还洗不洗头了？属驴的？便宜给你占尽还拔腿走人，我又没欺负你。”

林玉拿脚往后踹他：“臭不要脸，不要脸。”

高陌连连点头，牢牢地将她圈住了。

“不说了，洗头洗头。”

瞧他一脸的得意劲，林玉哪里还肯低头。

她用手掰他架在自己双肩的臂膀，也顶着满头泡沫扭来扭去。

高陌没忍住，从身后掰过她的脑袋低头吻下去了。

好一会儿。

林玉听到了耳骨上泡沫的炸裂声。

“啪！”极细极轻。

“高陌，你认真的？”

他还没来得及回答，校门口一个女人骂骂咧咧的声音响了。

高陌迅速套上外套开门出去，看到一个穿着藏袍的女人揪着达西的耳朵，嘴里说的是藏语，他没听懂，但时江冲出来用顶响亮的汉语回了一句：“你才是娼妇！”

高陌回头，将湿毛巾扔给林玉说：“冲一下，擦干净。”

屋里的人都出来了，连学校后的一两户人家也出来看热闹。

高陌叹了口气，真奇怪，他根本就没听明白，但一看这阵仗，他就知道是怎么回事。

达西的母亲大概是见达西在小学里转悠，指桑骂槐地教训了两句，别学娼妇，大致这个意思。

此时小学里就两个女人，林玉她还没见过，可想而知。

剩下的五个孩子瞪着圆溜溜的眼睛不知所以，那女人腰一叉，脖子一缩，又要开口。

高陌赶在她之前，伸出双手朝两方竖起手掌。

这意思很明确，都别说了。

达西“哇呜哇呜”叫了两身，从她母亲手上挣开，揉着耳朵跑开了。

那女人薅起袍子拔腿追，这场斗嘴就这么结束了。

看热闹的人呵呵散去，林玉披着头发从浴室里出来。

“怎么了？”

高陌咬了一下牙：“风太快，县城太小。”

林玉张了张嘴，听到屋里喊：“开饭了。”

（三）

中午相对暖和，孩子们坐不住，端着饭碗满院子跑。

屋里的几个人约定好了似的，餐桌上谁都没有提起刚才的事。

时行坐在炉火边细细嚼完了一块猪膘肉，往门口看了一会儿说：“哥，今天天气不错，你送孩子们去青海吧，不然他们的父母该等急了。”

她一直在屋里备饭，刚才的动静肯定听着了。眼下让他走，是不希望带给他麻烦。

高陌也朝门口看看，说：“好。”

时行又说：“江孩就不去了，我一会儿打电话跟阿爸说。”

高陌端起碗，三两口吃完：“我先去看看车。”

他撩起全部门帘，走到院子里上了车。

林玉跟出去，看到他坐在驾驶位上打电话。

应该是接通了，可没说两句，电话又被高陌“砰”的一下挂断。

他在车里坐了很久，叼了根烟在嘴上。

林玉拉开副驾驶的车门，说：“要火吗？”

她给他点上，没有走。

“那小子原本就没打算回来了。”

“蒋军？”

“嗯。”

“那时行……”

“愿意把孩子打掉最好。”

林玉皱眉，身为一个女性对这种字眼格外敏感，但一想时行的处境，没有辩驳。

高陌往后一靠，吐了个烟圈：“现在就怕麻烦会没完没了，这里人口太少，谁家羊瘸了条腿两个小时后都能叫全县知道。”

“关他们什么事？”

“她是教师，在当地人眼里……”他想了想，连自己都觉得怪异，“跟神父差不多。”

“怎么说？”

“平时可能没有一个信众，但一日行差踏错就招所有人恼。”

高陌接着说：“当地人对孩子的教育水平要求不高，能识字，能说汉语，懂点算数，将来可以跟汉人交朋友做生意就行。他们更希望孩子跟着自己挖草赚钱或是在家照顾成堆的弟妹。时行和其他几个老师每年入学前都不得不四处给家长做思想工作，但在绝大部分人眼里，当下不能赚钱还要花钱的事就像一个骗局，说得越多越烦。所以……”

“像帕帕提附议流放苏格拉底？”

“是。”

正说着，屋里乒乒乓乓地响。

两个人进去，是锅盖掉在了地上。

时行理了理头发，将发鬓拨到耳后，她告诉高陌，拉巴贡的亲戚下午会来接他，其他的几个孩子，估计也不用他送了。

高陌点头，时行也没再说话，她从先前高陌送来的物资里拿了些东西，拉着林玉出去了。

“愿意帮忙吗？”

林玉说：“好。”

时行将剩下的五个孩子叫到院子里，招呼他们排了队。她站在廊上精神奕奕地说：“今天，老师要跟你们来做个小游戏，游戏的名字就叫‘我是组词小能手’，一会儿老师说一个字，你们按现在排队的顺序每人组一个词，不能跟前面的同学重复，第五位同学组完第一位同学接着组，没有想到的同学就不可以参与接龙了哦。最后啊，老师会根据表现给大家发奖品哦！”

说着，她将怀里的故事书和铅笔等东西晃了晃。

孩子们一下就兴奋了起来，围着时行跳来跳去，林玉花了好大劲儿才把他们拉回原来的位置。

她站在队伍旁边，生怕不留神从哪儿又跑出个小家伙。

只是她不懂，时行这时候来做这种教学游戏有什么用意。

“第一个要组词的字是……好！”时行仰着头，眼睛发光，教学的时候俨然一个大孩子。

“美好、最好、好看、好玩、刚好、好心、好人。”

“嗯……不知道。”

“好汉、好笑、好多。”

“嗯……嗯……”

“托吉你嗯不出了，我来，好像。”

“好话、还好。”

“老相好？”

“哈哈哈哈哈，不算不算。”

“那……很好。”

“好大、好小……”

带好字的词汇不断从孩子们口中蹦出，林玉维护秩序的同时都不禁感叹怎么能想到这么多。

比赛进行得越久孩子们情绪越高，手舞足蹈的、憋红脸的、淘汰了又想到了捶胸顿足的……落在林玉眼里就两个字，希望。

“好。”时行拍了拍手，示意孩子们安静，“这次获得组词小能手称号的就是……”

名字还没念出，最后组出“友好”这个词的小女孩已经跳了起来。

时行给她颁奖，奖品是一根铅笔、一本故事书和一个写字本。

最小的扎华布吉输掉了比赛，看着那小女孩的奖品，伤心地哭了。时行没有安慰他而将奖品给他一份，而是告诉孩子们，还有其他的小比赛，要加油争取。

所有想要的都要通过自己的努力来得到，这个道理，她通过孩子们能够理解的方式让他们知道。

高陌和时江看着，林玉守着，时行跟孩子们将教学游戏做了大半天。

组词、造句、写汉字……最后每个孩子都得到了一些文具和零食。

将一块带香味的橡皮擦奖励给拉巴贡时，林玉看到时行抹了一下眼泪。

“要读书，看到字就认，不知道的问问别人。记住了吗？”

孩子点了点头，欢天喜地的。

“时老师，给我写名字吧。”最先得到奖励的小女孩凑过来，翻开了故事书的扉页，她小声说，“不然会被哥哥抢走。”

时行摸了摸小女孩的头，跟她说了同样的话：“要读书。”

她拿起笔，正要写，犹豫了一下后叫了林玉。

“林老师帮你写好不好，我的手酸了。”说完，她伸了个懒腰去屋后翻看晾晒的衣服去了。

林玉蹲下：“你叫什么名字呀？”

“曲尼旺姆。”

林玉替她写了，其他孩子也纷纷围过来，自己的名字都还写不好。

这个年纪，不读书靠从土里刨点药草又能给家里赚多少。

林玉知道以自己丰衣足食的现状来发出惊诧有些可鄙，可她仍旧私心觉得，这是可悲的。

写完了，林玉跟着转到屋后说去帮忙。

时江也想跟去，被高陌拦住了。

“哥，阿姐怀了孩子吗？”

“你知道了。”

“嗯。”

“你怎么想？”

“我已经长大了，我要保护她和宝宝。”

“好样的。”

“哥，你能跟阿姐结婚吗？”他看着高陌，知道这话说得不好，又怯怯地缩了回去。

高陌沉默了一会儿：“我尽力帮她。”

绕过一面土墙，林玉看到时行蹲在木制的晾衣架下，正抬头看她。

“我给他们写名字的话，他们家长知道了会把那些东西扔掉的。”她冲林玉笑了笑，很干瘪。

“又没做伤天害理的事，不管别人怎样，你都是很好的。”

时行点点头："我知道。"

林玉说："嗯。"

"那些奖品，本来是要开学再给他们的，不然放假往家里一拿，丢三落四的该不见了。不过也好吧，书上有拼音，拿回家可以写写字，有时间的话。"

林玉没打岔，知道她并不需要接茬。

"我好怕以后没机会见到他们了，原来跟他们家长商量该读书的时候读书，放假帮家里挖草卖钱已经很不容易，现在那些家长更不会相信我了，是我害了他们……唉，国家免除学杂费，补贴餐费，自己就掏个书本钱，孩子们不上学可惜了。"

林玉看着她，总想起数小时前她引导孩子们组词时神采奕奕的模样，她被男人骗了，可她分明就是个好老师的。

"拉巴贡！拉巴贡！"

前门一个中气十足的喊声。

时行起身呼了两口气，小姐妹一般挽着林玉走："家长接孩子来了，我们去送送。"

往前门走，一辆小三轮停在门口。

车上下来的男人是拉巴贡的舅舅，他拉着孩子上车，孩子拧着，哭了。

说的都是藏语，林玉听不懂。

但这个拧巴的动作全世界一个意思：不愿意。

林玉走上前，看看拉巴贡。

他跟她一起玩过小皮球，很活泼爱笑的男孩子。

"怎么了？"她问。

"我不想去棚子里，在山上，没有灯害怕，冻耳朵。"

林玉摸了摸他的头，舅舅将他一把抱上车。

他口中的棚子正是挖草的临时住所，没来上学之前他六岁就跟着父母干这个。现在，又要回去了。

“拉巴贡，你的东西都拿着。”知道留不住的，时行麻利进屋替他拣好了书本和那个皮球。

小三轮车上装满了晒干的牛粪炭，舅舅看了看，接过皮球后摆了摆手，意思是其他的放不下不要了。

孩子不肯，“哇”的一声哭出来了。

男人只好皱着眉头接过，油制扉页上刚写好的名字有点掉墨，他瞧了瞧，字迹娟秀。

时行赶紧朝林玉一指，示意是她替孩子写的。

男人汉语说得含混，只连连点头，谢谢的意思。

“突突突……”三轮车伴随着孩子的哭声发动了，临了男人一回头，将一种略带嘲讽的眼神落在时行的腹部。

多可笑啊，帮忙写个名字的人尚且落得一声感谢，为孩子未来守难吃苦的人却因毫不相干的事情被鄙夷嬉笑。

“阿姐，起风了。”时江喊了一声。

时行没再说话，把头深深地低了下去。

她慢慢地走回屋子里，挨着火炉，双手抱着双腿在地布上侧坐，最无助的姿势。

一旁的手机又响了起来，是喇嘛校长。

时江提醒她，她没有反应。

那个落在她腹部的眼神像最后一根稻草，压死了骆驼。

林玉拉着高陌说：“帮帮她。”

高陌想了想，蹲在时行跟前接通了电话，第一句话就是——

“我跟时行，准备举行婚礼了。”

（四）

喇嘛校长的话硬生生地憋了回去，转成道贺，意料当中。

时行满脸惊诧，流着眼泪说不能拖你下水，意料当中。

唯独林玉，不气不闹，饶有兴味地打量着几间校舍，伸了个懒腰，意料之外，且气人。

高陌小声跟时行说了几句，冲林玉勾了勾手指。

“什么事？”林玉煞有介事地问。

她聋了吗？选择性失聪？

时行说：“这样不行。”

“如果暂时奈何不了流言，有办法平息它为什么不肯，什么都是虚的，保护自己，过得开心，不算没种。何况办个婚礼又没人查你们登没登记。以后遇到喜欢的男人，扭头就能去结婚，高陌，是吧？”

他还没开口，林玉已经将他的想法说得明明白白。

合着刚才那一问，是故意报复他不跟她商量。

高陌咬了一下牙，也只好先跟时行说：“你好好考虑一下。”

时行点了点头，高陌扭脸去看林玉。

门帘撩起一个角，曲尼旺姆探出个小脑袋：“‘您’老师，讲故事吗？”

林玉指了指自己。

小脑袋一晃：“是哦，‘您’老师。”

高陌本来想跟林玉聊聊，可她毫不在意，跟着孩子出去了。

高陌心里莫名其妙，像极了从客栈出发的那一天。

似乎应该发生点什么，可什么也没有发生。

“哥，那我们……事应该怎么操办？”

高陌还在想，林玉这么小气的姑娘，这会儿心大得能航海了。

时行当他在思考，没打岔，静静地等着。

“啧，你考虑得怎么样？”他突然问时行。

时行一愣，刚才的话，他没听见吗？

两个人在屋里商量，林玉陪剩下的四个孩子来到墙角。

《白雪公主》故事的封面漂亮，孩子们认识的字不多，读不通顺，想知道，便请了林玉念。

林玉看着孩子们环绕着自己的样子，想着俯瞰肯定像一朵小花。

“在遥远的国度里，住着一个……”

“遥远？”

“国度？”

孩子们张着双眼望着。

林玉想了想，合上书本说：“很久以前，在阿坝县里有一对夫妻，他们想要一个孩子，于是在风马旗下堆了个尼玛堆许愿：‘让我生个宝宝吧。’不久之后，女人果然大肚子了，生了一个女孩，这个女孩的皮肤白得像雪一样，脸红彤彤的，像大红枣，男人和女人给她取名叫白雪旺姆……”

讲着讲着，高陌从屋子里出来了。

“林玉，跟我去县里一趟吧。”

他掏出了车钥匙招呼她，孩子们牵着她的衣角。

林玉扬了扬手上的故事书：“差一点就完了。”

高陌扫了一眼，呵，《白雪公主》。

他随口问：“讲哪儿了？”

“白雪旺姆在草甸里找到一间空教室，进来了七个小喇嘛！”孩子们齐声回答。

高陌皱了皱眉，买着盗版书了吗？

他也走近蹲下，听着林玉继续讲：“小喇嘛们看到白雪旺姆，很生气地说：‘你为什么蹿到我们学校里来？’白雪旺姆说：‘对不起，我在雪地里迷路了，看到屋里烧了牛粪炭，想进来暖和暖和。’……”

四小一大听得津津有味，高陌有生之年也头一次知道白雪公主还能是个四川藏族人。

“走吧。”林玉起身，拍了拍高陌的肩膀。

车子从门口开往广阔的草场，太阳已经开始西垂。

林玉坐在副驾驶，嘴角翘了一下：“高陌。”

他正等着她问，下意识地屏住了呼吸。

她却说：“你看那个太阳，像不像一块南瓜味的发糕？”

“你就想说这个？”

“不然呢？”

她问得一脸真诚，似乎全然忘了之前浴室里他吻了她，也全然不介意之后他要跟别的女人结婚。

高陌把车一停。

她打开车窗朝下望了望：“爆胎了？”

林玉回头，被他一把摁在了怀里。不是搂，是死死地摁住了，她闻到了他衣服上的洗衣粉味，嗯，香精勾兑的薰衣草味。

“你是不是有什么特殊癖好？”

“……”

“婚前焦虑症？”

“……”

“撒开。”

“不。”

林玉“扑哧”一声笑，伸手环过他的腰在他背脊上拍了拍。

“你几岁了？要不要我给你讲故事听？我讲得可好了。”

“白雪旺姆和七个小喇嘛？”

嘿，两个人都笑了。

高陌撒开手，继续将车往县上开。

“时行和时江会把举行婚礼的事情散布给熟人，当然会向她父母解释清楚，我们俩负责购置婚礼现场的相关用具，像那么回事就行。”他一边说一边看她，见她眉头一点点皱起来，心情莫名其妙地好了。

“林玉，我跟她……”

林玉插话：“这样对时行的处境真的管用吗？”

“……”

果然，又不是为了他。

“孩子没有来由才被认为是跟人乱来没人认账，检查出了后结婚顶多是跟男朋友婚前有性行为。一个罪有应得，一个情理之中。”

林玉笑了笑，夕阳下野驴跑过映得赤红的土地，某种原始性的燥热在这儿蔓延。自然的，有情味的，同时又是粗鲁的，朴素的。

喜糖铺子和婚纱店都在一处，短短的一条街，没有太大的挑选空间。

高陌在前林玉在后，偶尔遇到两个熟人跟高陌打招呼，都会偷偷扫她一眼。

林玉便喊：“哥，走慢点。”

声音洪亮，且没半点男女味道。

高陌知道她是为了时行好，免得又起闲话，只是一两声、三四声，越听越闹心。

“这种，还有那种，嗯，就这样。”他随手指了几种看着红火的。

老板娘拉开袋子正要装，被林玉拦住了。

“都没试过味儿，再选选。”

高陌轻声说：“意思一下就行。”

“结婚对女人来说很重要。”她笑眯眯的，高陌连生气的理由都找不到。

连老板娘也看出来了该听谁的："是呢，结婚是大事，可得好好准备着。"

林玉点头，真就一个一个试了起来。

起初高陌板着一张脸，见她兴致勃勃地吃吃这个尝尝那个，好不好吃看她的表情都知道，他不自觉嘴角挑了起来。

"这个好吃哎！"她从一个个装糖果的大纸箱中蹬着一双高跟鞋夸张地跨过来，剥了一颗往他嘴里塞。

"怎么样？"她的样子很期待。

高陌点了一下头："甜。"

"糖哎，当然甜。"她一边嫌弃地笑他，一边伸手跟老板娘确认数量，高陌看着她，挪不开眼睛了。

"掏钱。"

"啊？"

"你结婚哎。"

高陌回过神来，林玉连装喜糖的小福袋都选好款式了。

他结了账，拎着东西往车上装。

林玉追着问："我选得好看吧？"

他撇了撇嘴："多事。"

她不在乎，看高陌放好喜糖后又往婚纱店里蹿。

高陌关好车门跟上，看到店门口两颗小彩灯围成的桃心心里一颤。

男装好挑，料子稍好就行。

可店里女款都差不多，大红大白的外纱，里头夹一件滑腻柔软但略带反光的内衬。虽然抹胸、长袖、单肩、一字领的都有，但各种假钻与羽毛的装饰总让这些衣服显得很低档。

林玉看了一圈，回头问高陌："有觉得好看的吗？"

高陌看了看那些婚纱，摇了摇头。

“那就穿你带来的那件。”

“嗯？”

“水红色的，你不记得了。”

林玉回头，不经意间扭头看到了他脸上的紧张，她笑了一下：“我们走吧。”

“还有一件，要看看吗？”老板见林玉对货架上的款式没什么兴致，生怕失了生意，热情地迎了上去。

那是一件米色的抹胸婚纱，裙口用暗银色的绣线密密地绣了整圈的羽毛，裙摆带个大拖尾，点缀了立体的鹅黄色小花。

林玉摸了摸，用料和做工一看就知道是镇店之宝。

放在一屋子死白与赤红之间，它显得尤其高贵。

林玉点了点头，跟高陌说：“你觉得能穿吗？”

她问的是时行，高陌早先替时行买过衣服，知道尺码。

“这是喜事，价格好商量。你女人生得漂亮，得是这样的衣服才配得上。别的款式你们就是要买啊，我还劝你们别看呢。大美人，啧啧，不这样穿可惜了。”

高陌听着老板一听便是生意经的说辞有些好笑，但还是点了点头，林玉漂亮，是实话。

林玉拎起往自己身上比了比，的确很衬肤色。

“他是我哥，嫂子怀孕了不方便。”

她说得云淡风轻，老板娘有些尴尬，眼珠子一提溜便转口：“妹妹漂亮，嫂子肯定也差不了。”

“嗯，她在学校教书，长得……”

高陌一把拉过她，跟老板娘说：“就买这件。”

老板娘报了价，见两人没有还价的意思还欢天喜地地送了一大堆东西。

头纱、裙撑、手套、披肩……

高陌留在身后结账，林玉提着防尘袋和这些东西先上车等着。

抱累了，她靠在车门上给自己点了根烟。

高陌从店里走出来，沉着一张脸。

“哥，还要买什么？”

“这儿没熟人，别这么叫。”

车门“砰”的一声，他钻进了驾驶室。

林玉看着车窗外勾了一下嘴角，无声地笑了。

（五）

往回开的时候天已经黑了，出县城路过一处开阔地，野狗群在远处“嗷嗷嗷”地叫。

两人没再说话，突然“刺啦”一声，车停了。

“怎么了？”她问。

高陌看着她，不说话。

“开累了就歇歇吧。”

不是车辆的故障，她知道。

夜幕笼罩，别说路灯，连过往的车子都没一辆。

高陌熄了车灯，打开玻璃点了根烟。

“兰州？”

“嗯。来一根？”

她说：“好。”

高陌将自己嘴里的给她，她接过，只说：“穿得暖，打开天窗吧。”

他应了。

眼睛逐渐适应黑暗，林玉仰头看到了穹顶之上璀璨的星空。

“高陌，你说……”

他跨过操作杆，一下抓住了她的肩膀。

跟浴室里发生的一样，他吻了她。

肩膀上下了十足的力气，亲吻的动作却温柔无比。她的唇就那么一点，太用力，他怕抿化了。

没有进一步动作，就这样安安静静地亲在一起。

他从前总觉得，这样沉重的感情有朝一日要爆发出来必然震天动地，大火燎原，不一起睡个三天三夜不足以平息。

可如今他只想亲一亲她，最好她能主动抱住自己，像一只小树懒或是别的什么，都可以。

高陌轻轻咬了一下她的下唇，感觉到了她鼻翼间长而缓慢的呼吸。

“林玉。”他松开手臂，小声叫她的名字。

她伸手抵着他的胸膛推了一下，没有声音。

高陌问：“我可不可以再亲亲你？”

喜欢一个人的心意实在有趣，见着她就只想做一些傻事，额头点一下，耳朵碰一下，面对面看一整天，谈论明天是雨天还是晴天。

从前他也亲过或被她亲过，在很多情况下。

但刚才这一次，他最喜欢。

林玉告诉他：“你是贱的。”

他听完这话后狠狠在她唇上亲了一口，回过神来，又在脸上补了一下。

林玉嫌弃地看着他，他冲她笑：“跟了我吧？”

她抖了一下烟灰，伸手摸了一下他的侧脸：“时间不早了，开车。”

她表情谈不上冷淡，但也没有其他回应。

他张了张嘴，一束远光准确地罩上了他的车。

时江坐在三轮车侧边上大声喊：“哥！”

高陌松开林玉。

她随手拨了拨衣服靠向了椅背，双颊的红热褪进夜色里，偷偷做了数个深呼吸还心跳不已。

三轮车近了，高陌早已回到了原位。

林玉用小拇指将口红匀了匀探出头问：“你怎么来了？”

“阿姐看你们还没回来怕有事，叫我沿路来看看，阿达叔送我来的，安全。”时江看着林玉笑，很鸡贼。

好一会儿，时江才从停稳的车上跳下来，下意识地往越野车油箱看去。

一弯腰，三轮车上司机跟两人打了照面。

司机冲高陌点了点头，说恭喜，有他能帮忙的只管提。

林玉看着他一脸实诚的样子觉得滑稽，明明上午一家人还嫌人家带坏了自己的孩子，几个小时的工夫，又变成了和睦友好互帮互助的邻里。

“哥，油箱没漏。”

时江抬起头，扶在副驾驶车窗边跟高陌说话。

高陌向那人道了声谢，伸手越过林玉玩笑似的揪了一下时江的耳朵：“就不能盼着我点好？”

林玉伸了个懒腰：“没那么晕了，开车吧。”

三轮车突突地开在前面，时江坐了高陌的越野跟在后面。

回到学校后林玉被满庭的小彩灯和藏汉混合装饰晃晕了眼。

几个认识或不认识的人在院子里跑动，装饰房间，准备食物……达西的母亲也在里面。

林玉不禁感叹，高原人的直率，往往与失忆搅和在一起，很超前，很古怪。

“时行。”林玉冲她招手，抱出购置的婚纱指了指里屋。

时行走过来，透过防尘袋看了个大概的样子，很欢喜。

“去屋里试试？”

时行点头，高陌也跟着。

刚才的问题林玉还没有回答，他想再问问明白。

时行走在后头，看了他一眼，拦住他说：“有你看的时候。”

林玉皱了一下眉，听着有几分古怪。

两人走进去，关了门。时行急切地将婚纱从袋子里拎出来，林玉还没开口，她笑了笑，摸着肚子附在林玉耳边说了些什么。

时行从几时起有了这种想法？

林玉躺在床上看着她睡熟的样子，计算着天光。

掩人耳目的婚礼，讲究夫妻距离，今夜，高陌和时江被打发去了就近的乡民家住。

林玉负责新娘妆，留下了。

她睡不着，用手指捏了捏被角。

炉火烧得并不旺，可她浑身上下都滚烫且不安。她抿了一下嘴，有点干，轻轻起身给自己倒了一杯水。

陶制的杯壁触碰嘴唇时，她不可遏制地想起那个吻来。

含混的、暧昧的、怜惜的、粗砺的……所有感官上的刺激都融进他那句话里——跟了我吧。

她一饮到底，看看窗外的星斗和手机上的时间，披了件外套走到院子里，又扶着梯子爬上了房顶。

淡淡的月光，似乎一马平川实则无路可去。她弯腰，紧了紧房顶圆木上装饰用的经幡彩旗的绳头，点了根烟，听它们在风里卷动，振颤的声音或许就是神明的真言。

第二天，一辆老旧的皮卡与一辆贴着“喜”字的越野同时停在了学校门前。

时行的父亲赶着回来了，看到高陌说了句感谢。

屋子门帘一掀，新娘戴着厚重的面纱坐在房中间。

林玉不见了，她的衣服、高跟鞋，都不见了。

“她去了哪儿？”高陌急切地问。

新娘摇头，脑袋又低了几分。

“什么时候走的？没给你化妆吗？”高陌压着声音，估计她离开的时间。新婚当天，愁眉急语，看热闹的乡民有些不解。

时江赶紧朝外喊了一嗓子，响起了礼乐。

“仪式结束后我就得去找她，往后的事情，你自己注意着点。”隔着面纱他在新娘耳边交代，说完便横抱起她往外走去。

刚抱到大门口，他莫名其妙地掂了掂。

没有繁文缛节，极其简单的仪式。

藏族人相信喝过同一碗酒的人可以共生死，自然，也可以共被褥。

高陌接过酒碗，新娘的眼泪从厚重的面纱下滴在了他的手背。

他盯着她看了好一会儿，时江偷偷提点：“哥，喝一半。”

高陌看着看着，忽然龇牙一笑，露出一口与小麦色皮肤相去甚远的白牙来。

他端起酒碗干了。

一旁主事的司仪烟袋锅子一抖，刚想说你怎么全喝了。

高陌撩起新娘一点面纱，嘴对嘴给她匀了一口。

喂得急了，新娘面纱下“咳咳”呛了两声，嘴里的酒一滴没漏，却引得观礼的乡民一阵嬉笑。

时江揉了揉自己的眼，以为刚才自己眼瞎了。

新娘伸手掐高陌，高陌将小碗扔到一边顺势抱着她往屋里去了。

# 「Chapter 09 第九章」

明天自己一定要带她走

（一）

高陌将新娘放在床上，回头插上了门，关上了窗。

屋里依然生着炉火，暖黄色的火苗跳动着。他回头，看到她坐在忽明忽暗的光里，裹着一身洁白的嫁衣，领口暗银色的羽毛反射着奇异的光泽。

配合着四壁老旧的土墙，像一幅油画。

高陌没急着伸手撩去她的面纱，而是坐在她旁边，用自己的手掌包住了她的手掌。

“这件婚纱，你穿起来比我想象中更漂亮。”

她的手缩了一下，又被他捉回去了。

高陌笑了起来，说：“有件事……我觉得我有必要跟你交代一下，幸亏你的脸遮着，不然还挺不好意思开口的。”

她知道没瞒住他，但显然有兴趣，顶着面纱将头往他身边凑了凑。

高陌顺势将她揽进怀里，低头蹭起她下巴处一点点罩纱，在她唇上亲咬了好一会儿。

他说：“我好好的，性取向也正常，可是吧，这几年……”

她偏了一下头，从面纱下露出一个小巧高挺的鼻。

他故意捏了一下，接着说：“就是对别的女人提不起那个兴趣，所以……一次也没乱来过，林玉，你得补偿我。”

还有脸说，看出来了是她还当着时行家里人的面用嘴给自己喂酒。

他低头准备撩她的面纱，她抓住了他的手臂，很认真地问：“是不是，身体上有什么毛病啊？”

“你再说一遍。”

“要真是，那你可别害我。”

林玉忍不住“扑哧”笑了一声。

高陌一把拽下她的面纱，将她推到了一边：“滚滚滚，上一边笑去，你这种女人，不解风情就算了，一点良心也没有。”

林玉笑得收不住，偏偏又爬起来坐到他腿上去：“我看过一些医书，给你检查检查？”

“不要，省得我有什么毛病把你传染了。”

他站起身，将林玉的裙摆一摞抱起丢在了床上，一个人蹲在炉火前点了根烟抽。

林玉笑了好一阵才止住，见他真没过来的意思，自己散了头发去了鞋袜，走到地布上伸出小腿在他腰上蹭了一下：“不要补偿了？”

他抓住她的脚腕塞回裙摆下：“别闹，叫人听见了不好。”

林玉见他一本正经的委屈样就想笑，俯在他后背用手圈住他小声说：“我不出声不就行了。”

高陌把烟掐了。

“林玉，你多少算个公众人物，要端庄知不知道？我跟时行是假结婚，你顶着她的位置我也不能跟你假戏真做不是？”

“这样啊？”

高陌眼睛都不眨一下：“可不，我是个正经人。”

“那好吧，这裙子穿着怪沉的，我先去被子里换下来。”

“被子里？”

“这地儿就这么大，没遮没掩，你是正经人，我不能当着你的面脱带坏你不是？”

高陌点头：“嗯，去吧。”

林玉摊了摊手走去床边，从床底下翻出自己的衣服钻进被子里，鼓捣两下还要瞅高陌一眼。

果然，侧拉链刚拉下，高陌起身了。

“有事？”

他目不斜视，从一旁捡起了她的袜子：“你先把袜子穿上，不然寒气入脚该感冒了。”

林玉停住手头的动作，抬了脚边的被子，勾着嘴角看他。

高陌说：“得，你不方便我就帮你一回。”

他站在床尾将被子撩起一条边，一手撑住袜子口一手捉住了她的脚。

林玉的脚踝极细，光洁白嫩的小腿边还生了一个浅红色的小痣，像白瓷瓶中的一点朱砂，叫人挪不开眼睛。

“天生的还是文上去的？”

林玉伸了另一只脚往他腰上抵了一下，似笑非笑：“你自己看嘛。”

他咧嘴一笑，骤然从尾至头钻入被中将她压在了身下。

林玉大笑：“真是的，刚才不是还说不要补偿了吗？”

高陌狠狠在她腰上掐了一把，说：“林玉，你可真是个坏东西。”

“那你要不要？”

“坏东西要不得，不过我三十多了不好找对象，将就一下吃点亏得了。”

林玉在他怀里笑，喘了口气说：“你三年前不要我，我这两天也不要你，扯平了，以后你还离开我，我就不追了。”

高陌点头，伸手抚了抚她的头发：“死都跟你埋一处。”

林玉笑，伸手解开了他领口的衣扣。

“林玉，你瞧不起我？”

“难说，也许真的有什么毛病不行呢？”

高陌哈哈一笑，前一秒还抚着她额发的手一路从脖颈挪到了锁骨，婚纱领口织绣的羽毛熨帖地包裹着她的身体，他由上往下抚过，慢慢探入内侧的肌肤。

林玉呼吸渐促，脸颊泛起了红晕。

没有太多章法可循，一个男人要一个心爱的女人。

就像渴了喝水、饿了吃饭，一举一动都是人类的本能。

可又无法否认，有些人，天生就能喝一点，会吃一点。

林玉红着脸看他，环境不好，可如果是他，那这些都不重要了。

她莫名想摸一摸他的脸，忽然，昏暗的房间、男人的手、满目赤红……脑海中不可避免地将此时此刻与曾经的噩梦重合。

她的身子急剧收缩，挣扎着叫了。只是喉咙破音，更像是吐出一嘴虚无，接着整个人便瘫软下去，只留下鼻翼一阵一阵剧烈的呼吸声。

高陌连忙停下手中的动作将她揽在了怀里。

“不做了，林玉，我们不做了，你别怕，别怕。”

好一会儿，林玉的呼吸平和了下来。

她看着他的眼睛说：“对不起，我想要给你的。”

高陌低头亲了亲她的额头，见她好转，浅浅地笑了：“没关系，下一次会好的。”

他反身准备替她取来上衣。

林玉抱住他，钻回他怀里。

“你等我。”

“嗯。”

他应了，林玉听到了。

“这种时候叫停，对男人来说很过分吧？”她有些歉疚，红着眼睛像个孩子。

高陌将她的头扶靠在自己胸口，轻轻擦拭掉她脊背上淡淡的湿

汗，贴耳跟她说：“是有些磨人，不过如果你能亲亲我，我没准会好受很多。”

她抬头，在他下巴上轻轻啄了一口。

“这样吗？”

高陌眉头微蹙：“不行……太少了。”

她笑，又吻了吻他的脖颈，他的臂膀……

高陌总说还不够，一低头，索性用自己的嘴唇轻轻含住了她的小口。

酒宴过半，屋外有人用高亢的调子唱起了歌。

亲了好一会儿，高陌说：“且有得喝呢，现在出去不方便，我抱着你睡一会儿吧。”

她点头，伸出两只手，像只小树懒一般挂在他胸口。

高陌看着她，闭着眼睛，眉头微皱，刚才的惊惧在她额头留下细小的水雾。

明天，明天自己一定要带她走。

（二）

高陌没有白天睡觉的习惯，可搂着她还是安逸地睡了许久。

林玉好动，刚入睡时乖乖地贴在他心口，过一会儿便变成了搂住他的腰，而后枕着手臂、抱着胳膊……所有位置游戏似的睡过了，自己在他身边婴儿般地缩成了一个球。

感觉不到她的身体，高陌醒了。

本想将她抱回怀里，可她睡得正熟。高陌不想吵她，索性起床看看外面的状况。

已经是黄昏了啊。

他感叹了一声，将门带上。

院子里简易的酒宴不知道什么时候已经散场，地上搅和着夕阳残留了一些瓜果的空壳。

他笑了笑，也好看吧。

“哥！你还好吧？”时江从屋后提来篓子归置打扫，一看到他，兴奋得跟什么一样。

“嘘！”

他怕时江惊扰了林玉休息，时江却以为他受了委屈不愿提。

于是，时江关切地问：“哥，你是不是被林玉姐给打了？疼不疼？脖子都红了，掐的吧？”

高陌瞥了一眼脖颈上的吻痕，惊讶道：“你怎么知道里面是林玉？”

“我趴门口看到了呀。”

“……”

“骗你的，你们进去后不久阿爸就准备带孩子们走，我去教室给他们拿东西看到阿姐藏在里面，一想就知道了。”

时江看着他，眸子里亮晶晶的，没有说谎。

高陌平白有些好笑，平常在店里胡吹恨不得跟全天下的漂亮女人都扯上关系，真跟自己喜欢的人有了点什么，却小心翼翼地要将这份小欣喜挖个深坑藏住，一个人想起，半夜里偷笑。

“哥，你笑什么？”

“没什么，他们走了？”

“对啊，是阿姐专程叫阿爸过来接的，说你有事，三两天别说开车，能走得动道儿就不错了。”

“……”

高陌皱眉嘀咕了一声：“真看得起我。”

“什么？”

“没什么，你姐呢？”

“喏！”时江往后一指，见时行穿了身水红色的新衣。

他将要走的打算告诉时行，时行没有反对。

“学校里没事了，我和江孩准备回老家，暑假里他照顾我，他该上学的时候我妈会回来，你们放心。”

高陌没有别的要说，走进屋里开始收拾行李。

他就一身换洗衣服，包还空空的。

林玉翻了个身，抱着被子将婚纱蹭到了一边。

他想了想，走到床边拎起婚纱叠进了自己包里。

“都散了？”她揉了揉眼睛小声问他。

高陌将收拾好的行李丢到一边，坐在她床边抚了抚她的头发：“起来吗，我带你走。”

我带你走，顶浪漫的一句话。

林玉“嘻”一声笑了，十分麻利地穿好衣服照起镜子来。

“已经很好看了。”

她翻出口红，照旧用小拇指匀开：“在你身边该更漂亮。”

“叫别的女人知难而退？”

“不，是叫你对我欲罢不能。”

高陌哭笑不得，在她脸上狠狠地亲了一口。

傻姑娘，已经是了。

回程路上，林玉坐在他边上，她的衣裳也贴着他的衣裳，这样挺好，有个在一起的样儿。

天边泛出第一缕晚霞的时候高陌的车在阿坝的地界边停住，喜欢的女人，换洗的衣服，满满的汽油和干粮。

林玉问：“我们去哪儿？”

高陌实话实说：“没想过，你有没有想去的地方。”

她抽了一下鼻子：“离开上海后你去了哪些地方？”

“丽江、兰州、拉萨……挺多的。”高陌大笑，想伸手搓一搓她的头发。

还没够着，林玉身子一侧靠在了他肩上。她划了划手机，打开地图兴致勃勃地研究起来。

“这儿离兰州挺近的，我们去看看吧。”

高陌一怔，是挺近，从地图上看还没她三根手指宽。

“林玉，九百二十四点四公里。”

她动了动，换了个更舒服的姿势靠着他：“你嫌长？”

她眼睛闪着光，将期待的小心思盛满。

高陌想起南淮歌里唱过的一句话——带心爱的姑娘去流浪，在心里安个家。

他说：“兰州而已，去！”

林玉直起身子，眯着眼睛笑。

他正准备踩下油门，口袋里手机响了。

是陈沈丁艺。

小事自己拿主意，大事给我发消息，他出门前交代过。

“老板，有个女人想见你。”

“叫她滚，老板娘吃人了。”他听着，故意将手伸到林玉颈间挠她。

男欢女爱的小调戏还没笑两声，便听到陈沈丁艺说：“她说她叫榕声。”

榕声，林玉的母亲。

高陌收敛了笑，将电话挂断了。

林玉若无其事，依旧“咯咯”笑个不停。

不勉强，很纯真。

“她来了，我们是不是应该回去看看？她是你母亲，有些事，绕不开。”

林玉弓着身子起来，挪到他腿上坐好，脑袋贴在他胸口，说：“你拿主意就行。”

他说先回去，她也点头。

高陌用手臂揽住她的膝盖，任凭鞋跟在皮质的座椅上点出印记。

“林玉，我不知道她来干什么，不过有件事情我可以先答应你。”

“嗯。”

“无论如何，我都不会再离开你。”

她将脸侧了侧，一半隐入了他怀里。

他想这话大概勾起了她一些不好的回忆，于是将手搭在她肩头拍了拍。

林玉压低了声音：“那我们约定好，谁想离开，另一个就将对方的腿打折了。”

高陌默了许久，笑了。

“我舍不得打你。”

“那就买个笼子关起来。”

高陌一把将她的身子扶正。

最后一缕霞光落进她眼里，那样美丽。

高陌说：“林玉，你这么变态，当心被通缉。”

她眨了一下眼睛，冲他勾了勾手指：“拉钩。”

他钩着她的小拇指，说：“这样不牢靠，正式的文件得盖章。”

林玉笑，他低头吻她。

说定了，先回丽江解决麻烦吧。

（三）

越野车顺着黑灰的大路离开阿坝，又一个小时，天完全黑了。

中午睡了许久，高陌精神正好。

他停车将后座收拾了一下，叫林玉先休息着。

“你睡哪儿？”她问。

“我不困，早回去早解决，我下车撒个尿，一会儿要是累了就眯会儿。”

林玉点头，看他下了车往路边走。

“好了没？”

“还没脱裤子呢。”

“哦，我怕你被狼叼走了。”

“傻话，放着细皮嫩肉的你叼我干吗？头缩回去，别让风吹病了。”

他背对着她，解开了皮带扣。

夜风吹过路边的草茎，云层里透出了半边月亮，细小的草蚂在唱歌，他也没来由地哼了两声。

解决完榕声的事，他就可以带着林玉痛痛快快地过日子了。

他有种莫名的躁动感，像风把他吹燃了。

“还没好？”

“水喝多了。”

“哦。”林玉想起了婚礼上的那一大碗酒，他撩起罩纱喂给她，很烈，辣嘴巴。

她斜靠在后座上慢慢地缩下去，隔着天窗也看到了那轮月亮。

不白，银灰色，圆晕边泛点米黄，明天该下雨了。

正想着，车顶上一声沉稳的“啪嗒”。

五个橄榄形的黑点前四后一聚拢着，贴在天窗玻璃上。

她还没反应过来，黑点上方露出一对獠牙，黄黑棕混杂的毛发，又大又圆的耳朵，脖颈处秃噜了一块，从她的角度能看到一道明显的伤疤。

它来了，直勾勾地盯着高陌的方向。

“高陌！躲开！”

声音闷在车身里，在外只能听到含混的呢喃，但他似乎感觉到了什么，一回头，野狗从车顶一跃而下将他扑倒在地。

高陌本能性地用胳膊阻挡野狗咬他的喉咙，可手臂上露出的那道划伤却使得它眼里更多了几分凶狠的光芒，它毫不犹豫地咬在他手上。

犬牙的顷刻刺入并没有让他感觉到疼痛，他没时间去想战术，随便往地上摸着块硬的东西就往它头部砸。

嘶吼声搅和着白汽从野狗嘴隙间呼出，齿骨紧紧地咬合着。林玉从车里冲出来，没来得及找称手的武器，用尽全力握拳打在了它脖颈的旧伤上。

它终于脱了口，挣了两下站在路边呼哧呼哧地喘着气。

“回车里去！”他起身喊，拽着她往虚掩的车门奔去。

刚将她塞入车里，野狗往后撤了一步由后扑了上来。

他反身一挡，野狗腾起的身子跌到一旁，仅一秒，它翻身回到了四腿直立的进攻姿态。

它盯着他一动不动，眼神里冒着青光。

野狗时速 45 千米，远比人类的反应动作快，“砰”一声，高陌反手关紧了车门。

一人一狗在月光下胶着着。

林玉连忙往四周看了看，并没有野狗群的迹象，她快速在车里翻找了一遍，要紧的工具都在后备厢里装着，只好脱下了鞋，摇了摇车门。

“好好待着！”

他不敢扭头望，只厉声训斥她。

两个人未必比一个人胜算大，她稍有不慎反而拖累他。

林玉将窗户开了一条缝，喊：“接着，右边。”

她却先将自己的手镯往左边扔了。

野狗机敏地扑向左侧，高陌顺势接住了右边的高跟鞋。

它被惹怒了，吐下银白色的镯子向高陌发起了第二次扑咬。

高陌膝盖一跪，身子往后一倒，叫它扑空了。

它仰头，号叫了一声后身子后缩压低了前身，典型的猎捕动作。

高陌张开双臂微微前弓，将细尖紧实的鞋跟朝外握着，而后瞪着它，稳健地横向移动。

鞋底磨蹭着地面细小的沙砾，配合荒草地里的虫鸣有种诡异的平静。

林玉脱下了另一只高跟鞋握在手里，以便随时冲出去救他。

高陌不敢有丝毫松懈，死死地直视着它的眼睛。他了解这类动物的习性，绝对不能表露出趁机逃跑或放弃抵抗的意思。

撑得越久，活命的概率越大。

来回走了半圈，一连没占到上风的野狗开始焦躁了。

硕大的前臼齿厮磨着，使原本就寒冷的空气更加瘆人。

突然，它后腿一蹬发动了最后的进攻。

高陌没躲，拽着皮衣袖子用右拳塞进了野狗张大的嘴里，往边上一甩，将那条野狗侧向按倒在地。

高跟鞋一下一下地往它腿部敲击，它奄奄一息之际，高陌停手了。

他撤了手，紧攥着高跟鞋立在一边以防它鱼死网破搞突袭。

野狗踉跄地从地上爬起，不再看他，夹着尾巴往后撤，消失在了月色笼罩的草地里。

高陌长舒一口气，靠在车边点了根烟。

“快上车。”

“没事，不会再回来了。”

“会死吗？”

“不会，我没打肚子。”

“你倒善良。”

“不，因为我赢了。”

他微微抬起下巴，侧脸带着一抹血迹。

“你受了伤。”

高陌“哦”一声，碾熄了烟头才感觉到手臂的疼痛。

新伤覆旧伤，贴身的衫子也被汗浸湿了。

林玉开了车门叫他，他反而走远了两步先去拾她的手镯去了。

她哭笑不得：“银的，被狗咬过都变形了，丢了吧。”

高陌开了瓶水洗了洗：“镂空累丝工艺，挺漂亮的，或许能修好呢。”

他揣进包里，不愿意她的东西丢在野地。

一弯腰，高陌又握着她凉丝丝的脚丫搓搓把鞋给套上。

林玉将手搭在他肩上，想拧他又舍不得了：“伤口给我看看。”

高陌卷起袖子，划痕两侧又多了四个牙洞，所幸穿得厚实，没咬伤骨头。

她心疼，眼睛泛红。

“像不像马蜂窝？”

林玉噘了一下嘴：“还有心思开玩笑，残废了没人伺候你。”

他弯了一下嘴角，用食指在她鼻头轻刮了一下：“想跑，买个笼子把你关起来。”

她“嗤”一声笑，眼泪出来了。

高陌替她擦了擦，说：“林玉，咱们得商量个事。”

“说。”

“往后遇到危险，你要是在安全的地方不许来救我。”

“要在不安全的地方呢？”

“马上给我滚去安全的地方待着。”

“那我不成白眼狼了吗？”

“那我重新说，你要是在安全的地方又没有十足的把握不许来救我。比如刚才，它要是反过来咬你一口，你这身板还不把命丢了。”

“哪就这么金贵了？”

“屁话，我三十好几才捞着的女人，下辈子就指望你暖褥子了，你说金贵不金贵。”

这话配着这一手的伤怪凄惨的。

林玉好笑，连连点头。

不救你我年纪轻轻就守寡，我就不可怜了？

她心里想着，没说出口，觉得怪矫情的。

高陌低下头，微笑着看林玉。

“想什么呢？”

“想你会不会染上狂犬病突然咬我，还想一会儿要是你不正常了，我该拿哪只鞋抡你，问题是抡完我还得穿，所以最好是不要见血，不然……”

“滚蛋！”

(四)

重新上路后不久，遇到一座小村庄。

跟甲尔多的情况差不多，一处只有两三户土平房。值得庆幸的是，有一户就是村卫生站，站里的老藏医懂得处理野狗咬伤。

林玉先替他清理手臂上的伤口，老藏医一边找药剂一边用余光瞟他俩。

东一下西一下，瓶瓶罐罐碰响。

“留神洗干净，随便留根毛都能感染烂穿。”

老藏医低沉的嗓音压在几平方米的房里，连屋里烧的炉火都颤了颤。

林玉睁大眼睛，细致地将伤口处的血渍和残留挑干净。

消毒用的烈酒灼得伤口生疼，高陌咬咬牙，没出声。

林玉看到，走了两步问：“我帮您找吧？”

老藏医摆摆手，看了一眼窗外。

“开着车，怎么还会被咬？”

“解手没留神。”高陌如实回答。

“身手倒好，遇到野狗群还能留个小命。”

林玉皱眉，有些急了。

高陌忍痛伸出一根手指：“就一条。”

“其他都死了？”

“没有，算单独寻仇。”他觉得这说法有点怪，咧了一下嘴角。

老藏医停止动作，布满褶皱的双眼索性从那些瓶瓶罐罐间移开了。

“坏了，那药怕是用完了。”

林玉正要开口，高陌看懂了老藏医的担忧。

他起身掏出了车钥匙，跟老藏医说：“车里还有急救包，您随我去看看有没有药剂什么用得着。”

应急的药包里除了纱布、酒精棉外就是一点发烧感冒药，能有什么用得着。

林玉有些莫名其妙，老藏医却点了点头。

两人往车边走，高陌叫林玉留在屋里烤火。

从驾驶室看到后备厢，连车底都用灯照了照。

再回屋，老藏医直接从口袋里掏出了药剂给他敷上：“后面的屋子是空的，烧点炭就可以住了。”

高陌问林玉的意思。

夜深天冷，他手臂上有伤，林玉没有赶路的打算，可她迟迟没点头，总觉得这老头没安好心。

分明袋子里一早就装着药，偏拖拖拉拉不知想干什么。

高陌见状拉了拉林玉的衣角。

老藏医依旧给他上着药，林玉点了点头。

“坏人该死，好人得活，药不能可惜喽。”老藏医自言自语式地讲。

明黄色的火苗抽出来，带着一种土腥味，外面就要下雨了。

老藏医捡了一小篓炭，招呼两人去了后面的空房。

如出一辙的地布与铁炉，好歹床上放着取暖的褥子。

高陌点了火，两人静静地烤着。

条件不好，高陌说：“其实车里开着空调也可以过夜的。”

林玉朝床边瞟了瞟：“这儿挺好的。”

说着话，可她不看他，他憋着笑，看出点紧张的意思故意不说破。

待了好一会儿，林玉忍不住了：“是不是你跟人家说要借宿的？”

“有什么好处？”

“车后座窄，只能躺一个，床宽。”

高陌叹气，举着伤手发誓自己绝对没提过。

林玉努了努嘴：“还专程把人叫出去，谁知道。”

越描越黑了。

她胡思乱想的时候墨色的眸子亮晶晶的，他知道为什么自己离开三年都不想碰别的女人了。她们是无差别的诱惑，而林玉是独一份的吸引。

高陌拍了拍手上的灰，将她往身边薅。

林玉突然打了个寒战。

高陌叹了口气：“要不要我抱？”

“看，暴露了吧。”

她眼睛里有小小的狡黠，分明是害羞又渴望着什么拿他开涮给自

己找台阶下。

高陌伸手将她捞住，挽着她的肩膀又添了几块牛粪炭。

他没告诉她，叫老藏医去查看车辆是因为他看穿了人家担心他们是盗猎的不给医，而是蹭了蹭她的耳朵说：“要命，这都叫你发现了。”

林玉没挣脱，烤着火笑。

没笑两声，她又打了个寒战。

屋里有褥子，高陌起身对折了一下叫她躺进去。

林玉眼巴巴地看着他。

高陌说：“你都看穿了，我不会趁你睡着乱来的，我得要脸。”

林玉紧了紧衣裳缩进去，抓着被子背过身，不理他。

高陌坐回火边，从口袋里掏出了那只镯子。

不一会儿，林玉听到了窸窸窣窣的声音，是金属的剐蹭。

她慢慢转过身，看到不远处高陌正盘腿坐在地布上，用钥匙串上的掏耳勺将手镯凹陷处的花丝一点一点往上挑。

他专注的时候侧脸与脖颈的角度总是一模一样，修手镯也好，清账也好，抑或是从前看案例卷宗也好。

她用手掌团了一个圈，整间屋子只留下高陌的侧脸在里面。

这样单调的把戏她津津有味地看了好一会儿。

突然眼前一黑，贴着手指圈的那只眼被人从一边伸进来轻轻碰了一下。

不算戳，就碰到了睫毛痒得很。

林玉揉了揉：“幼稚！”

一睁眼，高陌将修好的镯子递给她。

林玉转着检查一遍，不细看还真是跟原来没有区别。

她懒懒地说：“谢谢。”

高陌却问：“是谢我给你修好了手镯，还是谢我让你偷看了这么久？”

林玉长舒一口气，早知道不谢了，还不用回答这种尴尬的问题。

“我怕你背着我烤什么好吃的，谁偷看你。”

高陌看了看炉子里上蹿下跳的火苗，开门出去了。

“哎，你小不小气，还下着雨呢。”

林玉连忙从褥子里爬出来，才到门口，高陌从车里拎着包又回来了。

他搂着她的腰哈哈大笑：“你怕我走了？”

林玉怕碰疼他的伤，任由他抱起来：“臭屁。”

高陌将她放在火炉边，从包里拿出了两块风干的猪膘肉，临走时时行塞的。

“烤给我吃吗？”

他用棍拨散炉火，只留下一些低迷的零碎火苗。

“嗯。”

“看着怪硬的。”

他笑，胸有成竹的模样。

高陌说之前自己在阿坝一带晃荡的时候总吃风干肉，不习惯跟时行时江一样花长时间咀嚼就烤着吃，慢慢地，掌握了一种调整肉质软硬口感的秘方。

林玉看着火边干到连水汽都没得蒸发的肉干，高陌说：“那就是加点水。”

她嫌弃地看着他烤一会儿便用瓶盖倒一点水在上面，莫名想到了前段时间网上卖烧烤冰柱的小贩。

林玉说风凉话：“也不知道我哪根筋搭错了跟你出来。”

高陌咂了一下：“不信我的厨艺是不是？”

他用脑袋撞了她一下，取下烤好的肉垫着棍子切开。

林玉去拿，被他轻拍了一下手。

“还没好呢。”

他捏起一块吹着气将最外层烤焦的肉剥开，里层的干肉吸了些水分，变得好咬又温暖。

她吃了两口，问：“这样剥掉是不是太奢侈了？”

“牛粪炭烤的，最外层有味道，你吃不惯。”

“哦，那你多剥掉一点。”

高陌看着她吃东西的样子好笑，林玉不觉，吃饱了喝水漱漱犯困了。

她刚躺下，床边一沉，是高陌在近旁坐下。

他说：“吃完我的东西就自个儿睡？有没有点公平交易精神？”

林玉这才想起，他刚才一口没动光顾着给她剥肉吃来着。

她将头往褥子里埋了埋：“你手上还有伤，别闹。”

高陌将那点褥子揭开：“你吃饱我还饿呢。”

林玉眼睛闭得紧紧的。

高陌笑：“你说你这女人，我老老实实的时候你就想把我往不正经的事上带，我想亲近你了，你又没心没肺起来。你就作吧，我反正吊死在你这棵歪脖子树上。”

林玉听到歪脖子树睁开了眼，看了他半晌，问：“这里不会有鬼吧？”

高陌吓唬她：“说不定。”

林玉将屋子四周都打量了一遍，风从窗隙里透进来，本就燃烧殆尽的炉火彻底熄灭。

她一下坐起从身后抱住了他，背脊坚挺笔直，两肩肌肉紧实，尽管只能勉强圈住，心里依旧很安稳。

林玉不想跟他开玩笑了，她将头靠在他肩上，咬了咬嘴唇说：“你还饿吗？”

高陌没听明白，一回头蹭到她脸颊的温热。

他将她抱入怀里：“你心里越不过那道坎，我可以等着你。”

她伸出手，缓缓摸了一下他的侧脸。

“如果，我偏想再试一试呢？”

他抓住她的手，吻了吻她的指腹：“那我现在已经饥肠辘辘了。”

外面下着雨，毛线纺的褥子有种粗砺的磨蹭感，滑过皮肤，总觉得每一处都是痒的。

林玉咬着嘴唇，抱着他的双手用力很紧。

这姿势让他没有多少发挥的余地，可他不心急，低头咬着她一点耳垂亲了许久。

亲昵的氛围有了，林玉脖子往后缩了一下，手松开，他顺势让她躺下。

床“咯吱”响了一声，林玉下意识地去扶他的脖颈，黑漆漆的，看不分明，手扑空砸到了他的伤臂。

高陌停了一下。

林玉问：“疼吗？”

他翻身将她压在身下：“这话一会儿该我问你的。”

不知是生气还是羞涩，她抬头在他肩膀上咬了一下。

他由着她，伸手解开了她的衣裳。

明明今天更早些的时候他的手才与她的腰身打过照面，如今抚上，却又是如此新鲜异样。碰着了这一寸，又生怕错过了那一寸的风光，与喜欢的女人亲热，就该像吃螃蟹那样，蜕壳引肉，细细品来。

林玉一声不响，伸手抓了抓他的头发。

他轻笑，用手掌垫在了她臀下。

林玉身子颤了一下，手心冒出了汗。

“林玉，你知道波士顿的人行横道上有下雨天才能看到的诗句吗？”

她听着雨，莫名其妙地在脑海中回想，高陌抽身向前，一举功成。

她一怔，由下而上的痛感似乎将她从内侧凌迟。

张大的嘴没有发出任何声音，她神经一紧，脑海中唯一清醒的思绪还停留在波士顿。

他尝到甜头了，即便臂膀的伤口并不足以支撑过于强烈的运动，他依旧与她不倦地探索着。

林玉无法明述这种感觉，只觉得身下有个无底的深渊，坠落着，伸手够不着任何求救的绳索。

她爱这个男人，允许他以如此的方式将自己吞噬殆尽。

可还没感受到任何快感，空洞的眼睑中回忆汹涌而来。

黑漆漆的四周，侵犯者的手与猥笑，而后是血腥味与扑面的赤雨。

额头，脸颊，嘴角……溅了她一身。

她挥舞着手，一下一下打在他身上。

没有痛苦，没有欢愉，敲击的力度更接近于某种报复。

高陌无法说服自己停下，任由她的指甲在自己脊背上留下深深的痕迹。就当一回畜生吧，任性一次，完完整整地得到自己想要的女人。

林玉眼里渗出了泪水，她挣扎着抬起头，跟他说："高陌，求你……"

她要是不出声，他真的不会心软的。

高陌咬了一下牙，猛然扼住她的喉咙吻了她。

林玉感觉到了一种奇妙的血腥味，冲破脑海中的赤色恐怖，蔓延在她的口腔里。

是高陌，刚才止住的那一下他嘴角咬破了皮。

“求你，别停下。”

她肯定是疯了，这种情况下依旧说出这样惹火的话来。

高陌仅有的一点心软被这信号攻陷了，他像一匹驰骋进丰茂草场的野马，啃咬着，咀嚼着，恨不得在她身上插下旗帜占山为王。

她又一次抓到了他的头发，被汗水沾湿了，略微黏手，有种浪而不荡的味道。

哪怕自己会于回忆的阴影中溺毙，这一刻也心满意足了。

夜雨渐停，凌晨三点多的时候窗外又升起了月亮。

高陌觉得背脊上火辣辣地疼，他想伸手摸一下。林玉精疲力竭地闭着眼喃喃了一声：“抱。”

她肩上有吻痕，眼角有泪渍，软乎乎地躺在他手臂上，可爱又可怜的一只。

高陌搂着她又往怀里抱了抱。

身子挪动带着痛处了，她睫毛跳了一下。

只是这么小的一片草场，他环抱住她，突然想，骑着马从过去挣脱吧，未来，会很漂亮。

# 「第十章」Chapter 10

是我追求的她

（一）

第二天，林玉睁眼时高陌已经找老藏医换好了药。

他付清了钱，留下一些吃的用的算借宿的谢礼。

林玉起身，发现他已经为她将衣服妥帖地穿好了。

小腹有些痛，她慢慢走了两步，“咯吱”一声踩到了昨晚剥掉的焦肉碎上。

起先她还寻思这声音怎么像是在别的地方听过，而后渐渐想起了床板的声音，想起了躺下后发生的事情。

“林玉，能走吗？要不要我背你？”高陌站在后车门很大声地问，不带任何调笑，满满大男孩似的关心。

男人这种生命体很简单，吃饱喝足就能返老还童。

她懒得理他，摆了一下手。

高陌当她招呼自己，兴冲冲地跑过来将她搂住抱回车上。

“嘿，捉到一个小媳妇。”

他把她放在副驾驶，位置上放了一团分不出材质的坐垫，形状不算好，中空的。

“这是什么？”

他抿嘴笑了一下，红光满面地开车了。

林玉没有再追问，车辆驶过第一个路坑答案就出来了。

车一颤，身子跟着颠簸，左右摇晃的时候没感觉，上下一动她全身差点散架。她咬牙，臀部却坠在了垫子上，中空的那块使得某些区域几乎没感受到下落的撞击，绵绵软软。

她侧脸看他，精神饱满。

高陌嘴角抽了抽，好一会儿才组织好语言问：“林玉，你休息好了吗？”

“你怕把我玩坏了？”

高陌笑了笑，竟然点头承认了。

林玉慵懒地靠着车窗看他，许久之后才问：“高陌，你觉得一会儿见到榕声后她会说什么？”

他一怔，突然踩下了刹车，连笑容都悉数褪下。

林玉以为又要做什么，苦笑了一下：“不是吧，又来。”

高陌似乎没听到她的话，酝酿了许久，点了根烟深吸一口说：“林玉，你父亲的案子，跟我有些关系。”

她显然有些吃惊，但并未做过多反应，昨晚她为了他几乎疼死过去，一点往事，总不至于比那还千刀万剐。

“也给我一根，你慢慢说，我听着。”

他给她点上火，将打火机收进夹克口袋里。

“你第一次见我，你还记得吗？”

“记得，那天毕业典礼，我拦了你的车。”

“不，你第一次见我，是在法院门口。当时你十六岁，你父亲林秋白的案子一审判决结束，你坐在石阶上，没人领你回家，你哭得一抖一抖，不知怎的突然回头，肿着眼睛从我身上扫过。”

林玉努力回忆着当天的情形，她哭得很伤心，唯一的奶奶在身后叫着她的名字咒骂她是拖累自己儿子的丧门星，再然后她回头……没有，印象里没有高陌。

她摇了摇头，等着高陌往下说。

“惯犯李宵入室盗窃，意图强奸，未遂后暴露被受害者父亲连捅数刀毙命，林秋白构成故意杀人罪，现供词与案情相符，考虑到其犯罪动机为义愤杀人从轻处罚，判处有期徒刑八年零三个月。”

林玉听着，掸了掸香烟好大一会儿才说话:“他跟我妈没什么感情，结果还没出来的时候我妈就急着跟他离了婚。林秋白被判坐了牢后，他妈就觉得一切都是我害的，我只能死皮赖脸地跟着榕声，榕声……她还行吧，虽然不管我，好歹也借了第一年上大学的钱给我。你是我父亲的辩护律师？”

她问这个问题时脖子微微往后偏了点，露出了深紫色的吻痕。

昨晚他失了轻重，应该待她温柔一些的。

高陌没忍心开口。

倒是林玉若无其事地笑了笑：“说起来，林秋白还真是最疼我的人，不过，他杀了人，即便你辩护再厉害，法律就是法律，杀人坐牢，天经地义的。何况，你为他争取到了从轻处罚不是吗？硬要有人良心不安，也该是我才对。”

“不，林玉，你是受害者。”

“呵……”

“而且，我不是林秋白的辩护律师，恰恰相反，我是死者李宵的辩护律师，更准确地说，是李宵上一次犯案的辩护律师。”

“什么意思？”

“李宵是个惯犯，之前就因为与人合谋盗窃财物分赃不匀内斗致人重伤被起诉过。”

“内斗致人重伤被起诉？够不要脸的。”

高陌点头：“是啊，够不要脸的，可我一早就知道，律师拿着法律武器保护的远不止清白的受害者，而也有可能是纷争焦点之外的人渣，总之，出于职业素养，一上法庭就是委托人利益至上。

“那时候我年轻，什么委托都接，摩拳擦掌只想证明自己的实力。

何况在故意伤人起诉的胜负之外，两者都会由于盗窃接受制裁。我以为，这样的案子本身就很滑稽，对我来说，更像是一场游戏。

“你知道看着一个盗窃主犯言之凿凿地要求法律严惩从犯有多搞笑吗？所以我偏偏抽丝剥茧为李宵据理力争。致人重伤，本该判处三年以上十年以下有期徒刑。可李宵最后不仅不用向起诉人赔偿，反而只需要坐牢一年零十三天，看着退庭后起诉人脸上那种愤恨的表情，我真的以为自己赢了。”

他说话的语气丝毫不急躁，平平静静的，像评价早饭的味道。

林玉不作声，也不看他，只是一口一口抽着自己的烟，又仰头将烟圈吐出车外。

高陌顿了一会儿，有些紧张，拉着她的手轻声说：“对不起，如果正常量刑，李宵那时候根本不可能出狱再次实施盗窃，那你就不会……”

“三年前，榕声就是跟你说了这个？”

他点头，又回想起那个下午来。

偶然撞见两人忘情拥吻的榕声指着林玉咒骂，她习以为常般面无表情，可身子在他怀里轻颤。

他叫她别怕，自己会跟榕声说清楚的。

可追出走廊后，他刚表明对林玉的心迹，榕声便问他：“你已经害她做了很多年害父亲入狱的丧门星，现在，你真的要让她再被指为勾引继兄的女人吗？”

“是我追求的她。”

“动手杀人的是她爸。”

“我……”

“不残忍吗？叫她担着骂名为害了自己一辈子的男人生儿育女。”

他不知道榕声何时发现他与李宵的关联，只是这负罪感叫他喘不过气……

“啪！”

一记热辣的耳光甩在高陌脸上。

“林玉，对不起，我……”

她抱头吻了他，近乎撕裂般疯狂啃咬在他嘴唇上。

面对面，高陌安安静静地承受着这痛与痒。

“啪——”一滴眼泪，从她眼眶里砸在他脖颈上。

（二）

她并不擅长过于激烈地接吻，不懂调节气息，时不时还会磕到他牙齿上。

可高陌舍不得打断她，只好一点点调整自己的角度，让她在发泄中能喘口气。

林玉发现了，离开他的双唇无所谓地笑：“高陌，你真是个王八蛋。”

他沉默，顿了顿，轻声说：“爱我吧，爱我这个王八蛋。”

她不想跟他接吻了，将两手伸过脖颈，贴着胸口挂在他身上，像只树懒。

高陌一瞬间眼眶微湿，不知道如何为自己这份恬不知耻的情愫辩白。

林玉不习惯在这种情况下与他对视，只说：“你替李宵辩护时根本不认识我，也无法预料他之后会做什么，后来发生的，高陌，那些都不是你的错。”

“你不怪我？”

“恰恰相反，我恨不得你死了算了。”她抬起头，带着一点冷漠，“你记着，这辈子你都欠我。”

他点头，说："我记着。"

"三年前你怎么可以因为这种不着边际的事情就离开我！都给你亲了抱了你还要跑掉，什么德行，是不是男人了！"

高陌张了张嘴，什么也说不出口，只紧紧地把她抱在怀里，一个劲儿亲她。

他亲一下，她便用手捶他，一下又一下，没劲了。

而后，她说："开车吧。"

高陌看着她挪回自己位置上，一落座，眉毛皱了一下，身上还疼着。

他想，林玉，你说得没错，我真的是个王八蛋，这种情况，我还想着睡你一辈子呢。

越野车平缓地驶在大路上，八九个小时过去了，导航显示再开个三四十公里就能到丽江。

林玉中途吃了点速食，靠在椅背上睡着了。

高陌觉得有些累，停下车抽根烟歇歇。

林玉的电话响了，有些吵，她的睫毛颤了颤。

昨晚睡得并不好，不是要紧事，不该叫她被打扰。

他扫了一眼，是肖安。

本想挂掉，他却拿着手机下车了。

"喂。"

对方听到这个声音显然吓了一跳，稍后，便直截了当地说："我找林玉。"

"跟我说就行。"高陌带着笑腔，话里俨然有男主人的味道。

"你们在一起了？"

"是，昨晚她还把我睡了。"

"高陌，你是她哥！"

"嗯，挺巧。"

“你根本什么也给不了她，为什么非得这样？”

高陌收敛起笑腔，带着一种狠劲儿：“我来告诉你为什么，因为她除了我其他男人都不想要，人就活一回，这么好的姑娘，我得让她死的时候都带着笑。”

“我……”

“我女人，你再惦记一个试试？”

他挂断了电话，丢下烟头用脚踩熄了。

林玉趴在车窗上，睡眼蒙眬地问他：“跟谁说话这么骚？”

他板着脸向她走来，一弯腰，她很自然地将额头往上凑。

“林玉，你不能整天想着叫我亲，我就是一个开客栈的，你这样叫我工作压力很大。”

“滚蛋！手机还我！”

他将手机放回她手上，顺势在她额头亲了一下。

林玉不领情，拿手擦给他看。

高陌笑了笑，找了水给她喝。

“拧开。”林玉说。

“开车胳膊酸，你自己拧一下。”

“这么不中用那我今天晚上不睡你了，反正马上就能到丽江。”

“你敢！”

高陌咬了一下牙，半眯着眼看她。

林玉肯定是将他们的对话原原本本听到了，得意坏了，故意硌硬他。毕竟那样不要脸的话，警示别人说的，叫她听见就不免太腻味了。

他不再理她，可她正在兴头上，一会儿拿手摸他的脸，一会儿用水瓶戳他的脚。

眉飞色舞的，小姑娘一样。

高陌被她闹腾得没办法，举起手机给她拍了一张照。

“你看看，现在这样子最多三岁，有男人敢搭理你吗？”

座椅上蹭乱的碎发，未施粉黛的红脸蛋，连同眼睑中那一抹小狐狸般的狡黠。

她接过来看，说不错，自顾自地给出了十多条宜室宜家的评价。

高陌撇嘴，她偏还打算发到自己微博上，定位丽江。

“叮咚——”

高陌的手机响了一声特别提醒。

林玉更高兴了，非孩子般叫他给自己点个赞。

“粉丝几百万，差我这个？”他假装嫌弃逗着她，却麻利地将手机打开了。

高陌觉得，自己从来就无法真的拒绝她，正经的也好，胡闹的也罢，只是——

他划到那张照片，新跳出的一条评论留下了一个笑脸表情，ID 的头像有点眼熟，再想去看时爆发式的评论转发将那一条刷了下去。

“我看看你叫什么？”林玉兴致勃勃地掰他的手，页面上方竟然只显示了一串夹杂字母的随机数字。

她能想象，离开她之后他不得已的冷漠，依然不能阻止他以这样不留痕迹的方式关注着她好不好。

或许她想他的时候，他也会对她新发的动态傻笑。

“走了，天黑了。”他抵着她的脑袋坐好，关了手机系上安全带。

他从前总以为爱情是一个男人与一个女人，呵，怎么会这么简单呢？他的林玉，是一个天真烂漫的女孩，是一个果敢无惧的女人，偶尔，还会是一个淡泊居家的老太。

（三）

再次来到 Hell 客栈是夜里，因为假期，街面上人多了好些。

还没见着榕声和陈沈丁艺，林玉看到了一个熟悉的人坐在门口的吊灯下弹唱《南方姑娘》。

几个文艺青年在旁边听着，时不时趁他得空搭句话。

“来都来了，住这儿吧，心里安静人热闹。”他撩一撩长发，帮忙揽客时眼神很迷茫。

林玉撇了撇嘴：“他从前也这样？”

高陌笑：“最近疯的吧。”

有一天早上，陈沈丁艺刚开门就看到南淮在外面站着。

对视了很久，她问他是不是还卖唱，他却给她弹吉他。

没有歌词，只有曲调。

她听完了给他续了之前住的房间，两个人不亲不疏嬉笑打闹又跟从前一样。

高陌喊：“丁艺，来搭把手。”

越野车进不了城，贴身的东西他都手拎着。

门里没回应，南淮一扫弦，放下吉他给他来了个大大的拥抱。

“高老板！义气，兄弟忘不了！”

高陌知道他说的是将他送医的事，咧了一下嘴开玩笑：“别，有钱药费得还啊。”

南淮用眼神瞥了瞥听歌的那堆小姑娘：“放心，分期付款。”

高陌往后伸手去拉林玉，还没够着，南淮又夸张地张开双臂朝林玉扑去。

“好久不见！”

高陌往后一撤步，挡在两人中间。

“别，老板娘了，你还是安心唱歌吧。”

“小气劲儿。”他冲林玉做了个鬼脸，拨了两下琴弦说要唱首自己原创的《客栈老板的情人》。

高陌想听一听，林玉一脸黑线，拽着他往门里走。

大厅里横七竖八地躺着几个人，院子里还算安静，门口南淮的弹唱声漏进来，歌词唱的是“围在火塘边，她偏偏就要听蓝调。姑娘啊，你再这么磨人，今天就只能为你关门了”。

林玉停下，摸出一根烟来，没有点燃，平白立在院子里看了看楼上亮灯的窗子。

高陌说：“要火吗？”

林玉把烟拿下递到他嘴里：“你抽吧，我想单独见见她。”

“休息一晚，明天我们一起去，她还不知道你也回来了。”

高陌看林玉，她勾了一下嘴角，给他点上火，独自问了陈沈丁艺上楼。

高陌不放心，跟着她到了楼梯口。

林玉冲他摆摆手：“去吧，你先洗澡。”

他不愿走，她说：“你信我。”

他信她，提着两人的行李往自己房里走。

进了门，高陌翻开了包。

两人的衣服挂在一处，穿过的丢进脏衣篓。还有那条婚纱，他看了看，明天最好买个新的防尘袋，暂时只好挂在床头。

做完这些，林玉还没回，他嗅了一下领口先去洗澡。

开车的时候一直没关窗，头发里落灰了。

他弯腰洗了一道，想起林玉，冲干净了又往头上抹了点洗发膏。

“也不关门，不怕别人进来了？”林玉拿毛巾递给他，语气认真，“你捂着眼，我帮你洗头发。”

“你们聊完了？”

“嗯。捂好，我要浇水了。”

高陌没多问细节，将身子往她的方向弓，才洗过澡，腰背上的肌肉沾着水珠子。

浴室温暖，林玉将鞋子甩到一边光着脚。他又看到她脚踝的那颗朱砂痣了。

“今晚在这儿睡吗？”

林玉用手盖住洗发膏给他搓了搓头发，有些好笑：“嗯，不过你不许碰我。”想了想，又补充，“不许那样碰我，不过要抱着，我一个人睡不暖和。”

他说：“好。”

安安静静地让她给自己洗头。

“抓疼了你要说。”

“没事，小猫爪挠得舒服着。”

“你说我洗得不好？”

“不是，你手劲儿小，抓不疼我。”他微微抬头，头发上的水溅出来，飞到林玉脸颊上。

她抹了一下：“皮厚还好意思说，别动，我要淋水了。”

他笑，将手心凹成小碗状，接了流下的水沫去淋她的脚趾头。

林玉将花洒斜了斜，俯下腰凑到他脑袋边。

他当她要说自己幼稚。

林玉却盯着他下身的浴巾瞧了瞧。

高陌拿毛巾捂住她的眼睛往旁边推：“女孩子家瞎看什么，好好淋水。”

林玉拿掉毛巾又往那里瞧：“你在洗澡之后才洗头？”

高陌被她看得有些尴尬：“忘了，一会儿我再冲冲。”

“我也没洗，一起吗？”

“……”

她说今晚不许碰的，现在攥根火柴到处给他点火。

高阳说：“不一起，我洗好了叫你，不然你先洗，我等你。”

林玉抬起头继续往他头上淋水：“有什么好害羞的，我今晚睡觉也没打算穿衣服。”

高阳抹着额头将淋好的头发往后甩，直起身，看着林玉衣服被弄得湿淋淋的。他说：“出去把睡衣找好，我随便冲一下很快。”

“哦。”

剩他一个人在浴室了，高阳想着她的话，解开浴巾压了压，调大水量准备冲洗。

入夜客栈也不是很清静，院子里来了个敲鼓的用秦腔唱歌。

隔着浴室里的水声，高阳只听到“咚咚咚”的声音。

他照了照浴室的镜子，雾蒙蒙的，但能看到肩胛骨附近有一些洗发的泡沫。

他浇水冲，又顺手擦了一把镜子。

他胡乱划了两道，看到浴室的门多了一条缝，有一点隐隐的火星子。

“林玉。”

她不躲，只穿了贴身的一点衣服走进来，一手抱着睡衣，一手夹着烟。

“掐了，以后少抽。”

“好。”

她将自己的睡衣盖在他衣服上，薄薄的一件，布料少得可怜。

高阳当没看见，她光着脚在淋浴之外的一点地方看着。

“过来吧，别冻着。”

“你肯跟我一起洗了？”

他转手将水调热了几分，腹部的肌肉绷着，从置物架上挤了一点洗发膏：“还不来？”

林玉笑着过去抱他的腰，紧实的肌肉有极好的触感。

“流氓。”高陌笑她，将洗发膏反手往她头上放。

林玉把头放在他肩上，跟他说：“以后我们都一起洗吧，好不好？”

他笑了笑，因为手上揉搓的动作带动肩膀，她的脑袋随着蹭来蹭去。

“不好，太浪费水了。”

“怎么会呢？两个人抱在一起淋只要一半的水就好。”

搓出满头的泡沫了，高陌调大水量准备让她冲洗。

她淋着水，歪着头追问：“嗯？”

高陌将花洒拿下来，避开她的眼睛。

“一起淋容易胡思乱想。”

“胡思乱想什么？”

林玉眼眸湿润故意问他。

高陌看着她，被热气熏蒸过的脸蛋如孩童般红润，配上那一双眼睛，倒像是自己想入非非不正经，于是他只是挂好花洒替她擦干头发。

可她偏要以问询的眼神盯着他。

院子里的鼓点又响，她弯腰挤了点沐浴乳涂上，洗完头洗澡，多正常。

高陌背过身准备往外走，她叫住他。

“你站这儿，一会儿给我递毛巾。”

“行，头都给你洗了，这活儿也让我来吧，全包干，好清账。”

他当真没走，叉着腰站在原地等她，毛巾搭在自己肩上。

她爱玩沐浴露泡泡，手指圈成圆形吹给他。

“啪嗒！”

炸裂带着靠视觉脑补的声响，像一个小礼花。

高陌看着她的表情好笑，将她扶正，将浴巾丢给她。

她披上，双手环着他的脖颈踮脚去吻他。

还没擦净的泡沫粘了他一身，头发，脸颊，肩膀。

“林玉，你故意的。”

她笑：“对啊。”

她裹着浴巾抱着他不放，鲜活明亮，像一尾鱼。

他一把将林玉抓住，单手便紧紧地扼住了她两个手腕。

“那就一起冲干净好了。”

高陌咬了一下牙，将水温调到了自己惯用的温度，不刺骨，却是凉凉的。

林玉一下感觉到了区别，被热水浇得泛红的手臂一碰冷水自然松下，她往淋浴外躲，他偏将她身子往回拉。

“还闹不闹？”他看着她，有几分危险。

楼下的鼓点杂乱，林玉却突然乖巧：“冷，不闹了，擦干净了抱着我睡觉吧，我困了。”

他怕淋坏了她，赶紧取了干浴巾替她擦了擦，抱起她往卧室走。

头发上残余的一点水滴都往地板上落。

“啪嗒，啪嗒……”声音莫名其妙跟楼下的鼓点合拍。

“高陌。”

“不困了？”

“困。”

高陌单手熄了灯，扼住她的脚踝往边上拉了一下。

林玉莫名其妙地打了个嗝。

高陌笑了笑，身子往下一俯。

林玉没觉得疼，倒是小腹突然温温热热的。

她想伸手摸一下，高陌将她抱进怀里，拽着被子盖好了。

“高陌。”林玉唤他。

他捉住她的手往腿边放。

“不穿睡衣起码穿条内裤，好了，睡觉。”

林玉用手摸了摸，还真给她穿好了。

她想看看他穿没穿，一伸手，手又被他捉了回去放他怀里焐着。

高陌身子暖和，转眼林玉身上的水汽就蒸发干了，只留下皮肤与皮肤之间的磨蹭，暧昧且温馨。

“高陌。”

“嗯？”

“你困吗？”

“困啊，开了一天车。”

“那你放开我，我给你按按腰？”

他搂得更紧了，贴在她耳边说：“林玉，你个小骗子。”

林玉动弹不得无可奈何，用腿蹭了他两下没反应后才说：“那你睡吧。”

他说：“嗯，晚安。”

林玉睡不着，用脑袋顶了顶他的下巴，想起了南淮那首《客栈老板的情人》。

她轻轻哼唱那句：

“围在火塘边，她偏偏就要听蓝调。姑娘啊，你再这么磨人，今天就只能为你关……”

“门”字还没出来，高陌猛然翻身将她压在了身下。

(四)

外面响起游客脚步声的时候，高陌醒了。

夜里折腾了几个小时，可他知道林玉依旧不快活。事后，她全身汗涔涔的，气息却压得极低沉，是为了他在一直忍耐着。他抱着她在怀里，分明是贴着睡的姿势，可没多久，她便慢慢在褥子里缩成了一团，跟孕育在子宫中的胎儿一般，很没安全感。

他慢慢将她挪回怀里，一会儿又是这样，忘了来回几次，他沉沉地睡着了。

醒来的时候，精神极好，容光焕发。他不知道林玉什么时候起身，怀里给他放了个枕头。

“林玉。”

他唤了她一声，翻身看到一旁的方桌上放了一份早餐。

窗子开着，空气流畅，懒洋洋的阳光里还有食物的热气散着。

高陌下了床，发现昨日丢在洗衣篓里的衣物已经挂在了窗外的杆子上，床边的婚纱也用新的防尘袋套着。

餐盘里有两个鸡蛋和一些撒了芝麻的馒头片，有点焦了，摆盘形状也跟一整套内衣裤一样。

他勾起嘴角，走到洗手间，洗漱好后将早餐一点点吃完。

味道不够好，但这点烟火气叫他心里温暖，

他猜她正在柜台里算着账，很臭屁地跟客人说，一千一百八。

想到这儿，高陌迅速擦了擦嘴下楼去。

“林玉。”

正在柜台收拾的陈沈丁艺抬头看他。

“见着林玉了吗？”他眉眼里带着笑。

陈沈丁艺不太适应，如实回答：“早些时候说要用厨房，又来问了一次南淮在哪儿，然后我晾完床单就不知道她去哪里了。高老板，回来了就帮帮忙，我……哎，是不是你的店了？跑这么快干吗？我要求加工资啊！”

他听到楼顶南淮正弹着那首《客栈老板的情人》，三步并作两步往上蹿。

“客栈里住进了一个姑娘 / 点了杯樱桃酒泼湿我的主唱 /

“围在火塘边 / 她偏偏就要听蓝调 / 姑娘啊 / 你再这么磨人 / 今天就只能为你关门了 /

“姑娘说 / 那就关门吧 / 我的衣服放在你楼上 / 有空你帮我晾晾它……”

简单的几句词，配合着吉他用低沉的嗓音吟唱。

环顾四周，高陌只见到南淮一个人披着外套抱着吉他，一瓶风花雪月空了一半。

“高老板，你找林玉？”

“嗯，人呢？”

“听完歌就走了，还给我买了瓶酒，挺好的姑娘。”

“我知道。”

高陌一摸兜，这才想起给她打电话。

“嘟嘟嘟……”

两三声，都是忙碌音。

“坐坐吧，你追得上。”南淮将酒瓶递给他。

高陌走过去，没接：“她去了哪儿？”

南淮摇头：“我总不能拐走老板娘吧？不过听完歌有个女人在楼下叫她，有点年纪，穿得怪好。”

是榕声，高陌有种不祥的预感。

“那是她妈吧？”

“嗯。”

“我能帮你找到她，不过，问个问题行吗？”

他看着南淮，眼神里有警告。

“得得得，我先说，叫她的女人一口上海腔，我替你留意了，她们走的是机场方向，去上海最近的航班还有好一会儿，你骑车肯定能赶上，现在我能不能问了。”

“说。”

“她跟你是这种关系的话，结不了婚吧？”

高陌指了指天台上晾的床单：“你一个流浪歌手，长在我客栈里了吗？”

南淮大笑，提起酒瓶又往嘴里灌了一口：“追她回来吧，晚上关了门可以叫上丁宝一起喝酒。”

他扫弦，他骑车，他喜欢的姑娘结酒账，他喜欢的姑娘正等着他，有些感情在哪里，还需要证明个屁啊。

风声呼呼响，从高陌袖口灌进外套里，来到机场外厅时，林玉与榕声果然还在那里。

她穿着他送的那双鞋，坐在凳子上。

高陌飞奔过去，无视榕声径直将林玉扛起往大厅外面走。

“高陌，你放我下来。”

林玉有些难为情，许多双眼睛看着她。

可他像是聋了一般，步子迈得极嚣张。

很快，他将她扛到了大厅前的停车区，放在自己的摩托车上。

林玉正伸腿往下爬，突然被他一把按下了。

他用胳膊肘顶着她的背，顺势用车尾的拉力绳将她的双手合掌绑在了车头的直杆上。

不算勒，但挣脱不了，这些年捆酒桶的结绳手艺练成绝活了。

“高陌，你干什么？”

他跨上车，一言不发往前推了推她的屁股将车开走了。

“高陌，你是不是疯了？

“哪根筋又不对了？”

无论她如何喊叫，他就是不理她，四十来分钟的路，硬生生被他二十分钟开回家了。

下车，他依旧将她的手绑着往屋里扛。

陈沈丁艺在门口晒太阳，见这阵势手上的瓜子都给吓掉了，林玉觉得尴尬，南淮偏还站在院子里拍手叫好。

高陌扛着她四五步上了楼，开门，往自己床上一丢，褥子里余温还没退散。

林玉睁着两只眼睛看着他。

一个大男人气呼呼的，怪可爱。

“高陌，我手疼。”

“疼死你算了。”

虽然这么说着，他却还是给她麻利解下了绳子，握着手腕左右翻了翻，确认没有一点伤。

他坐在床边，离林玉远远的。

林玉不知道自己该哭还是该笑，这才说：“生气了？”

“一觉醒来清白没了媳妇跑了，你猜呢？”

他眉心蹙着细细的“川”字，林玉凑过去，用食指轻轻摸一下。

他躲开，她也不恼，见他用余光瞟她，她煞有介事地在兜里掏了掏，摸了些钱放他口袋里。

“做什么？”

“为你的清白买单呀。”

他一咬牙：“滚。”

“那我滚了。”

林玉真爬起身往门外走。

刚下床，高陌一把抱住了她，扑小鸡似的，罩在了身下。

“你敢？”

她“扑哧扑哧”笑个没完，累了就将手圈在他脖子上。

“高陌，我不走，我只是去送送她。你在这儿，我舍不得走的，这辈子，我都想跟你抱着睡觉。”

高陌第一次听到她说这样煽情的话。

他本打算捏捏她的鼻子，教训她一早看出来自己误会了还偏叫他一个大男人跟个醋坛子似的干生气，可一抬头，发现她脸色不太好。

“你知道吗？榕声是特意来跟我道歉的。昨晚我还没开口，她就哭着跟我坦白了自己所有的错处，从前对我的不管不顾也好，挑拨你离开我也好，她都认下了，求我原谅她。你知道为什么吗？”

高陌顿了顿，摇了摇头。

“因为她怀孕了。她认为如果她不这样做，她做的这些亏心事会报应到她的孩子身上。高陌，她没有给我取过乳名，也没有给我梳过小辫，哪怕一个玩具，一支儿歌她都没有给我唱过，我从来就不是谁的小女儿，以前我是她的枷锁，是她的丑闻，现在我是她的报应，是她的顾虑，一直以来，她都是这样看我的。”

高陌起身，抱着她放在自己腿上。

她头发有些乱了，表情却没有多难过。

他心疼，“嗯”了一声，温柔地用手理了理她的头发。

没有人能对他人的痛苦感同身受，但陪伴，无时无刻都能叫她好受一些。

“林玉，我给你讲个笑话吧？”

她缩在他怀里：“好。”

“说在一列跑高速的客车上，坐在最后排的一个人肚子难受得厉害又找不到坑，只好打开窗子将屁股塞出去拉，没想到刚出来一半，司机就开着后视镜喊话了，哎……”

林玉顿了顿，接道：“叼着雪茄的那个胖子，别把头伸出去。”

高陌用手勾过她的脖颈，吻了一下她的额头：“傻子，哪有那么恶心。那个司机喊的是，哎，别吐了。”

林玉睁大眼睛疑惑地看着他。

高陌笑起来：“傻姑娘，别人怎么看，你怎么可能管得着？要是那司机眼睛里长痦子，没准还会喊，哎，黑屁股那小子，别在外面吃火腿肠。”

林玉眼眶有些发酸，好久，她挪回目光，轻笑了一声：“无聊。”

# 「第十一章」

Chapter 11

睡吧，傻姑娘

（一）

快到中午，客栈忙碌起来。

嗨了一个通宵的游客起床觅食，新来的游客匆忙筹措直达深夜的活动。

昨晚林玉没睡好，吃过午饭后高陌打发她睡一会儿午觉。

还没半个小时，林玉翻了个身，皱了一下眉头又缩成一团了。

高陌想着替她紧一紧被子，才触到她的胳膊，她又猛然颤了一下。

这时，南淮组织了一拨吉他手开始在院子里唱歌，民谣整出了四重奏。

高陌提着扫把冲下去。

其他人抱着琴麻利地跑了，南淮笑了笑:“哥，我错了，大错特错。”

高陌将扫把抡起来，丢在了一边，靠在石凳上点了根烟抽。

南淮轻轻扫了两下弦，摇篮曲一般，伸出两根手指，咧了个大大的微笑：“情感咨询，两瓶酒。”

高陌看了他一眼，掸了烟灰。

“我有没有跟你说过我一个月被表白十二次的事？”

“……”

“问我吧，很灵的。”

“闲得慌就赶紧出去赚钱，别在这儿磨时间。”

“怎么能说是磨时间呢？高老板，你知道我为什么一般都是入夜之后才去唱歌吗？”

“晚来骚，再不然就是长得欠揍。”

“啧啧，你被林玉带坏了。”

高陌无心与他凭嘴，望着自己的窗子出神。

南淮接着说：“你想，青天白日的给人唱情歌，那跟餐馆助兴的小提琴手有什么区别，背景音乐似的，好听就完事了，走不进心里去。但是入了夜就不一样了，来丽江的大体上就两种人，逃避生活压力出来透气的，文艺到骨子里前来寻梦的，黑暗里暖黄色的灯光打着，喧嚣的酒吧街孤独着，只有这种时候，吉他的和弦才能扣到人心里去。伍佰那句话怎么说来着？‘我是街上的游魂，你是闻到我的人’，就是这种‘懂’的感觉，包治百病。”

“别胡咧咧了。”

“什么胡咧咧，我这是有理论依据的，不是我吹，要不是我喜欢唱歌，我早成心理学家了，以前学的就是这个专业。”

“那心理阴影你能治吗？”高陌顺嘴一说。

“心理阴影，指的是受到某种剧烈心理伤害而在事后的生活中产生的对应惊惧反应。主要消除方法有，面对，处理，忘记。从面对来说吧，我们第一步就是要确定你的阴影来源于什么，你以为你害怕的东西未必是你真正……”

“你留着哄妹子吧。”高陌起身，懒得听他的百科复读。

“听都听了，酒得照付啊。”话音刚落，南淮便摆着手跑到柜台去拿酒喝。

“自己上房里锁着门喝啊，别又喝醉了穿条裤衩满院子跑。”陈沈丁艺调侃他，高陌也笑一笑上了楼。

林玉还没醒，他走到床边，看到她的手机“叮咚叮咚”响个不停。他俯下身子吻了一下她的额头，想将她的手机声音关掉。

一到手，又弹出了几条私信通知，林玉醒了。

“几点啦？”

林玉伸了个懒腰，双手抱住了他的脖子。

高陌看了看手机说：“快两点了，起来吗？”

“起来，睡太久晚上该失眠了。”

她起身随手扎了个马尾。

几缕碎发拨了拨，露出了之前在石砖上磕伤的那个小创口。

不会留疤，但得慢慢才能长好。

林玉看了看手机，坐下回复了几条。

他将头凑过去，不过是日常的粉丝互动。

输入框中的句子还没打完整，林玉突然看着说：“高陌，你快看我的脸。”

他看了看，睡的时间长压出枕头纹了。

“没事儿，一会儿就消。”

她“哦”了一声，可依旧拿手机当镜子照。

高陌想起跟南淮在外面说话的时候有点太阳，温温地照在脸上怪舒服。

“林玉，出门去不去？”

“出门干什么？”

“给你买个新枕头，不硌脸的。”

“明天就要去兰州了，算了。”

“又放不坏，回来还得睡。”

“那好。”

她挺高兴，拿尺子很认真地量了他床头的宽度。

午后的丽江古镇，阳光跟金子似的洒了满城，各大酒吧还没热闹起来，倒是卖小吃和卖一些小玩意的店铺生意红火。

穿过了两条小街，林玉发现了一家专门卖手工枕的店铺。

看店的老嬷见着客人来便含混地说什么。

高陌听了一会儿，拉着林玉进去。

“她说什么？”

“说她的枕头睡着舒服，种类多。”

林玉瞧了瞧，确实挺多的。

不光枕面有绣花的、沾染的、牛皮的、藤编的，枕芯还有棉花的、决明子的、丝绵的、藏红花混百合的。

她向老嬷点头，而后拿脸蹭枕头，一一检验它们的柔软度。

高陌背过身看不清表情，老嬷盯着他俩笑。

“高陌。”

“嗯？挑好了？”

“你骗我。”

“怎么会。”

“人家肯定不是说的睡着舒服种类多。”

高陌极淡地笑了一下：“嗯，她说睡她家的枕头两个变四个。”

“怎么讲？”

他压低了声音：“添儿添女。”

林玉撇了一下嘴，拿手上的枕头砸他。

高陌一把接住，买下了那一个。

林玉往外走，高陌抱着她的枕头跟在后头。

许久不说话也不尴尬，只是高陌突然发现，她似乎只有三条裙子。

也是，从上海过来就背了一个包，连行李箱都没拖，能装多少。

高陌朝左右两边的小店看了看。

追上她。

她不说话，他就用胳膊轻轻撞她。

她还是不出声，高陌心念一动，将怀里的枕头塞给她："谁睡的谁抱着。"

林玉看着他，张了张嘴。

高陌一把将她抱起来："我要抱你睡的。"

林玉被他气笑了，任凭他抱着往卖服装的店里蹿。

店里的裙子两极分化，素色衬莲花盘扣的国风茶人服，要不就是色彩斑斓的波西米亚大摆裙，林玉说自己的衣服够穿，再买就浪费了。

高陌胸脯一拍："那就浪费，咱家有这条件。"

林玉无可奈何，选了一条浅灰色的长衫，高陌叫她试来看看。

她才走进试衣间里，受惊似的叫了一声。

"怎么了？"

"没事。"她将头从门缝里探出来，小声跟他说，"两个试衣间中间就垂一道黑帘子，我乍看以为里面摆了一双脚。"

"真傻，进去吧。"

"嘿。"

店里又来了几个女孩子，街面上一个当地女人开始吆喝着卖风车。

五颜六色的扇叶，风一吹呼呼呼地响个没完。

高陌一个大男人站在试衣间前盯着等也不像话，索性走到街面上看了看，顺手挑着买了一个风车准备一会儿拿给林玉玩。

左转一下，右转一下，林玉还是没出来。

其他选好衣服的姑娘有些着急了，没好意思敲门，只在外面装咳嗽。

好一会儿没反应，有人抱怨了两句。

高陌皱了一下眉，走进店里挤过人群，叫了一声："林玉。"

等了三秒，没有回应。

（二）

高陌破门而入，隔壁的姑娘听到动静吓得一声惊叫。

门风刮起帘幕，女孩往这边一瞥又是一声尖叫。

林玉倒在试衣间的角落里，头发披散着，灰色的长衫上染着一道鲜红的血迹，地上散着两张零钱。

另一侧的姑娘显然不知道发生了什么，抵着脚盯着高陌往门口缩。

高陌一把撕开了林玉的衣衫检查伤口，腹部有刺伤，肉眼看不出深度，角度偏，不至于伤到要害但出血很严重。

店主和其他客人有人报警有人打电话急救。

高陌一伸手，紧紧地抓住了另一侧的姑娘。

“不是我，不是我。”

第一反应装不出来，高陌知道她不是行凶者。

“你前一个进来的人长什么样子？”

女孩吓得直摇头。

高陌不撒手也不敢随便挪动林玉，赶紧用另一只手替她压住了伤口。

是他非要给她买裙子，他应该一直守在门口的，如果那样，他肯定能够听出动静。

他头皮发麻，只觉得她的身子这样单薄。

很快，一拨人涌进了小店，医生紧急处理后高陌随医务人员将林玉抬去了医院，现场被警察接管。

就近出勤的医护队伍中有个老熟人，止血完成后高陌连忙问她林玉的情况。

她抬起头，脸色怪怪的。

“怎么了？”

她显然有些拘谨，但还是小声告诉他：“捅伤林玉的，从伤口上看，像把手术刀。”

“手术刀？”

“是，10号刀片，最常见的型号。”

高陌一愣。

“你放心，血止住了丢不了命。”

高陌点了点头，但并没有因为医生的这句话得到多少宽慰。

入院后，林玉被推入手术室，高陌在外面等着。

公安局的人刚好来了医院，对高陌做了些基础了解后走了。

店里没有监控，目前唯一可能与凶手打过照面的女孩吓得不轻，街面上人来人往的暂时看不出什么，还会深入追查，但目前的确只能根据现场情况往盗窃败露羞愤行凶上怀疑。

手术一直持续到夜里，凌晨二点，林玉转移到普通单间病房。

他在一边静静地陪着，直到林玉醒了。

“高陌。”

他揉了一下眼睛，替她整了整贴在脸颊的碎发。

林玉却只说：“我们不能去兰州了。”

“是暂时的，我们有很多时间。”

她伸手，将手放进他手里，无力地笑了笑：“我说我是不是有点倒霉哦，连买件衣服都能碰到这种事儿。”

“林玉，那个人，你看到了没有？”

她眨了眨眼睛，算摇头的意思。

“我换好衣服正把头发从领口往外拨，一下就被人隔着帘子捂住了，然后就被扎了一刀。”

“捂住直接扎的？”

“是。”她皱着眉，思绪似乎回到了那个一米见方的更衣室。

高陌一惊，现在完全可以肯定这事是直接冲着林玉来的，对方绝不是什么盗窃暴露行凶，而是有目标性地想要她的命。

“林玉，我问你，你有没有得罪什么人？”

她想了想：“没有。”

“那你跟肖安在一起的时候，有没有别的人对你或是对他死缠烂打？”

林玉又摇头，扭了扭身子想调整一下睡姿。

病床的软垫不易挪动，高陌帮了她一把，躺好的那刻她突然说：“高陌，是个女人，想杀我的是个女人，虽然看不清脸，但捂着刺我的时候我能感觉到她的胸部。”

“女人？”

高陌猛然想起，回丽江时林玉发的那条微博。

“林玉，打开你的微博。”

“这种时候你要发微博？”

他垂眸，戳了一下她的头轻斥道：“要命的事情，开什么玩笑？”

林玉的嘴慢慢咧开了。真的很奇怪，被捅的时候她明明害怕得要命，可现在看着高陌，却一点也不担心了。

她打开微博，高陌将手机接过。

一条一条评论往下滑，像是没有止境。

他看得认真，可终究没有再发现那个头像。

删除了，换头像了，系统吞没了，什么都有可能，他却不由得后脊梁骨一冷。

他想起那个头像为什么眼熟了，因为他见过那人两次，明明不住店里，却一次醉酒将林玉推向了柜台上铜制的招财猫，一次开车将林玉撞到了路边的石砖上。

这些事情，他原本都以为是意外的。

乱入客栈，酒后骑车……演得这样好，如果真是那女人，那就说明对方报复的情绪已经逐渐走向失去理智的地步了，舍弃假装意外直接行凶，一旦她发现林玉还好好的，下一步……

高陌想都不敢想。

“林玉，我们可能遇上大麻烦了。”

他如实将自己的猜想告诉林玉，因为如果真是这样，林玉必须比自己更加警惕。

听完，她却说：“高陌，你再给我讲个笑话听吧，我要听胖子抽雪茄的那一个。”

他盯着她看了一会儿，说：“好。”

她知道危险的存在，可在他身边的时候依旧可以寻一点快乐，这是作为伴侣的殊荣。

一个人是害怕的，但是有你，我就敢了。

高陌又将那个笑话给她讲了一遍，看着她慢慢睡着了。

这伤口怎么也得在医院养两天，何况在不确定这是否属于意外事件之前，医院相对来说最安全。

林玉家庭关系简单，没有什么雄厚家产，有点小名气也实在谈不上跟谁结成生死冤家。能有这种仇怨的，至少也得是要命的问题吧。

要命？想到这儿，高陌找到了一个多年未联系的号码走出了门外。

“高律师？”电话那头的男人有些不可思议，转眼便问他，“最近怎么样？”

“还行。我想问你一件事，八年前林秋白的案子过了你的手，你记得多少？”

“林秋白？”对方在脑袋里思索了一阵。

电话里传来办公椅挪动声、脚步声，而后才是男人的回答。

“早就结案的事，怎么又提起来了？”

“说不好。”

“李宵入室盗窃，见色起意试图强奸，被女孩父亲撞见，一怒之下将其捅伤，李宵昏迷入院，救治无效死亡。林秋白对这件事情供认不讳，伤口与作案工具比对成功，没有疑点。”

“那李宵有家属吗？”

“有个母亲，是盲人。”

“妻女姐妹呢？”

“未婚，有个妹妹，同母异父，没什么关系。怎么，出什么事了？”

“林玉被人袭击了。”

“林玉……哦，林秋白的女儿。不至于吧，那事儿都过去这么多年了，当时她年纪不大都没上庭露过面。就算丧心病狂要报复也找不了她啊，她可是受害者。”

“嗯。”高陌点点头。

寒暄了两句，他挂断电话，回到了屋里。

单间病房里就留了一盏看护灯，高陌看着熟睡中的林玉，又给陈沈丁艺打了个电话。

“睡吧，傻姑娘，无论是谁对你心怀不轨，我都会把那人揪出来的。”

（三）

凌晨五点半的丽江古城，地面的青石板带着一种阴冷。

酒吧街上留着昨晚狂欢后的余味，小城的放纵并不会因为某一个人或某一件事而有所不同。

高陌从医院里出来，走到林玉遇刺的店铺门前抽了根烟。

烟灰落在地面，发出滋滋的声响。

过了十来分钟，屋子里有了点动静。

高陌扔下烟头，握着半拳在门上叩了叩。

“咚咚咚……”

隔着门有道女声。

“谁？”

“警察。”

女人怯生生地将门打开，只是一条缝。

高陌不轻不重地推了一把。

“哎哎哎……你……”

“是我，你还有印象吗？”

女店主头发乱糟糟的，显然因为昨天的事情没睡好觉，看到高陌，认出来了，多少有点歉疚。

“我就是个开店的，真的不知道什么了。店里没失窃过也没装监控，警察昨晚问了好久才走，真是对不住，你看看我这几天也开不了门了……”

“你别误会，我不是来找麻烦的。”

女店主稍微放宽了心，但表情还警惕着：“那你想干什么？”

高陌走进店里看了看。

“你一个人？”

铺面没开门，两壁挂满的衣衫只笼在一点灯光里，新衣服的味道在其间起伏着，有种老房子般的诡异感。

高陌看了看：“别怕，我是来买衣服。”

他当真将林玉合穿的衣服一一挑选了出来，直到付款，女店主都是一脸蒙的状态。

“你能帮我送货吗？”

她点头：“不是太远就可以，我有小电驴。”

“好，我买的这些裙子，你每天送一套到这个地址。”

女店主接过看了看：“医院？”

“嗯，我女朋友受伤你也看到了，她是来这边玩的，没多少衣服。天气热起来了每天都要换洗，医生说她得在医院养一段时间，我照顾她也懒得分身洗，麻烦你一天送一套过去。”

“她没事吧？”

“问题不大。”高陌叹了一口气，摇摇头，“就是太倒霉了。我知道这事儿跟你没关系，不过既然是在你店里发生的，多少麻烦你了。”

女店主点了点头，送人情又有钱赚的好事，何乐不为。

出了店门，高陌又回了一趟客栈，除了几间客房亮着夙夜未关的灯，整座客栈都静悄悄的。

他在自己房里忙活了好一阵儿，直到太阳晒屁股的时候才“咣咣”凿响了南淮的房门。

“高老板。”南淮一看到他便想起了昨晚半醉半醒时听到的传闻，随口问了一句，“林玉呢？”

“在医院。”

南淮一蹬脚：“真被捅了？”他连忙返身从地上捡起一条牛仔裤穿，“哪个孙子干的？敢动咱们店里的人？我先跟你去看看她。”

高陌知道他浪荡，但义气是真的。

“没什么生命危险，不过得小心养一阵，这些天我过去照顾她，现在丁艺在那边看着，有件事找你帮忙，做到了比谁看她都管用。”

“快说。”

高陌放低了声音，南淮贴耳过去。

听完之后，南淮抿着嘴在房间里晃荡了两三圈，随手撩了一下额头的头发，用食指指着高陌求证般地说：“高老板，你疯了还是我聋了？”

“能做到吗？”

“太能了！简直就是我强项！”

高陌说："好。"

高陌取下了酒柜的钥匙给南淮后开着摩托赶回医院去了。

南淮在凳子上坐了一阵，又拨了两下吉他弦，连洗脸都顾不上就冲去柜台。

钥匙一插，"咣当"一声，透明酒柜的锁开了。

林玉啊林玉，从今天开始，我们就是亲兄妹了。

"阿嚏——"

林玉打了个喷嚏。

她睁开眼，看到高陌正背过身弯腰系鞋带。

她将身子往上挪了挪，下一秒，他的影子遮掉了头顶的灯光，自己的身后多了个枕头。

"饿不饿？"他低头问她。

林玉眨了一下眼："有点疼。"

"嗯，伤口刚缝合好，你别乱动好好养着。丁艺走的时候给你买饭了，我喂你吃点吗？"

林玉倒没觉得饿，看了一眼时间，睡了这么久，饿过头了不觉得也难说。

他见她没反应，不由得将手往她肚子上放了一下，似乎要摸摸她的肚子是不是瘪下去了。

林玉一抬眸："完了，高陌，我把你儿子打掉了。"

他皱了一下眉，端起饭碗怔了一下："什么？那还了得，分手吧，除非你给我再生一个。"

她看着他，很认真地点评："你的戏好烂啊。"

高陌用勺子挖了口吃的递给她："你不懂，三岁孩子吃饭都得逗。"

林玉张嘴吃下，心里"咯噔"一下，平白笑了。

“捅我的人抓到了吗？”

“还没有，那片没什么监控，不过你说的那些情况我都告知警察了。”

又一勺，林玉发觉了高陌跟昨天的状态很不一样。

昨天他谨慎地与她探讨这件事情的可能性，生怕错过一点点线索；而今天，他似乎已经对这件事情不甚在意了，而依据她对他的了解，这只能说明一件事，他做好替她迎击风险的安排了。

她收敛了笑容，试探性地问：“高陌，你不害怕吗？”

他端着勺子等着她将嘴里的饭吃掉，开玩笑似的说：“当然害怕。我说过，三十多岁有个女人不容易的，要是突然被人杀了，我没准儿会哭。一个大男人哭哭啼啼也太丢脸了，所以林玉，你放心，你的命我会好好给你看住的。来，再吃一口。”

自己的猜错没有错，他肯定在筹备什么了。她看着他，有些担忧地问：“高陌，你是不是有什么计划？”

高陌放下饭碗，坐到床边拉着她的手，很明确地告诉她：“是。”

病房外三声敲门声，送裙子的女店主准时来了。

他做了个噤声的动作，开门签收完新裙子亲眼看到女店主离开后，才继续说：“在我们察觉不到动机的情况下找出那个人几乎是不可能的。就算猜测准确，一个女人，戴眼镜，这样的特征只放到我的客栈里都能抓出一大把疑犯来。我们在明她在暗，既然我们找不到她……”

“那就得想办法让她来找我们。”

高陌点头。

（四）

入夜时分，Hell 客栈响起了震颤的乐声。

酒品从大厅的公共区一路摆到门口，一旁还有一块大大的手写板立着——全场畅饮。

乐队在院子里卖力演奏，暂时接管客栈的南淮站在一把高脚椅上喊唱着，无数漂子涌入客栈里，初来的游客凑热闹跟着进来，一时间络绎不绝，人头攒动。

一个小时，两个小时，人们挥舞着双手各自纵情舞动，有人念诗有人嘶吼，似乎要将所有的热情在这里燃尽。

而此时，林玉正躺在客栈床上缓缓地呼了口气。

早先做消炎处理时李医生特意给她吃了一点止痛药，身子挪动了，眼下伤口还是有几分轻微的痛意。

伤口愈合期，痛与痒搅和在一起。

她不禁想用手摸一摸，高陌却捉着她的手捏了一下。

“不要命了？伤口碰出血了怎么办？”

林玉觉得好笑，这话倒像是自己是他的小女儿一般。

她顶嘴：“熄了灯你也看见，你是猫头鹰哦。”

“你手一动有衣服磨蹭的声音。”

“唰唰唰……”

高陌向下弯了一下嘴角，压住声音说：“林玉，你还摸！”

她觉得有点委屈：“高陌，裙子褶硌我屁股，痒。”

“痒也别动，扯着伤口很严重的，今天你已经动弹得够多了，从现在开始，你只能好好躺着。”

“哪就那么严重了。”林玉有点气，自己活到二十三岁竟然还不能自主挠屁股。

越想越痒，越痒越想。

实在忍不住了，她的手又偷偷伸了过去。

“算了，我帮你挠。”高陌将手小心翼翼地伸进了她的被窝，没多想。

“好。”

看不见，高陌既不敢叫她捉着他的手去摸痒的地方，又不敢凭感觉乱放，怕动了她的伤口，索性顺着她的小腿一点一点往上挪。

更亲密的接触都有过，林玉本以为自己不会害羞的。

可当他粗砺的手指自下而上滑上来，她才知道整体是整体，部分是部分，这完全是两回事儿。

高陌动作轻，有种若即若离的触感，比起位置的试探更像是一种挑逗。

林玉轻轻哼了一声，细细的。

高陌不由得心头一颤，自己也有点犹豫了，咬了一下牙问：“还挠吗？”

“挠。”她的嘴中突出一个单字，搅和在黑暗里，倒像是通往某种快乐领域的通行证。

高陌继续往上挪动着，光洁的皮肤触手生凉，有种玉一般温润的触感。

鬼使神差地，他将手贴着放在了她腿上。

林玉并没有拒绝，却情难自禁地弯了一下膝盖。

高陌想到了她腹部还有伤口，连忙说：“别乱动。”顺势用手将她的腿按回了原来的位置。

手掌覆在膝盖上，有种额外的小情趣。

好不容易游走到大腿的手又得重新往上找她屁股上的痒处了，理所当然的。

林玉被他碰得身子热热的，他却偏像在她腿上迷路了一般来回摩挲着。

林玉又将腿抬了一下，有些不好意思了：“高陌，你故意的。”

“嗯？”

“你故意摸我腿的。”

太黑了，根本什么也看不见，可他还是极认真地点了一下头：“嗯，我故意的。屁股还要挠吗？”

林玉想了一下，偏说：“要挠。”

高陌勾起嘴角，看不见，但他知道她肯定是红着脸跟他较劲的。

如果她身上没伤，他此时肯定会忍不住跟她狠狠亲昵一晚，但现在这个情况……

算了，安心给她挠挠。

高陌根据现在落手的位置准确地将手挪到她圆润的屁股上：“这里吗？”

“左边一点。”

他往左。

“再右边一点。”

他又往右。

来来回回挠了好几下，林玉反而觉得痒的位置更宽了。

“算了算了……”

一个脚步声从门外传来，高陌捂住了林玉的嘴。

“啪嗒啪嗒……”

越走越近了。

高陌收敛神色，屏住呼吸听着外面的动静。

借着一点暗淡的月光，林玉看到高陌盯着大门的眼睛闪着一种警惕的光，狼一般，忠诚犀利有安全感。

“没有什么能够阻挡，我对自由的向往……”脚步声到门口时搅和进一句随意的哼唱，没有停留，朝着走廊另一端去了。

高陌松了一口气，撒手笑了笑问林玉：“还痒吗？要不要再给你挠挠？”

“算了算了，你挠不好。”

他点头，靠坐在她床边，听着褥子里肌肤与织物的磨蹭，像嘴里抿了一口醇厚的黄酒。

男人这一生，或许原本就应该给喜欢的女人抓痒痒的。

又稍坐了一会儿，高陌看了看时间，估计着客栈里的狂欢派对快要散场了。

“林玉，我走了，你好好睡，别乱动了。有事就给丁艺发消息，别逞强，李医生会每天趁着楼下最闹腾的时候来给你换药的。”

她没说话，但脑袋动了一下，算点头了。

“这几天我不在，有件事情你一定要好好记着，这个门我会从外面下锁装作我去了医院照顾你没人的样子，钥匙只有我跟丁艺有，李医生过来丁艺会陪着。如果有人敲门，你千万不能出声，如果对方有破门而入的架势你就大声喊，有人……”

她压低了声音：“我知道了，高陌，你别忘了你答应过我什么。”

“记得，如果她真的出现，我首先报警，没有十足的把握取胜的话一定逃命。”

“嗯，我不在乎有没有莫名其妙的人想杀我，反正人都是要死的，可如果你不回来……”

“傻话，我还要回来给你挠痒痒的，你自己不许乱动了。”

林玉沉默了一下，说：“好。”

高陌走到门口，突然想起来什么又折了回来。

林玉仰头，高陌低头吻住她的嘴，好一会儿才离开：“等我。”

# 「第十二章」 Chapter 12

嘿，真是个小气的女人

（一）

套了件连帽衫，下了锁，高陌随着狂欢派对最后一拨醉酒者混出了客栈大门。

涌上街头，像一个真正漂泊的浪子。

高陌并不急着赶回医院，而是压着帽子先随意找了家酒吧待了一阵，没喝酒，光听人唱歌，东一下西一下，摸回单间病房时早已过了凌晨。

住院部没几个病人的，这时候更是格外安静。

或是早已经习惯了伴着客栈的喧嚣睡觉，这样安谧的环境反而勾不起他的睡意。

于是，他亮了一盏看护灯四处看了看。这房间在二楼，窗外有棵大树，看上去有些年头了。

高陌叼了根烟在嘴里，靠在床边看到远处暗色里闪光的红十字，没有点火。

这边的楼层都不高，平视可以看到不远处错落的灯火。

高陌微笑，想着自己要是没事，现在肯定在家抱着林玉好生睡觉，没准还能给她扎个小辫玩，她要说他幼稚，他就挠她痒痒，往死里挠。这么一想，他突然有了种期待博弈的兴奋感，像从前每次开庭前一样。

“高先生？

“高先生？”

呼喊声伴着叩了几下门。

高陌起来伸了个懒腰，听出来是服装店女店主的声音。

他随手将头发往后一抹，将门开了一条缝。

女店主习惯性地往里探，高陌很巧妙地斜着身子从门缝里走出来，挡住了她的视线。

“嘘，我女朋友还没醒。”

他将门合上，轻手轻脚的。

女店主将今日送来的新裙子递给他，压着声音说：“这条是纯棉的，养病的人躺得多，皮肤敏感，穿这个料子最好了。”

高陌说：“谢谢。”擦了一下眼睛演出了恰到好处的疲倦。

“这两天店里生意怎么样？”

“比之前差一点，见了血总是不太好。对了，警察怎么说？”

“偷钱的，没得手被发现了扎了一刀，苦了我女朋友了，真够倒霉的，专程过来找我，现在伤着床都不好下。”

“人抓着了？”

“没呢，连那个人样子都没看着。”

“唉，真是……”女店主叹息了一声，走到住院部门口跨上了自己的小电驴。

高陌锁了门，在医院饭堂买了两人份的粥回去。

将近中午时，李医生拿着药剂和工具过来，在门外喊了两声：“17号床换药。”

高陌应了声，开了门，她便走进去了。

李医生一面说着：“这伤口可不能沾水，擦身的时候陪护一定要注意了。”一面又将药包用塑料袋装好，看着高陌卷进昨日送来的裙子里。

演完这一场，两人对视了一眼。

高陌压低了声音：“晚上辛苦了。”

“放心。”她走出门，又用正常音量提醒高陌，“这个阶段患者觉得痒是正常的，千万别让她挠。”

“知道，谢谢医生。”

高陌又返身回到病房，除了用餐时间去一趟医院饭堂外一概在里面待着。

玩游戏，读书，做俯卧撑，更多的时候是躺在床上回忆一些关于林玉的往事。

他记得很清楚，有一次他开车帮她搬家，进小区的时候被门卫拦住要求登记访客信息，他说是她哥，她头一扭就走，愣是放他跟几件家具一起在小区口晒了一上午日光浴。

嘿，真是个小气的女人。

还有一次，他为手上的案子加班，助理进办公室两次都被他直接指门请走。忙完却发现是她待在他事务所门口等他，将近五个小时，她肯定要有些生气了，可当他叫她的时候她却说：“你很累吧？不过能凭本事保护受害的人挺酷的，我请你喝咖啡要不要？”

他不由得弯了一下嘴角，又将自己对她小气的评价推翻。

忘了如此在脑海中来去了几回，陈沈丁艺在门外喊起“林玉姐”来了。

她提着新鲜水果，一进门就跟想象中的林玉说起话。

“好一点了吧？

“今天西瓜好甜啊。”

高陌看着她笑了笑，这样的戏码两个人竟然都不尴尬，也是神奇。

袋子里的水果留下，昨日送来的裙子包裹着换药用具当作脏衣服带回客栈。

有时高陌会隐晦地问一问客栈的事情，大部分时间则是什么都不说，由她走了带上门。

再晚一些，Hell 客栈开始新一轮南淮接管的狂欢。

下班后一身文艺休闲装扮的李医生跟着凑热闹的人群进去，又在夜场活动接近尾声时撤出。

一切结束后，高陌才会关掉照明只留一盏陪护灯躺在床上给林玉发消息。

伤口还疼吗？在屋子里闷不闷？有没有好好吃饭？

太啰唆了，他想了想，一一删掉，发了条“想你”。

她回复：“知道。”

实在是臭屁坏了，可他想她的时候她也想他，所以真的知道。

高陌弯了一下嘴角，拿出准备好的假发放在一旁，警惕着门外的动静守护垄起的空被子休息了。

一日，两日，三日，四日，五日……

重复的生活并不足以让高陌产生厌烦的情绪，可那人一天没来，他的姑娘就一天不能大摇大摆地跟自己过日子，揪着心，太不痛快。

今天丽江下起了雨，不大不小，眼前总有一层昏昏的水雾悬浮在空中。湿气从窗子里透进来，有种黏腻的雨腥味，脸和手都像扑了一层蜘蛛网，看不着，感觉得到。

高陌索性关上窗子，盯着房顶照明用的灯管打发时间。

有只蛾子不断往上面撞，每扑棱一下都要回弹跑开，可飞不了两米，盘着旋儿又会回到原处，依旧撞在灯管上。

“咚咚咚……”敲门声。

高陌看了看时间，今天陈沈丁艺来得比平时慢了半个小时左右。

他将门打开：“林玉刚才还说你今天怎么还没来呢？”

她点点头，放下水果将连帽的雨衣脱下，露出一张精致的小脸朝他笑。

高陌盯着她足足看了三秒，连忙关上门，将她揽入怀里。

他有些怒气，怪她冒险过来见自己，贴耳斥她时却只说：“快把湿衣服换掉。”

（二）

单间病房里有卫生间，没有花洒但能接热水擦身洗澡。

他拿了毛巾替她擦了擦头发，雨衣的领口与暗扣对应的位置都沾湿了。

高陌放下毛巾又将今日送来的裙子递给她，她便开始脱衣裳。

他用桶子装热水，又接了些冷水调和，用手试探后觉得温度正好，他反身看到她正站在自己身后往桶子里瞧。

高陌收回目光叫她赶紧擦擦。

林玉将手伸进去搅了搅：“高陌，这水好烫。”

“沾到毛巾上就不烫了，再掺太凉。”

她点头，往水桶边走时高陌细细看了一下她腹部的伤口，已经结痂了，但还没有完全长好。

她打了个喷嚏，用拇指和食指捏着一个毛巾角在桶里头晃。林玉的手白嫩，不及男人对水温的耐度高。

“算了，我帮你擦吧。”高陌挽起袖了，接过毛巾完全浸入水中搓了两下。

“不烫吗？”林玉问他。

他撇了一下嘴，将热热的毛巾放在她脖颈上顺着手臂向下擦。

林玉知道他为什么要将水调得这样热了，脖颈处微烫的暖意叫她觉得前所未有的舒爽，她冲他笑。

高陌看着她：“伤口还疼吗？”

“不疼，前两天就已经下床走动了。”她惬意地闭上了眼睛，“就是……想你了。”

“你可以给我发消息，那人还没抓到，出来见我太危险了。”

高陌细致地替她擦着身子，伤口周边的动作总是格外温柔。

林玉睁开眼睛：“发消息了还想，我就来了，我用雨衣遮得很好。”

氤氲的热气里，高陌无声地笑。

是了，她想她就一定要来的，她就是这样。

“遮得很好还跟只落汤鸡似的？”

“你店里的雨衣质量不好。”

高陌点头，抿着嘴“嗯”一声。

林玉张开手掌从侧边伸入摸他的头发，他任由她，细细替她擦完后将水倒掉。

“把裙子穿上。”

林玉说：“好。”走到床边从下至上套好了裙衫。

高陌从卫生间里出来时她披散着头发，描了与平时相异的平眉，很温婉。

“我穿起来好不好看？”

“好看，大红大紫的。”

“像乡下穿花裤衩的媒婆？”

他笑：“人家穿什么裤衩你也知道。”

她交叠着腿坐在床边，抿着嘴看他。

高陌看了看时间，捡起先前的雨衣晃了晃，水珠子溅开，有一滴沾在他喉结上。

她摸过，在甲尔多村的浴室里。

“她什么时候走？”

林玉问的是陈沈丁艺，扮演的角色应该拿捏好。

高陌看了看时间：“大约一个小时前。”

“外面的雨下得有点大，来送水果接换洗衣裳也该等雨小一点是不是？”

两人心照不宣地对视着，高陌说：“当然，人之常情嘛。”

她笑，将亮白色的照明灯换成了昏黄色的陪护灯。

光线助眠且暧昧，高陌解开纽扣去抱她。

林玉低头将热烈的吻落在他眉心，直来直往，想他了，就将他揉到自己血脉里去。

高陌抬手颠了颠她的屁股，她双脚腾空。

她笑话他，到底是谁更着急了？

林玉伸手去解他的衣扣，他却用头顶开她的手将她往卫生间里抱。

“不喜欢在床上？”

他笑：“怕你一夜爆红解释不了。”

眉角上扬，病床上方有个监控摄像。

她老老实实地由他抱着往卫生间走。

合上门，她仰头望了望：“这儿不会也有吧？”

“傻不傻？”

她勾起嘴角，却在被触碰的那刻颤了一下。

高陌问：“还害怕？”

她缓了一会儿，从开散的衣襟伸入，慢慢从高陌坚实的前胸绕过肩膀摸到他的背脊。

高陌低垂着眼睛，从口中细细地呼出一口气。

她摸到了他背上的伤疤，三年前在青海摔的。

紧绷的肌肉贴附着她的手掌，每一寸都在向她诉说小别时的寂寥。

高陌被她摸得心痒难耐，附身吻着将她顶到了墙上。

“还怕吗？”

“你这么讲礼貌？”

高陌笑了一声，勾住她的腰，顾及着伤口不敢用力，巧妙地将手一路滑到了她屁股上：“再给你挠挠？”

“好。”

收到了邀请，高陌将她身子往后摁，嘴角刚咧开，听到了门外有脚步声。

高陌立马停止了动作替她把裙子穿上。

落着雨点，过道里的脚步声却清晰可辨，不是近旁病房的看护走动，那声音径直落在了这间病房外。

高陌贴在她耳边：“待在这儿。”

林玉点了点头，捂着嘴坐在洗漱台上。

高陌脱鞋侧身往外走，熄灭了卫生间的灯却故意将门虚掩着。

林玉死死咬住牙，尽量将方才起伏的气息压制成轻缓。她将耳朵贴在半开的门后，只听到高陌翻身以及被褥磨蹭的声音，像真的睡了。

“咔——咔——咔——”

一片寂静里，大门处传来门锁轻轻的扭动声。

高陌将眼睛眯成一条线，佯抱着垄起的空被褥堆睡觉。

昏暗中有人从大门外走进来了，脚步悄无声息，可衣服上水珠落地的声音在死寂的环境中暴露了那人的踪迹。

很谨慎，在门口站了好一会儿才往前挪动。

林玉死死捂住嘴，听着一声声“滴答”冷汗直流。

“吱呀”轻响，卫生间虚掩的门被人推开了一条缝。

林玉立马吸气收腹紧紧贴在洗漱台后的墙上，明暗作用下，卫生间外驻足的黑影仅与她隔着一道花色玻璃门，距离不到五厘米。

她的心脏“怦怦”直跳，好在那人用一只小手电筒往门缝里照了照，确认没人，立刻撤走了。

高陌故意的，卫生间关上门反而叫来犯者多心。

林玉轻呼一口气，听到“滴答”的水声往病床的方向去了。

从体格上看的确是个女人，上下一般大，应该是穿着护士服类似的直筒装。

高陌长而缓地呼吸着，任由对方慢慢靠近。

走近了，高陌闭着眼慵懒地摸了自己的脸一把，像是一旁林玉的头发糊痒了他，而后继续环着垄起的被子睡着，看起来很香甜。

那人显然被吓了一跳，愣在原地一动不动的。约莫过了三分钟，确认高陌只是熟睡翻身，胆子大了许多。

而高陌调整过后的睡姿巧妙地将一半脸埋入了阴影里，眼睛一闭一睁，来人的长相尽收眼底。

没有戴眼镜，可那张脸确实就是早前在客栈里撞林玉的醉酒女。

她垂着眼睛，嘴角勾着一抹笑，慢慢地，从口袋里掏出一柄手术刀。

目测出心脏的位置，她仰首，义无反顾地往下扎。

高陌瞄准机会，手猛然一抬想扼她的手腕。

“噗——”

高陌失手了，她敏捷地躲过他的手臂放弃假林玉扎在了他腰侧。

甚至没感觉到疼痛，手术刀划出了长长的裂口，高陌一跃而起对她发动了攻击。

进退回防，除开体格，她的战斗能力并不比男人逊色，甚至在用刀方面专业得有些可怕。

是高陌低估了她。

几招下来，她不仅利用身形小易闪躲的优势没受什么重伤，反而是高陌手臂又被割了一条。

林玉颤抖着发送完报警信息，强忍心疼在门缝里留意着两人的一举一动。临近的都是住院的病患，她腹部有伤，高陌与那人的较量又暂时落下风，他们唯一的优势就在于那人并不知道这个房间有第三个人在场，她要做的，是找准机会帮助高陌而不是贸然冲出去拖累他。

那人握刀进攻，高陌赤拳迎击。

出拳掣肘，提膝横劈，又一番打斗下，高陌开始转为抵抗防守。果然，那人的体力消耗跟不上，动作也慢了下来。

高陌顺势一脚狠踹在那人腰上，那人飞去了一边。

“你是谁？”高陌朝她逼近。

她反手偷袭，以跪姿持刀往高陌脚筋上扫。

“啪”的一声，那人手腕挨砸吃痛，刀子与一只高跟鞋同时落地。

高陌踢开刀子，那人看向扔来高跟鞋的林玉，骤然瞪大了眼睛，拼尽全力扑了过去。

高陌侧冲，扼住那人的脖颈与她一同直摔在地。

女人怒吼，街面响起了警笛，她张口咬在高陌的手上。

他咬牙，死死掐制住女人，一旦脱手，她就会攻击林玉，即便她选择逃跑，也无异于给林玉往后的生活埋下一枚炸弹。

林玉冲上前用尽全力掰女人的脑袋，高陌身上的划伤不断往外渗血，脸色逐渐变白。

三人鱼死网破地胶着。

女人突然松口疯一般咬向林玉，高陌撤手去挡，女人对准林玉的旧伤狠推一把，夺门而逃。

高陌飞身去接林玉，两人平稳落地，他的身子将她眼前的光线尽数遮蔽。

有血腥味，是高陌手上的创口带出血迹沾上了她的脸。

他说：“没事吧？”

那一瞬，有光照进她梦魇的囹圄。

昏暗的灯影，男人的手，红渍与血腥，换成了另一种温情。

她慌乱地去看高陌身上的割口，他却立马撕下了自己的衬衫替她扎住了旧伤：“你别动，好好的。”

她流着眼泪点头，不知道这样的自己能为高陌做些什么。

时间紧迫，高陌立即朝外追去，可走廊上已然空空荡荡。

树，他想起来了。

他立即折回屋内从窗口往外跳，林玉一声惊叫，他却只听到枝叶在耳边“嗖嗖”地响。

女人刚从楼道中冲出，高陌从天而降。

他侧脸带着一丝划伤，渗出血渍又很快被天空的冷雨冲掉。

他拦住了她的去路，带着伤，像一匹身经百战的狼。

女人立刻转身往后跑。

“啪嗒，啪嗒，啪嗒……”

高陌在后面穷追不舍，气息声越来越重，割裂的伤口在肌肉拉扯作用下张大了几分。

女人没有外伤，但体力终究跟不上。

高陌叫她返身逃窜不了，她迅速瞄准了另一侧高高的院墙。

她将伪装的护士服脱下绕在手上，全力一跃，扒在墙上一撑，飞快地爬了上去。

高陌怒吼，面对乍然出现的墙体，全然不顾顶上粗砺的碎石一把攀住，开锋面划过手掌，血红一片。

她借蓄力攀上的高位优势踢向高陌腰部，剧痛几乎啮碎了他的牙齿。

高陌顺势抓住她的脚往下拉。

不能让她跑掉，绝不！

她蹬着腿稳骑墙头，高陌半吊的姿势并不适合发力，他强撑着不撒手，嘶吼一声，他松开了攀墙的支撑，拉着她整个人摔了下去。

“扑通”一声重响落地，那人蜷缩着身子断了一条腿，再无逃跑之力。

高陌周身早已血染一片，挣了挣，大脑短暂空白后从地上爬了起来。

他借着些雨在脸上糊了一把，颤着手给自己整了整衣领。

“林玉本人要比微博上更漂亮一些，你很……喜欢她吧？”她咬牙跟高陌说话，像个阔别多年的老友。

高陌靠着墙体笑了笑：“她什么时候都漂亮。”

“你是她的继兄？我叫姜娜。”

“我不需要知道。”

“那你需要知道什么？”

“你为什么想杀林玉？”

姜娜咧起嘴角笑了笑，即使瘫软在地依旧带着一种沁骨的凉意。

“半点也猜不到吗？我觉得你很聪明，让我对林玉住院养伤坚信不疑。”

“你是李宵的妹妹。”

她突然瞪红了眼睛。

高陌看她的眼神有几分可悲，却终于释然地勾了一下嘴角。

“你笑什么！”

空旷的过道传来脚步声，是警察来了。

高陌起身，她跑不了，他不用跟一个疯子浪费时间了。

“他不是不爱我！不是！他……”她像疯了一般喊叫，却无论如何也找不出一个借口，叫着叫着，突然咧嘴笑了，“你就比我好多少吗？你以为林玉真的两手清白吗？她怎么向你提李宵？一个强奸未遂的浑蛋死在她父亲的刀下？不，高陌，这跟她父亲没关系，李宵是她捅死的！”

他继续往前走。

“不信你看看这个！”

高陌蹲了下来，姜娜颤颤地从怀里掏出一张文书。

是李宵当时随案的诊疗报告。

“伤口都在正面，深度不及成人的力量，可每一刀都干净利落。你以为你抱在怀里的是只小绵羊吗？她是杀人犯！”

高陌无声，感觉到了身后有人。

回头，林玉捂着伤口站在雨中。

她无法从记忆中拼凑出那段回忆，所能想起的只有男人的手，周身的湿润与满目赤红。

她从高陌手中夺过报告，呆呆地看着。

林秋白对捅杀李宵供认不讳，没有人再去留意其他，或许，或许她所有的梦魇只是出于对那段经历的逃避。

她看着高陌，头发被雨淋得乱贴周身，带着一种茫然的惊惧，像个落单的孩子。

他抱着她，没有一丝犹豫。

警察将那女人带走，她挣扎着用尽最后一丝力气指着林玉喊：“杀人犯！”

（三）

林玉整宿没睡。

怒睁猩红的双眼，声嘶力竭的指控，脸部肌肉啮肉饮血般切齿的抽搐，都汇集在那一声“杀人犯”里。

女人叫姜娜，是个医生，对恶意行凶供认不讳，案子清清楚楚。

但其犯罪动机所述涉及对当年林秋白的判决，林玉被召回重新审理，肖安得知文件外泄后主动要求为林玉做自卫辩护。

高陌想陪着她,她拒绝了,从前逃避过的事情,她想自己去面对它。

“林玉，林玉。”

高陌一连叫了她两声，没有得到回复。

她眼里盛着化不开的虚无，靠在机场的座椅上盯着天花板看。

“看来我们又去不成兰州了。”高陌笑着说。

林玉没有立刻接话，而是沉默了很久，扭头看着高陌身上包扎的三四处绷带说：“你有没有想过，或许，我并不值得你救。”

“这是傻话。林玉，即便真是你动了手，你也是受害者。对自卫者予以报复，本身就是一种思想与肉身的双重施暴。”

她将头轻轻靠在他肩上：“我知道，可我不能原谅自己对林秋白的亏欠，你知道吗？昨天在公安局连线时，他依旧死咬是自己动的手。”

“林玉，你值得被爱，当时你吓坏了，他不希望你再受到伤害。如果你觉得自己对不起他，就别辜负他快快乐乐地活着，等这件事结束，对他好，跟他亲近。”

“那你呢？这一身的伤……”她有些心疼，一个人久了，反而不能承受过于沉重的爱。

“我可不一样，我跟你没有血缘关系，完全是被你拖累才受的这一身伤的，这几天怕是生活起居都不方便。哦，还有，为了替你打掩护南淮可把我客栈的库存全给我搬空了，这笔账也得算在你头上。等等，你好像还叫我给你挠痒痒了，到现在为止也还没有给我算工钱，还有，我还牺牲色相……”

林玉见他一派认真的样子忍不住哈哈大笑，没几声，眼圈红了。

高陌摸了摸她的头发，收敛起玩笑：“林玉，比起身上这些伤，我更痛苦于没能陪着你长大，我比你大七岁，早认识的话可以照顾你的。”

“你会帮我教训欺负我的男同学吗？”

“会的。”

“我爸妈吵架时你会带我去你家玩一会儿吗？”

“会的。”

“那我……”

他俯身吻了她，是的，你所害怕的一切，我都会跟你一起面对的。

她在接吻时睁开了眼，像个小女孩一样看着高陌的脸，挑了挑睫毛，被他发现了。

他放开她，想叫她好好歇一歇准备登机了。

“高陌。”

“嗯？”

“我小时候又黑又矮，很难看的。”

“有多难看？”

“大概……跟之前咬你的那条野狗差不多。”

高陌一怔：“这可有点巧了，我上学那会儿视力不好，十米开外人畜不分。”

林玉转身换登机牌，将一双小皮靴蹬得“咣咣”作响。

# 「尾声」The end

世界的这一隅只有一对相爱的男女

国庆小长假，幽居城市的青年男女像是得到了某种集结指令，一窝蜂似的涌来丽江。

Hell 客栈人满为患，陈沈丁艺跟时江忙得楼上楼下跑，连南淮都被抓了壮丁。

“我一个唱歌的你叫我给人换床单？”

“还有枕套。”

“你懂不懂音乐？”

“换不换？不换我拿牙咬你的吉他！”

“哎，我这暴脾气——”

陈沈丁艺咧开嘴，大步朝他跑去。

南淮吓得够呛，抱着吉他跑得飞快：“丁宝，丁宝你听我说，我觉得音乐来自于生活，劳动正好是生活的支撑，换床单被套对我的创作百利而无一害，我已经想清楚了……”

客栈里一片嬉闹，几个刚被南淮勾搭的小姑娘一脸黑线，说好的桀骜浪子狂拽炫酷屌炸天呢？还是老板比较有型，皮衣混搭棉麻长衫站在柜台清理账目，任哪个女客上前调情都一副禁欲表情，长着这样一张撩天撩地的脸，越冷淡越叫人肾上腺素飙升。

有人只敢远观，有人却自视甚高耐不住性子要去试试。

“高老板，我房间的灯有点闪，你帮我看看好吗？”

“你在这儿登记一下房间号，一会儿我叫伙计去看看。”

“别呀，我着急。”

“很急？”

“嗯，特——别——急。”

高陌抬头看了她一眼，红唇皓齿，眉目含情，看起来还真是急不可待。

顾客至上，不管不合适。

他一想，在钱包里翻了翻，掏出一张印着电话号码的卡片递给她，很有礼貌地淡笑一下。

女人秒懂，用手夹着名片飞快揣进兜里，送了个飞吻往楼上走，还没到进屋便拨通了这个电话。

声音娇媚，风情万千。

“人多确实不方便，这会儿……”

“这会儿我也不方便，正修天线呢。姑娘，你那儿啥坏了呀？今天单子太多了，你看能等不……”

女人气呼呼地跑回柜台，高陌皱着眉问：“赵师傅没空？不怕，我这儿还有，李师傅怎……”

女人一努嘴，将名片扔向柜台，气呼呼地坐回了沙发上。

高陌勾嘴一笑，你不要那我先留着，难保下一个坏灯泡的不需要。

正弯腰去捡，一双黑色的高跟鞋出现在了他眼前，牛皮质感，鞋跟处用金色丝线扎绣着一只大雁。

他起身，一脸淡漠：“喝酒还是住店？”

“住店，要一个单人间。”

他指了指墙壁上的房型挂牌，示意已经没有单人间。

“那就先喝酒吧，有什么好酒吗？”

他走回柜台，将酒架上的酒品一一看了一遍，托着下巴，左右为难。

“拿最有特色的。”

他想了想，转过身来：“这些都还不错，不过你出门在别的店买也都有，要说特色，我房里有一些私藏的，你有没有兴趣？”

“价钱怎么样？”

“满城找不出一个更贵的。”

“打折吗？”

“不打折，本店只能加价。”

她微微蹙眉，高陌连忙说：“来都来了，不尝一杯白走一遭。你要是嫌贵，买一瓶酒可以给你送一个床位。”

“真的？”

“当然，正经买卖诚信第一，现在下单，还能免费送港式洗浴。”

“技师素质怎么样？”

“黑社会大哥下海，可以验货。”

“那走着。”

高陌笑了笑，一把将她抱起往楼上走。

大厅的客人傻了眼，尤其是刚才那个女客，瞪眼跺脚，随手薅住清理壁炉的时江问：“我不漂亮吗？哪里比不上那个女人了？啊？”

时江被她晃得晕头转向，只觉得满眼金星。

陈沈丁艺连忙上前将两人拉开：“别别别，姐们儿犯不上，那个是老板娘，老板娘。”

回到房里，高陌将林玉放到自己床上。

林玉玩得兴起，起身背过手在他房间里像初来乍到一般到处瞧。

柜子里给她准备了新衣裳，洗手间里的洗漱用品也买了两套，他一直在等着她回家，她知道。

高陌问：“请问客人你满意吗？”

她憋着笑，一本正经地回答：“嗯，卫生条件不错，开窗视野也还行，整条街的景色尽收眼底，喝点小酒挺适合。”

高陌配合她点头，从柜子里拿出私藏的美酒，取来杯子给她倒。

琥珀色的液体从瓶口流入白瓷杯里，涓涓的声音有种奇妙的吸引力。她看了两眼，却又不免瞥向了他匀称而富有力量感的腕骨。

一段时间没见，似乎黑了点儿。

“你的酒。”他递给她，带着一种不明确的诱惑。

林玉接过，细细一嗅，慢慢往嘴里喝。

酒味醇香略苦，吞下却带一点恰到好处的回甘。她抿了一下，想起了壁橱里的那个吻，当时嘴中也正是这个酒的基调。

她抬头看他，正好接上他的目光。

故意的，他肯定知道她在想些什么。

林玉脸一红，将酒杯放下：“我不喝了。”

“不好喝吗？”他故作不知，端起酒杯尝了一口，看着她两颊绯红，与她第一次吻自己时的表情一模一样。

他偏说:“生意做到一半哪有喊停的道理？你把我这儿当什么了？你不喝，那我就只能喂你喝下去了。”

他笑里带着一丝威胁，一口将杯中的酒饮尽。

林玉准备躲，被他一下揽入了怀中，她开口向他求饶，却被顺势吻住了嘴角。

被他含得滚烫的液体悉数落入她嘴里，不辣不呛。

林玉伸手去推他，他却搂着她的腰说：“还有一点，喝完它。”

屁话，还有你怎么能说话。

他不管，翻身将她往自己床上带。

这个吻太缠绵漫长，温存得足以填补小别的时光。

口腔中的醇香回荡着，醉意入骨，林玉不由得轻哼呻吟了一下。

他仰头暗暗发笑：“要不要验验技师的素质？”

“好啊。”

他扶着她起身，单手解下了衣裳。

身上的伤口早已愈合，留下了淡淡的疤，得细看。

她伸手去摸，有轻微的凹凸感，像另一种形式的文身，她觉得性感。

“高陌。”

“嗯？”

“我爱你。”

她坐在床沿，伸手抱着他的腰，将脸贴在他腹肌上。

高陌伸手摸她的头，乖乖的，像他昨夜做的那个梦。

梦里她也这样抱着他，还是个小屁孩。

他摸着她的脑袋问：“小林玉，怎么了？”

她仰头望着他，两只眼睛水汪汪的，看起来才哭过。

“我爸爸妈妈吵架了，在家里摔东西，我好害怕。”

“那你愿意去我家玩一会儿吗？”

她点头，走到他跟前伸直了双手，一句话也不说。

“不走吗？”

“我脚脚痛。”

“你想要我抱？”

她摇头，嘟着嘴依旧将手向他伸着。

高陌弯腰抱她，将小小的她放在自己肩头。

她箍着他的脖子，突然想起了什么，板着一张小脸：“说一次，是你想要抱林玉，不是林玉自己懒懒的。”

他笑：“嗯，是我想要抱林玉，不是林玉自己懒懒的。”

她的小脸蹭着他的肩膀在他耳边咯咯笑，臭屁极了。

……

回过神，高陌低头吻了她的额头：“我也爱你。”

对视甚久，衣裳尽落。

高陌细细吻过她的耳垂、脖颈、小腹……

从前过去和过不去的事情都模糊，此刻，世界的这一隅只有一对相爱的男女。

楼下南淮得闲，又唱起了那首歌：

“客栈里住进了一个姑娘 / 点了杯樱桃酒泼湿我的主唱 /

“围在火塘边 / 她偏偏就要听蓝调 / 姑娘啊 / 你再这么磨人 / 今天就只能为你关门了 /

“姑娘说 / 那就关门吧 / 我的衣服放在你楼上 / 有空你帮我晾晾它……”

翌日清晨，骄阳笼罩整个丽江。

陈沈丁艺在客栈里找了一大圈，高陌和林玉都不见了。

“倒了八辈子血霉了，本想林玉来了我能轻松点，谁知道连高老板都给拐跑了。”

南淮坐在天台上，看着两条街外骑车离开的人发笑：“跑了就跑了呗，那案子林玉被判了自卫无罪，到你这儿还要坐牢不成？他们小两口，甜甜蜜蜜到处浪挺好。”一低眸，“你有我就够了。”

陈沈丁艺笑：“那倒是。”

“嗯，你终于开窍了。”

她想了想，红着脸向他招手：“南淮，你来。”

他放下琴喜滋滋地立马跑下楼去，刚到大厅，拔腿往回跑。

“我去！这么多床单被套，换完我的手还要不要了？”

# 「番　外」

Extra episode

去跟喜欢的人结婚吧

（一）

从小野湖回来才走到门口，遇上了邮差。

景区常有人投递明信片，不足为奇。

高陌拉着林玉的手跨进门，正讨论着过两日去参加时行孩子的百日，觉得今日邮差手里的包裹包得格外好一些，顺嘴一问："这是寄些什么？"

"不是寄，这是从上海投递过来的，收件人叫林玉，还没打电话呢，高老板你认识吗？"

"认识，老板娘。"

邮差回过神来冲林玉发笑，走完签收手续走了。

这段时间没网购，林玉想不出是什么。

她弯腰看了看面单，寄件人写的榕声。

"要吗？"

她点头，高陌替她将包裹拎上了楼。

拆开，里面有份公证文件和一个信封，林玉的监护权变更为了脱罪的林秋白一方，从某种意义上来说，她跟高陌不是继兄妹了。

她倒淡泊，对榕声的意思也有了大致的猜测，点了根烟，走到窗子前拆信，就两句："能为你做的事就这些，你去跟喜欢的男人结婚吧。这辈子，无论你原不原谅我，我都原谅自己了。"

她看完将信纸折成了两半，压进了那个文件袋里一并给高陌。

抽完了手上的烟，她问："现在甲尔多下雪吗？"

“还没有，不过应该也就这几天的事了。”

她点了点头：“我还挺喜欢下雪的。”

“可以堆雪人，叠到跟学校的房子那么高。”

林玉一笑：“睡觉更舒服。”

他笑，伸手拉她入怀，轻轻拍在了她脊背上。

“你喜欢的话我们今天就动身吧。”

“好。”

放下文件，两人提车去了甲尔多。

学校没什么大变化，但近旁额外多了两间平房。

时行还跟以前一样，凑在其他两个老师间领着返校的孩子活动，精神饱满。

两人在一旁的平房住下，白日里义务帮忙做一些琐事，放学后才逗时行的孩子玩玩。

是个小男孩，一双眼睛又黑又亮。

入夜时分，林玉从门外进来，孩子像是察觉了，扭过头看她。

“小家伙，喜欢漂亮姐姐吗？”时行拿了小玩具在他跟前摇了摇，想要逗他笑。

拨浪鼓“咚咚”响，孩子却哭了。

嗓门大，林玉凑上前去看。

他嘴里“哦哦哦”的，用圆滚滚的小手去够她。

她握住他的手，柔软非常。

自己小的时候，必然也是这样。

时行说：“这是想要你抱呢。”

林玉摆手，以自己抱不好为由婉拒了。

“哦……”孩子嘴里发出轻声的呢喃，无法确定具体的意思，但一张粉嘟嘟的小脸真切地瞧着林玉看，一会儿笑，一会儿咿咿呀呀。

“这是个好兆头，我母亲说，招孩子喜欢的女人近生养。”

林玉点头，看时间已经有些晚了。

“明天再跟你玩好吗？”她放轻了语气跟孩子说话。

见他眼睛眨了一下打了个小哈欠，林玉回房了。

帐内炉火烧得滚烫，整间屋子都带着一种橘调的暖光，关上房门，高陌问：“那孩子可爱吗？”

“嗯，挺乖的，我逗他他也爱笑。”

高陌点头，林玉脱了外套伸了个懒腰。

“你跟孩子还挺投缘的。记得吗？我们刚从丽江出来的那天，提车还发现车库被人贴了张小广告，你去揭，内容就是关于儿童摄影的。”

“这也叫投缘？”

他笑，开了点窗子，上床抱着她：“多少算吧。”

“这连碰巧都不算，车库挨着的两家店都是干这行的。”

“嗯。”他不由得伸手摸了一下她的肚子。

林玉察觉到了，扭头看他。

“林玉，我们……”

“明天如果下雪你带我去堆雪人吗？叠得像学校的房子一样高。”

他点头，将嘴边的话咽了下去，搂着她睡了。

开了一天车累，高陌很快呼吸平缓，林玉没睡着，动了一下，他却条件反射式地捂了一下她的被窝。

“乖。”哄心爱的小女儿一般。

林玉不知道自己在害怕什么，久久没睡着，披了衣服出门了。

皓月当空，气温却冷得吓人，好在没有大风，她一个人爬上了房顶。

野狗群的远吠，草屑沙沙地与地面磨蹭，不一会儿，安静的空气中传来孩子的哭声，她坐着听，起初是“哇哇哇”的，经女人的声音一哄，很快又成了咿咿呀呀，最后归于平静。

她想给自己点根烟，打了两下火机都没反应。

“咔咔咔！”

又一个点火声，是高陌。

她看着他，他也爬上了房顶，坐在她身旁，把自己的烟给她。

零碎的烟灰飘在月色里，带一点橘红的光。

抽完半截，高陌问：“没吓着你吧？我醒来发现你不见了。”

“我又不是小孩。”

他解开自己的外套将林玉往自己怀里包：“差不多，女孩子也是孩子。”

“这话你跟南淮学的？”

“不是，为什么这么觉得？”

“他才满嘴骚话。”

高陌微笑，觉得林玉此时吐槽的模样倒真有了几分孩子气。

他扭头吻了她，不带任何情绪，淡淡的，一餐一饮般日常。

许久，林玉说：“我只是有点不安心，不确定自己能不能做个好母亲。如果孩子生出来了，我又并没有让孩子感觉到自己被爱护着，对孩子来说，或许是一生的遗憾。”

他理解她，在她手心里划拉了几下：“猜猜是什么？”

一撇一捺。

“傻不傻？”

“猜一下。”

“人。”

“那这个呢？”他又划拉了两下。

她看着他，他却若无其事地放大动作划拉了两下。

“你要告诉我尽管都是人，我跟榕声还是不一样？”她苦笑。

高陌故作嫌弃地看着她：“怎么在你眼里我这么矫情？”

林玉摊开两只手，就像刚写的字还在手心里一般给他看："不然呢？两个人。"

"林玉，你说你是不是不识数。明明这边是一个，那边是小的再加一个大的，我的意思是，生不生孩子都由你决定。"

她靠在他肩上："比我以为的还矫情。"

他笑，正经了神色："我是真的这么想的，你是妻子，也是孩子，所以有些事情你不想，我们大可不要。"

林玉愣了一下，没想到他会这么说。

"你不想要？"

高陌点头："想要。可相对孩子而言，我更先爱上你。"

她抬头，看到高陌下巴上浅浅的胡楂，觉得很安心，抿嘴一笑："老男人，油嘴滑舌，不哄孩子可惜了。"

他很严肃地看着她，默了一会儿，单手将她扛下楼顶回了房。

第二天，一早起来，林玉醒了。

昨夜睡得太晚，她喉咙里有些干涩。

高陌起来了，屋子里生着炉火，外面飘进奶香。

她赤脚踏在地布上，撩开布帘，高陌正好从外头进来，手上端着一碗热气腾腾的羊奶茶。

"林玉，外面下雪了。"

她将头凑出去望，前夜还赤黄一片的草场已经被雪笼盖了，无边际的莹白，天空还飘着一些雪花。

略看了两眼，高陌担心她冻着将她抱回了床上。

"喝点热的再休息一会儿吧。"

她说："好。"刚接过陶碗，还没碰着，弯腰一声干呕。

她有所察觉地看着高陌，他摆了摆手："昨晚到后来可是你硬要再来一次的。"

“你浑蛋！哪有这么快，分明是你以前做的好事。”

他笑，任由她娇嗔着捶在自己胸口。

窗外雪花簌簌的，零星几片沿着窗缝飘进屋里，落在火炉边急速消融了。

（二）

数年后的一个傍晚，一个扎着羊角辫的小女孩坐在炉火边上，嘟着嘴晃荡自己的两只小脚，时不时往另一侧偷瞄一眼，小狐狸一样。

下着雨，Hell 客栈的门没关，风将雨腥味吹进来，浮在火上烤，噼里啪啦。

林玉往火塘里添了一块炭，哭笑不得地皱了一下眉头。

“这不行。”

“这可以的，妈妈都可以。”女孩很执着，睁着一双水汪汪的大眼睛看她，“小玉真的很想要，以后我都乖乖，好不好？”

看着她认真的小脸，林玉有些无可奈何。

“怎么了？”高陌从门外进来了，掸了掸夹克上的雨珠，坐在沙发中间大小手各握一只。

今夜客栈里的人不多，余下闲散的几个也都是酒过三巡醉醺醺的。

可林玉还是只回答：“没什么。”

高陌点点头，想抱起孩子哄一哄，却想到了别的什么。

他从上衣口袋里掏出一个精致的发夹，摆在手心里给她们看：“小玩意，路上买的，漂亮吗？”

一左一右都点头，孩子的欢喜尤其强烈，兴奋道：“漂亮！爸爸最好了……”

雀跃的声音还没落，高陌立马转身，替林玉理了理额前的头发，戴好了。

林玉伸手去摸，小惊诧中带着少女的欢喜，高陌贴耳轻声说："我看到别人戴了，想着你戴更好看，果然是，喜欢吗？"

她点头，一个稚气未脱的声音幽幽响："你老婆戴起来美美哦。"

最后一个字拉得老长，带着点天真的酸。

高陌笑了笑，也不管面对的是不是自己的女儿，嘴角一勾，搂着林玉的肩得意得不得了："那当然。"

林玉拿胳膊肘捅他，他后知后觉地将女儿抱到腿上："只有一个了，先给妈妈，爸爸下次看到漂亮的买给你好不好？"

女孩点点头，习惯了："妈妈是玉，我是小玉，名字也是喝剩汤汤取的哦。"她不哭也不闹，自嘲着瞅准了什么时机似的，眼珠子一滴溜俯在高陌肩头呢喃。

孩子边说边笑，天真灿烂，高陌也听得兴致勃勃，时不时朝林玉看一眼。

她大概猜到女儿在说刚才的事，随便寻了个借口进房去了。

过了十来分钟，高陌推门进来了。

他靠在门边，望着她笑。

"孩子呢？"林玉问。

"丁艺领着在柜台玩呢。"

"比我小时候闹腾得多，是不是随你？"

高陌没回答，还望着她笑。

林玉转过身，不给他看了。

他走近，从身后搂她的腰，嘴角在她脸颊摩挲。

"高陌，你放开。"

"四个小时没抱你了。"

"欠不欠？一会儿女儿看见了。"

"你安安静静的，女儿听不到声一时半会儿来不了。"

她笑了笑，不再出声了。

窗外下着小雨，高陌和林玉安安静静地抱在一处，体热蒸腾着外套上残留的雨渍，一点水腥味将这份窃喜发散得满屋子都是。

过了许久，门外响起了“噔噔噔”的脚步声，小小的，是孩子。

“妈妈，小玉想要睡觉了，你给我讲个故事听好不好？”

高陌撤了手，林玉走过去开门，他舍不得，在门缝还小的时候连忙又站过去亲了林玉一口。

女孩走进来，两人却都若无其事地在房间里站着。

高陌摸了摸女孩的头，先去浴室洗澡了。

女孩的房间就在隔壁，林玉抱起孩子往她的卧室里走。

客栈标准间改造的，高陌亲自动的手，陈沈丁艺放了小盆栽，时江放了毛绒娃娃和藏毯，南淮添了一把尤克里里，熟客又争先恐后地摆了好多小玩具小纪念品，繁杂绚烂如一个元素万花筒。

完工那天，高陌摸着林玉的肚子说——这个孩子，承载着五湖四海的爱，往后，我专心爱你就够了。

林玉笑了笑。女孩听到笑声，小脑袋依旧趴在她肩头，也跟着“咯咯”笑。

林玉闹着玩似的拍了拍她的小屁股，她却很高兴地说：“妈妈，小玉很快就要有一个哥哥了。”

“为什么呢？”

“我跟爸爸说了不要发夹要一个哥哥，你刚才笑，肯定是因为爸爸又给你亲亲了，嘻嘻嘻。上次我问爸爸了，小玉就是亲亲来的。”

“你爸爸瞎说。”

“咦？不是这样吗？”

她抬头望着林玉，小辫子耷拉下了一个。

林玉将她放在床上，拆开了被子盖上：“这是一个很神奇的过程，等你长大有了心爱的人你就知道了。”

“心爱的人？”

“不想分开，即使分开也一定会放下一切追过去的人。”

“哦，街上卖糖粑粑的那个老奶奶！”

“等你长大，还会有更好的人选。”

“那他会用大闸蟹向我求婚吗？跟爸爸做的一样，奇奇怪怪的。”

“奇奇怪怪？”林玉笑了笑，抚着女儿的小脑袋陷入了回忆中。

那时她跟高陌刚结束了兰州的行程回客栈休整，前一天颠簸了，她睡到正午才起身。

往旁边一摸，高陌已经走了。

她洗漱完下了楼，路上没有碰到任何一个游客，店里安静得出奇，连陈沈丁艺都不知道去了哪里。

往院子里走，才见着高陌，没了平时的穿着随性，今天他穿了一件白色的立领衬衫，像是格外收拾了一番，清爽、正经，更像他们初识的样子。

“起来了？要吃点东西吗？”他问。

林玉点头，问他店里的人哪儿去了。

他只说不知道，示意她来院子里坐。

不一会儿，他从厨房后端了一碟大闸蟹出来，硕大鲜红，带着一点鲜甜的热气。

林玉捏了一只，笑了：“都十月了，这个季节吃蟹最好。”

他点头，她莫名想用牙咬，从前她就是这样的。

高陌什么也没说，只是含着笑意看着她，像垂钓看着鱼儿咬钩。

“咔嘣”一声，她吮了一下。

“高陌，你被小贩骗了，这蟹里是空的。”

她将螃蟹往石桌上放，“叮”一下弹出一个戒圈。

“林玉……”

见物知意，她明白高陌要说什么，赶紧伸手捂住了他的嘴。

他拿开，笑了：“林玉，我知道你是一个讨厌仪式束缚的人，但我不能让你没凭没据地就这么跟了我。恋爱已经是你先动的手了，求婚还不让我赶在前面，日后提起这件事来我跟孩子们解释不清的。你听我说，要是哪儿听着不喜欢了，我随时住口。”

说着，高陌卷起雪白的袖口开始拆蟹，一折一抵，蟹腿肉整条抽出放在盘子里。

他拿起蟹身，预先被清理好的蟹盖一揭干干净净，没有河蟹的甜腥，更像是一个高定容器。

“你来的第一天问我生意好不好，我告诉你有吃有喝睡得香，你之后提的建议，我到现在还记得。”他从壳中捏出一把钥匙，“你说你想留下来做老板娘，今天我正式把这活儿给你，很辛苦，一生无休，不许偷懒找人顶替。”

林玉眼圈红了，他将钥匙放到她手心里，说：“这钥匙你拿着，往后哪天开门做生意，哪天在家打老公孩子，都由你，可别说我们店没福利。”

他又开始拆第二只，是一枚细方章。

“交代了活儿，工资我也发给你，这是我的大额提取时使用的私章，楼上有我的卡，我知道你不缺钱也不爱钱，可你知道，我比你大好几岁，如果有一天我先走了，我要你吃好玩好将我们的孩子养得白白胖胖。”

听着，林玉的心突然被狠狠揉了一把，鼻子发酸，眼看就要哭了，高陌赶紧拆了第三只蟹：“傻姑娘，别哭，你看这是什么？”

他从壳中摸出一颗牙齿，裹了层薄膜。

“还记得那个斯迪姆吗？”

她点头。

“你那天没有猜错，我就是打了他，像个吃醋的疯汉子。林玉，你想笑就笑，对你我就是这么小气的。”他将牙齿递给她，又半路扔在了院子的盆栽里，“这个脏，不给你了，不过你要记着，往后不管谁欺负你，你都要回来告诉我，可以吊在我脖子上撒娇，可以趴我肩头哭鼻子告状，有我在呢，你可以像个孩子一样的。”

林玉抹了一下眼角，被他逗得“扑哧”一下笑了。

高陌偏说：“林玉小朋友，严肃一点。”

最后，他抓起先前那只被她咬过的螃蟹，细细地将蟹腿肉拆出来了，将桌面残碎的空壳还原成了四只活灵活现的大闸蟹。

客栈楼顶上传来一阵乐声，许多个熟悉或陌生的嗓音开始唱那首《客栈老板的情人》。

高陌顺势将戒圈戴上了她的手指，端着蟹肉单膝跪地：“林玉，嫁给我吧，有肉吃。”

她嘴一抿，还没出声，楼顶一曲作罢，时江声嘶力竭地喊：“林玉姐，嫁给他吧！我们在楼顶吹了一上午风还要听这么肉麻的话真的受不了了！高老板他没人性的，为了求婚把我们叫上来后关了楼梯门！你要是不答应，我们这几十个人可就……”

……

林玉低头替女孩松开了发辫：“妈妈也不知道他会怎样向你求婚，或许很奇怪，或许很有趣，不过到那天你一定会惊讶地发现，它比你想象过的一切方式，都更合你心意。”

---

**图书在版编目（CIP）数据**

风吻过他的侧颜 / 三川著 . -- 上海 : 上海文化出版社 , 2020.8

ISBN 978-7-5535-2024-7

Ⅰ . ①风… Ⅱ . ①三… Ⅲ . ①长篇小说 - 中国 - 当代 Ⅳ . ① I247.5

中国版本图书馆 CIP 数据核字 (2020) 第 098951 号

责任编辑　蔡美凤
特约编辑　封　言
装帧设计　刘　艳　西　楼
封面绘制　清　茗
印务监制　周仲智
责任校对　周　萍

**风吻过他的侧颜**
三川　著

出版　上海文化出版社
出品　上海故事会文化传媒有限公司
　　　（200020 上海市绍兴路 74 号　www.storychina.cn）
发行　长沙大鱼文化传媒有限公司发行中心
印刷　长沙鸿发印务实业有限公司
开本　880×1230　1/32　　印　张　9.125
版次　2020 年 10 月第 1 版　　印　次　2020 年 10 月第 1 次印刷
书号　ISBN 978-7-5535-2024-7/I.796
定价　36.80 元

**上海故事会文化传媒有限公司　出品（01014）www.storychina.cn**

本书如有印装问题，请与印刷厂联系调换。联系电话：0731-82755298